Liselotte Holm

IRIS BILD

**Solibris
Publishers**

Utgiven av Solibris Publishers; Lund, Sverige
www.solibris-publishers.com

ISBN 978-91-978383-3-7
Tryckt i Storbritannien, Lightning Source U.K. Ltd

De lekte en lek framför mig, vars regler jag inte förstod,
vars allvar jag inte kunde förutse.
De ljög ständigt för mig och kanske för varandra.
Åtminstone tolkade jag det så.
Då.
Som en lek i långsamt tempo.

*

D agen då syskonen Karp lät skicka efter mig var jag
fortfarande ingen.

Chauffören som stod utposterad vid sidan om den svarta Bentleyn såg ut som om han hade klivit rakt ut ur en bortglömd stumfilm enbart för att föra mig till sina uppdragsgivare. Med en röst och en hövlighet som tycktes lika antik som den blankpolerade Bentleyn, sa han:

"Fröken Bild, förmodar jag?"

Jag nickade, oförmögen att pressa fram ett ord. Han bugade korrekt och öppnade sedan dörren till baksätet för mig med en elegant rörelse.

Jag sjönk ner i det mjuka, skinnklädda baksätet och drog in doften av varm hud i mina lungor, övervakad och skyddad; som omsluten av en tempererad, lätt susande kuvös. Utanför min fjädrande inkubator började träd iklädda guldglittrande, orangeröda höstlöv virvla förbi i en allt vildare långdans framför mina ögon.

I den tunna hinna av glas som separerade mig från yttervärlden såg jag mitt genomskinliga jag flyta omkring som en blek osalig ande.

Efter många mil på allt ogästvänligare skogsvägar hade vi nått målet för vår färd. Den svarta bilen saktade in framför en hög järnsmidesport och rullade sedan in genom en kastanjeallé under en baldakin av omslingrade grenar på en välkomstmatta av gyllne kastanjelöv uppför en brant backe där den slutligen stannade och allt blev stilla.

Jag klev ur bilen och omgiven av spröd lövtunn tystnad stod jag för första gången framför Marcus Hades Hus. Okuvligt stolt, som om det mäktiga huset av egen kraft hade pressat sig upp ur markens innanmäte, men med sina rötter för evigt fjättrade i urbergets glödande märg, reste sig Marcus Hades Hus majestätiskt över landskapet, likt ett medeltida sagoslott.

Husets vita skal av sten hade smekts lent av sammetsljumma sommarbrisar; burspråkens höga spröjsade järnfönster hade skälvt av höststormars hetsiga pisksnärtar; koppartaket hade druckit sig grönt av himlens livgivande tårar; kolonnernas bladkapitäl hade hemsökts av små krafsande ekorrar på jakt efter nötter; från takets rundade torn och spiror och balkongernas grova stenräcken hade rovfåglar spejat efter hjälplösa byten och i stenhusets förborgade innersta kammare hade fängslade, längtande människohjärtan pumpat vilt, rött blod i bleka människokroppar; allt medan Marcus Hades Hus oberört vilade i sig själv och i sin fullkomlighet.

Groteska stenansikten grimaserade tillbaka till mig från portalen över den väldiga ekporten.

Jag tvekade för ett ögonblick där jag stod på det översta trappsteget med pekfingret på dörrklockan.

Vad hade jag gett mig in på?

En liten grå varelse som såg ut som om hon bodde under en mossig sten när hon inte tog på sig svart uniform och vitt förkläde och förvandlades till hushållerska, öppnade dörren och bjöd in mig.

"Välkommen till Marcus Hades Hus. Jag är Karla!" sa hon med en stämma som var lika fossil som hennes övriga uppenbarelse, och innan jag hann komma med några frågor hade hon försvunnit med min kappa och väska.

Berövad mina få världsliga ägodelar stod jag och såg mig omkring i den enorma hallen på det ödsliga svart- och vitrutiga marmorgolvet, som en schackpjäs utan egen vilja.

Någonting fick mig att rycka till.

En man och kvinna; högresta, eleganta, båda klädda helt i svart och båda runt trettio år, lösgjorde sig ur skuggorna och kom emot mig med bestämda steg. De utstrålade en vitalitet som var så påtaglig att jag kunde känna den mot min hud, som om de fyllde luften omkring sig med nervös energi.

Jag såg på kvinnan. Hennes vackra kastanjebruna hårsvall var så långt att den längsta av de glansiga lockarna kittlade hennes tunna midja. Klänningen hon bar var en vadlång svart linneklänning; så enkel att den var felfri, så diskret att den måste kostat en smärre förmögenhet.

"Välkommen Iris! Jag är Zelda Karp." sa den vackra kvinnan och sträckte fram sin svala, välformade hand.

Zelda Karps skönhet var av ett säreget, magnetiskt slag. Blicken som mötte mig från djupet av de stora mörkblå ögonen hade ett magiskt, nästan förtrollat skimmer. Intensiteten i dem påminde mig om långvarig svält. Eller möjligtvis sorg.

Zelda gav intrycket av att vara så bräcklig och förfinad i sina uttryck och rörelser att ett enda oförsiktigt ord kunde få henne ur balans, men samtidigt anade jag att bakom den finlemmade sprödheten fanns en seg uthållighet av ett slag som man nästan bara ser hos individer som inte har exponeras för civilisationens illusoriska beskydd.

3

"Jag är Morgan Karp. Välkommen!" sa den mörkhårige, vackre mannen som stod vid hennes sida och var så lik henne och ändå inte. Morgan Karp tog min hand i sin och såg på mig. Hans ögon, som var lika intensiva som systerns och lika mörkt blå, fast skarpare och kallare, glittrade till av oförställd nyfikenhet, och jag darrade när mitt kött mötte hans, i händernas oblyga omfamning.

Morgan utstrålade ett självförtroende som var så naturligt att jag antog att det måste vara medfött; ett naturligt bihang till hans sköna yttre. Han bar sin karisma med jämnmod, som en liten blomma i knapphålet på kavajen i sin svarta exklusiva kostym. Livet hade skämt bort honom så som livet har för vana att skämma bort sina favoriter, med att först skänka honom allt det som inte kan köpas för pengar, och sedan, som extra bonus för att resultatet blev så sällsynt lyckat, spä på med en förmögenhet och en bostad stor nog för att rymma det enorma självförtroendet.

"Egentligen har jag inte tid för att sitta för ett porträtt men vad gör man inte för att glädja sin syster?" sa Morgan och när han såg från mig till henne blev blicken varm.

De stod där, syskonen Karp; som två sköna högresta ädlingar från en uråldrig och sällsynt vital men utrotningshotad stam, och jag kände hur det hettade till i mig av en odefinierad skam där deras värderande blickar svedde min kropp. I deras ögon såg jag mig själv; en av de där medelmåttiga vardagsvarelserna som hotade ta över världen och förminska den med våra tankar och kroppar och antal.

Den obekväma tystnaden bröts när Morgan sa:

"Zelda har gjort klart för mig att om jag inte gör det nu kommer jag aldrig att ha tid att sitta för ett porträtt medan jag fortfarande är ung och är någorlunda trevlig att titta på. Sedan kan det ju kvitta!"

Stämningen mellan oss blev lite mindre spänd efter hans ord och Morgan fortsatte:

"Som vårt ombud framförde till dig, Iris, föredrar vi att du bor här under tiden du målar oss. Vår familj har varit mecenater åt begåvade men medellösa konstnärer under många generationer. Det är en fin gammal familjetradition som Zelda och jag inte har för avsikt att bryta. Vi har en ateljé på vinden som är stor och ljus och välutrustad som står till ditt förfogande."

Han gjorde en paus.

"Är du helt säker på att du inte har någonting emot att bo hos oss under tiden du målar våra porträtt?"

"Nej, jag har inga andra förpliktelser just nu."

"Är du nöjd med det ekonomiska arrangemanget?"

"Ni är mycket generösa!"

Han skrattade till av någon anledning.

"Generösa? Absolut inte! Vi har inte för vana att kasta bort våra pengar! Bara det bästa är gott nog åt oss."

"Tack!" sa jag och rodnade ännu en gång.

*

Zelda gick före mig uppför de många trappstegen till mitt rum som låg högst uppe i husets vindsvåning.

Det var ett vackert litet rum med grova takbjälkar, äkta mattor på golvet, gobelänger på väggarna och några få men utsökta möbler. En himmelssäng i mörkbrun mahogny med svarvade sängstolpar tog upp det mesta utrymmet. Utsikten från mina små halvmåneformade fönster var vidunderlig. Genom siluetten av höstfärgade trädtoppar såg jag ner på en spegelblank sjö i vars yta brandgula trädtoppar och kullar och höstmoln speglade sig.

"Till vänster om ditt rum ligger ateljén." förklarade Zelda. "Varje morgon efter frukost från klockan nio till tio kommer min bror att sitta för dig. Jag kommer att sitta för dig mellan två och tre på eftermiddagarna. Låter det bra?"

Jag nickade.

Zelda slog sig ner på sängen och strök med handen över det quiltade överkastet. Hon såg på mig och hennes tonfall blev plötsligt eftertänksamt:

"Jag bör kanske förbereda dig på att min bror har en något ambivalent inställning till konstnärer."

Hon talade långsamt som för att formulera sig så klart som möjligt.

"Du förstår; Morgan är inte konstnärligt lagd. Han är en utpräglat analytisk person. Samtidigt som han hyser en enorm beundran för konstnärers förmåga att skapa konst eller musik eller litteratur, föraktar han dem i lika hög grad för deras oförmåga att formulera exakt vad det är som sker under den kreativa processen."

Det här var ingenting nytt för mig. Som konstnär hade jag ofta kommit i kontakt med personer som under en förment analytisk täckmantel dissekerat sönder min konst genom att reducera den till pigment och neuroner och hormoner. Erfarenheten var alltid lika obehaglig.

"Morgan är mer fascinerad av pärlor än av musslor." förtydligade hon.

"Tack för att du varnade mig."

Hon viftade avvärjande med handen och tillade:

"Hans bristande förmåga är enbart på det konstnärliga planet; det väl är egentligen det jag borde varna dig för."

Jag vände mig bort, generad, men framför allt förvånad över min omotiverat starka genans.

"Är du feminist, Iris Bild?" frågade hon.

"Ja. Särskilt på det konstnärliga planet."

"Se upp med min bror. Han är lite gammalmodig."

"Gammalmodig? På vilket sätt?"

"Han är fåfäng och totalt hänsynslös."

Och med den märkliga varningen lämnade hon mig.

När jag hade packat upp mina kläder och hängt in dem i garderoben i mitt rum besökte jag ateljén.

Det var ett stort ljust rum med snedtak, som påminde mig om ett timrat loft med sina ohyvlade träbjälkar och slitna grå golvtiljor. Ett dammigt gräddigt ljus, som föll in från de vinklade takfönsterna och några fönster på ena långväggen, lyste upp rummets öppna ytor. En elegant vinröd rokokosoffa stod i strålkastarljuset från fönsterna, som ett solitärväsen utan egen röst, som ett stycke rekvisita utan pjäs.

Jag drog av mig mina skor och strumpor och gick omkring barfota på de sträva, kalla golvplankorna som sträckte ut sig under mig. För första gången sedan jag kom till Marcus Hades Hus släppte nervositeten sitt grepp och jag drog en djup suck av befrielse. Det här rummet var som jag själv; oansenligt och malplacerat i en överdådigt utsmyckad miljö, men ändå var det vackert på ett lågmält sätt, och upphovet till dess fridfulla skönhet var, som upphovet till verklig skönhet alltid är, frånvaro av yttre utsmyckningar.

Längs ena sidoväggen stod två stabila skåp i ek med stängda dörrar. På hyllorna bakom dörrarnas utkarvade druvrankor trängdes oljefärger på tub, pigment på burk, linolja, terpentin, penslar i olika storlekar och av de bästa material, skissblock, kolstift, ramar, en canvasrulle, en häftpistol.

Längst ner i det högra skåpet låg en hög med gamla övergivna skisser från andra konstnärshänder än mina egna. Det var kolskisser i svart och rött kolstift med studier av händer, delar av ansikten, en kurva av en torso, detaljer i ett spetsbroderi, en känga, en hårlock, ett axelparti, ögon. Några av skisserna på de gulnade pappersarken var detaljerade och skarpa som fotografier medan andra var ofullständiga och övergivna i sin linda.

Överst i högen med åldrande skisser placerade jag Tobias ihoprullade duk; den som han kallade *Noblesse Oblige* och avgudade mest av alla sina målningar. (Det var därför jag hade stulit just den, och döpt om den till *Blå Fallos*). Sedan låste jag skåpet och lade nyckeln i min ficka.

*

Zelda satt rak i ryggen som en drottning och petade i maten med sin tunga silvergaffel. Klockan var fem och hon och jag och Morgan åt middag tillsammans i den stora matsalen.

De åt alltid middag tillsammans i matsalen klockan fem och i fortsättningen var det meningen att jag skulle delta i deras middagsritualer.

Morgan satt i högsätet i en gammal utsirad ekstol med röd sammetssits och iakttog Zelda och mig över den spegelblanka bordsskivan där ytterligare tjugo personer med lätthet skulle ha fått plats. Han åt fort och mycket av laxpatén och potatisen utan att ägna maten något större intresse.

Jag kunde inte låta bli att fråga något som jag funderat mycket på de föregående veckorna:

"Varför valde ni just mig?"

"Zelda gillade det du sa i intervjun på tv om att du var fascinerad av svårigheterna av att fånga en sanning på duk och att valet av lögn var en visuell syntes av objektets projektioner av subjektets tolkning av objektets persona, på subjektet."

"Det där har jag aldrig sagt!" tänkte jag. *"Om jag någonsin hade lyckats formulera en sådan mening skulle jag ha ramat in den."*

"Märkte du hur spontant Iris tog Miriams plats?" sa Morgan. "Det fanns ingen som helst tvekan hos henne. Hur tolkar du det, Zelda?"

Zelda sa ingenting. Det såg ut som om hon frös till och tog stöd med händerna på bordsskivan.

Efter en stund, fortfarande utan att se på någon av oss, började hon nynna: *"Ne me quitte pas ..."* medan hon lät kniven klyva en liten rund potatis i två halvor.

"Säga vad man vill om det här huset, men ingen kan förneka att det har haft en enorm dragningskraft på häxor." sa Morgan. Zelda tystnade och blängde på honom.

"Det beror förmodligen på alla oemotståndliga djävlar vi har haft i släkten?" sa Morgan och gav mig ett långt ögonkast.

"Kom ner och drick ett glas vin med oss i kväll, Iris! Så lovar jag att ge dig några exempel på familjens mest förborgade små skandaler!"

*

När jag steg in i biblioteket några timmar senare samma kväll satt Morgan och Zelda i varsin sliten brun lädersoffa framför den öppna spisen med varsitt glas rött vin i handen.

I den öppna spisen knastrade och sprakade det högljutt från den tända brasan. Som rummets enda ljuskälla lyste elden upp partier av deras ansikten, osymmetriskt och med en flammande hetsighet. Väggarna var täckta med tunga bokhyllor fyllda med läderinbundna böcker, och framför de höga fönstren var tjocka röda sammetsdraperier fördragna.

Morgan fyllde ett glas med rött vin och gav det till mig. När våra fingrar råkade nudda vid varandra gick det som en stöt genom dem, och ögonblicket efteråt såg vi rakt in i varandras uppspärrade ögon, rakt in i varandras omaskerade nakenhet. I nästa ögonblick såg vi bort igen. Förlägna över att vi lämnat ögonen vidöppna för en sekund och blottat hemligheter som inte bör synas.

*

"En hunger i mig. Jag kamouflerar den som intresse, nyfiken-het. Men jag vill komma under skinnet på dig; för att kunna se på mig själv med förälskade ögon; för att kunna uppleva mig själv som sann; för att kunna älska mig själv; för att kunna leva."

*

Jag slog mig ner bredvid Zelda i den sköna slitna lädersoffan.

I halvmörkret kunde jag inte urskilja om Morgan såg på mig eller sin syster mellan sina ögonspringor.

"Det är en sak jag fortfarande inte förstår." sa jag. "Varför valde ni just mig för att måla era porträtt?' Varför inte Tobias Klaus? Han är mycket uppmärksammad just nu. Kritikerna älskar honom."

"Du uppfyllde våra kriterier. Tobias Klaus gjorde det inte." sa Morgan.

"Det är Tobias Klaus påstådda charm som är den egentliga orsaken till hans framgångar; inte hans påstådda talang." sa Zelda. "Eller hur, Iris?"

Jag kände hur jag rodnade.

Zelda skrattade till och började nynna på Mendelssohns *Bröllopsmarsch*.

"Var det romantiskt? Var det seriöst? Var ni ett etablerat par?" fortsatte hon i ett andetag.

Hennes taktlösa ord plågade mig mer än hon kunde ana.

"Ja! Nej! Jag vet inte! Hur skulle jag kunna veta?"

"Tobias var väl inte direkt någon "seriös friare" ...

"Jag förstår precis vad du menar!" sa Zelda med eftertryck.

"Gör du?" sa Morgan. "Du, som inte har haft en enda friare, vare sig "seriös" eller "oseriös" i hela ditt liv!"

"Jo, en!"

"Han räknas inte! Dessutom tröstar han sig på sitt håll."

"I så fall måste jag säga att han verkar otröstlig!" sa Zelda.

"Otröstlig? Som Tobias Klaus, menar du?" sa Morgan och log mot mig. Jag var tvungen att se bort.

"Iris, du är bäst för du är inte det minsta massmedial; inte någon cirkusartist som vissa andra." sa Zelda.

"Vad Zelda menar är att du inte kommer att försöka utnyttja oss. Du är inte tillräckligt slipad för det."

"Tack!" tänkte jag. *"Det var precis vad jag behövde höra!"*

"Det är faktiskt en komplimang, Iris!" sa Zelda.

"Vi har varit omgivna från barnsben av människor som har försökt utnyttja oss. Vi ser igenom alla sorters inställsamhet." sa Morgan.

De såg båda på mig.

Jag drack en stor klunk vin och kände den bränna sig ned i strupen tillsammans med min besvikelse. De gjorde klart för mig att de skulle tolka minsta försök från min sida att bli vän med dem som försök att utnyttja dem. Av någon anledning sköljde plötsligt en välbekant våg av ensamhet över mig. "Du får inte vara med, Iris!" viskade den.

"Vi kommer givetvis att utnyttja dig!" sa Morgan och lyfte glaset och såg på mig.

Vi satt tysta en stund. Kanske tänkte vi alla på samma sak, kanske tänkte vi på olika saker, kanske lyssnade vi bara på eldens knastrande utan att tänka. Efter en stund vände sig Morgan till Zelda och mig och sa:

"Nu ska Iris få höra prenatala historia. Det är hennes privilegium som vår konstnär att få ta del av dessa händelser."

"Ja!" sa Zelda och gnuggade händerna. "Vilken utmärkt idé!"

Morgan lutade sig tillbaka i soffan med ena armen bekvämt placerad bakom nacken. Han tog en djup klunk vin och lät vinet glida runt i munhålan en stund innan han började. Jag försökte studera honom utan att stirra på honom, vilket visade sig vara nästan omöjligt.

"När far träffade mor första gången trodde han att hon var en "femme facile". Hon bar illasittande och billiga konfektionskläder, hon kedjerökte Gauloise och hennes begränsade vokabulär var av det grovkalibriga slag som fick desillusionerade sjömän att rodna. De träffades på ett förfallet dansställe i ett nedgånget område i Paris och delade några flaskor billigt vin, sjöng satiriska sånger om inskränkta borgarbrackor och sentimentala sånger om olycklig kärlek och avslutade natten tillsammans på ett femte klassens hotell, fulla som alikor båda två. Far prutade givetvis efter akten som han alltid har för vana att göra när han köper tjänster av allehanda slag. Människors girighet roar honom nämligen, och i synnerhet den desperata sortens girighet som är framsprungen ur mänsklig misär. Mor var så mager och smutsig och medgörlig att han förutsatte att hon tillhörde de underpriviligierades skara."

Jag sneglade på Zelda. Hon satt och spelade piano på armstödet. Då och då såg hon på sin bror och skrattade till.

"Senare samma höst var far inbjuden till en stor bankett hos bankiren Xavier Cameleon, och där, mitt ibland ett hundra-femtio mycket prominenta gäster stod hon, flickan med den svavelosande käften som accepterat femtio franc för ett intimt och depraverat rendezvous. När fars förvåning lagt sig visade det sig att hon var Zoe Cameleon, dottern i huset, det enda barnet och den enda arvtagaren till en enorm förmögenhet. Hon var klädd i en koboltblå klänning i haute couture från Dior och bar ett halsband med små briljanter och rubiner runt sin liljevita hals, och hon fattade hans hand i sin och sa med sin välmodulerade pikanta stämma:

"Vi är bekanta."

Och för första gången sitt liv blev far intresserad av en kvinna. Hon var lik honom själv. För henne var de perversa lekarna med en främling på ett nedslitet hotellrum ingenting annat än en intressant omväxling till hennes överförfinade men känslomässigt försummade, anemiskt högborgerliga tillvaro. Graden av förnedring mor utsatte sig för stod alltid i direkt proportion till hur överbeskyddad hon kände sig för dagen ..."

"Hon är född i Skorpionens tecken!" teaterviskade Zelda. "Passioner, hemligheter, du vet!"

Morgan blängde till på Zelda, irriterad över att bli avbruten i sin berättelse, men så fortsatte han nästan omedelbart, medan Zelda oberört skrattade färdigt för sig själv:

"Mors märkliga beteende förbryllade och imponerade så

oerhört på vår far, att han; de subtila uttryckens fiende nummer ett, kidnappade henne och avkrävde henne ett löfte att gifta sig med honom mot att hon blev fri, vilket ju låter som en paradox så här i efterhand. Mor blev imponerad av hans handgripliga och något anakronistiska sätt att uttrycka känslor, eller så var hon kanske en smula blasé just den veckan, eller kanske hade hon aldrig träffat en riktig grottmänniska förut och ville plocka sönder honom och se vad som fanns inuti? Vem vet?

I vilket fall som helst svarade hon "*oui*".

Bröllopet blev beskrivet i de flesta svenska, franska och engelska tidningar eftersom familjen Cameleon var (och är!) en familj med urgamla anor och Zoe var en omsvärmad och mycket omskriven ballerina.

Många udda existenser blev inbjudna till mors och fars bröllop. Det senare tolkades som ett utslag av välgörenhet från mors sida eftersom ingen riktigt förstod hennes verkliga avsikter. I franska tidningar kallades hon den lilla blyga maskrosen; en anspelning på det påstådda släktskapet med solkungen och någonting annat som jag inte minns."

"På bröllopsnatten låg hon med alla fars vänner." sa Zelda.

"Det sa hon bara för att göra honom svartsjuk och nyfiken." sa Morgan. "Far har aldrig haft några vänner."

"Det gjorde hon för att inte ha tråkigt!" sa Zelda. "Det var ett väldigt formellt bröllop, nämligen. Till och med lodisarna bar slipsnål."

"Sedan föddes Morgan och Zelda. Vi är tvillingar. Så vi har samma far. Och mor, om du nu tvekade!"

"Men inte samma kön!" förtydligade Zelda. "Om du nu tvekade."

"Tro henne inte, vi är siamesiska enäggstvillingar. Vi tänker exakt likadant. De fick såga isär oss när vi var nyfödda. Vi fick hemska, hemska ärr på pinsamma, pinsamma ställen, inuti och utanpå på våra kroppar. Om Iris är riktigt, riktigt snäll kan Iris få se någon gång!" sa Morgan och fladdrade kokett med sina långa ögonfransar.

De såg på mig och jag skrattade lydigt.

"Ibland är han så enormt rolig så man bara vill byta skämt. Eller personlighet." sa Zelda. "Byta med Morgan, alltså!" Och hon skrattade länge.

De var slående lika nu, där de satt i den dunkla belysningen och skärskådade varandra, som om de kunde avläsa varandras avsikter med blicken, vana sedan barnsben att kunna manipulera alla i sin närhet utom varandra.

"Mor har försvunnit, men det visste du förstås redan?" sa Zelda plötsligt.

Morgan suckade.

"Vet du vad som verkligen skulle förvåna mig, Zelda; förvåna mig så oerhört mycket mer än om vår nerdrogade mor hade rymt från en helt rymningssäker privatklinik? Det skulle vara om du, min kära syster någon dag skulle berätta någonting, någon ynklig, trivial ny liten detalj om henne eller om vår depraverade far och hans vulgära, korrupta, världsliga förehavanden; berätta någonting över huvud taget, som jag inte redan känner till sedan länge. Blotta tanken är absurd."

"Jag vet att det är så, Morgan, därför att jag vet att han inte kan spärra in henne någonstans, oavsett hur nerdrogad hon är!" utbrast Zelda.

"Mor behöver avvänjas, det är allt. Det är billigare att ha henne på kliniken i Schweiz än här. Hennes hobbyer blev för dyra men framför allt för *pinsamma* för far, trots mina egna generösa insatser både som läkare och kemist."

"Sluta! Iris kanske börjar misstänka att du framställer knark i ditt laboratorium i kallaren!" sa Zelda. Hon var den enda som skrattade åt sitt skämt, och vi satt tysta en stund och lät den oförsiktiga kommentaren sjunka in.

"Våra föräldrar är ytterst diffusa figurer som du förstår!" sa Morgan. "De är våra enda anhöriga. Vi måste tala om dem om och om igen så att de inte försvinner."

"Försvinner? Träffar ni dem aldrig?"

"Nej. Aldrig."

Av någon anledning verkade det som om syskonen Karp plötsligt inte längre hade lust att tala om någonting alls, och framför allt inte med mig, så jag sa "God Natt" till dem och avlägsnade mig.

*

II

*N*är jag nästa morgon blev väckt av en kraftig knackning på dörren kunde jag först inte komma ihåg var jag befann mig. Sedan reste jag mig upp på armbågarna i en mjukbottnad himmelssäng där jag hade sovit under svala sköna dunbolster i ett rum med antika gobelänger på väggarna och så mindes jag allting. Och när mina tankar osökt gled in på Tobias, som var den yttersta orsaken till att jag befann mig i Marcus Hades Hus, var de för första gången präglade av en känsla som nästan liknade tacksamhet.

Den lilla gråhåriga varelsen som hette Karla kikade in genom dörrspringan och sade, med sin märkligt färglösa röst:

"Frukost serveras i matsalen klockan åtta prick. Vårdad klädsel anbefalles, tack!"

*

Zelda och Morgan satt redan till bords i matsalen med några assietter med frukostbullar och kaffekoppar uppradade framför sig. De sa: "God Morgon". Morgan läste en morgontidning. Han erbjöd mig en av bilagorna men jag avböjde. Zelda satt och såg på mig och log utan att säga någonting.

Jag gick bort till frukostbuffén och fyllde en assiett med frukostbullar, små smörpaket och några ostskivor. Sedan hällde jag upp en kopp kaffe och satte mig på den plats som varit Miriams och numera kändes som min.

*

Exakt på slaget nio promenerade Morgan in i ateljén utan att knacka. Jag satt åter försjunken i tankar på Tobias och ryckte till på min pall när Morgan plötsligt befann sig i rummet. En ask med träkolsstickor föll i golvet.

Morgan slog sig ned i den röda sammetssoffan nära de båda fönstren och frågade:

"Har du läst Oscar Wildes roman om den lastbare Dorian Gray som låter måla sitt porträtt? Porträttet ser bara mer och mer vidrig ut med tiden, ju fler depraverade akter Dorian Gray utför medan Dorian Gray själv inte förändras alls, inte ens åldras."

Jag nickade. Han spände ögonen i mig.

"Kan du åstadkomma något liknande?"

"Hur menar du?"

"Jag är den siste manlige medlemmen i vår familj och jag vill lämna ett testamente till eftervärlden om varför det blev så. Klarar du att måla mitt sanna porträtt?"

"Jag ska försöka."

"Det tar jag för givet. Jag tillåter inte att du målar mig som de där patetiska påfåglarna i festsalarna; identiska, färgglada, pråliga, fåfänga medelmåttor. Jag är inte, i något som helst avseende, en medelmåtta."

Det var en fullkomligt onödig kommentar. Det hade varit uppenbart för mig från första ögonblicket jag såg honom att han inte, i några som helst avseende, var en medelmåtta.

"Du är inte heller någon medelmåtta, Iris!" fortsatte han. "Men din verkliga styrka är, paradoxalt nog, att du inte inser det själv."

Jag lät den något märkliga komplimangen gå förbi och frågade:

"Varför blev du både läkare och kemist?"

"För att göra min mor lycklig. Bokstavligen!" Han log. "Nej, oss emellan var det mest för att göra min far olycklig, för att överträffa honom."

Jag såg nog frågande ut för han fortsatte:

"Far har bara en doktorsexamen, förstår du. Han är hedersdoktor i ekonomi så det var en mycket dyr och oförtjänt examen med andra ord. Köpt för pengar och inte förvärvad genom meriter. Själv har jag två uppmärksammade och banbrytande doktorsavhandlingar bakom mig."

Han visade stolt upp två fingrar framför sig och blåste på fingertopparna, en i taget.

"Men Zelda är det verkliga underbarnet i vår familj. Hon dansar balett och är en virtuos på flygeln. I vår familj råder klassiska könsroller vilket innebär att hon är känslig och kreativ medan jag är brutal och rationell. Men hon skulle förstås säga att det är tvärtom; att bakom våra sociala identiteter är hon den pragmatiska och jag idealisten."

"Har ni någonsin varit gifta?"

"Syskon får inte gifta sig med varandra." sa han.

Jag skrattade.

Han såg på mig utan att skratta.

"Ingen vill ha oss när de lär känna oss. Trots all begåvning och anor och titlar och pengar. Du ser förvånad ut!"

Han log mot mig och jag blev alldeles matt i kroppen.

"Det där tror jag inte på." sa jag, helt uppriktigt.

"Jaså? Det råkar vara sant. Men jag kanske inte har träffat kvinnan som är min åker, ännu?"

"Åker?"

"Som jag ska så min säd i."

Han skrattade åt min illa dolda avsmak över den ålderdomliga metaforen.

Återigen kände jag mig märkligt förflyttad till en annan tid med en annorlunda, despotisk samhällsordning och jag insåg hur många sagor jag läst som barn och hur djupt deras budskap berört mig.

"Tyckte du om sagor när du var barn?" frågade jag rakt ut och han blev tyst. För första gången verkade han se mig och inte på mig. Efter en stund sa han;

"Zelda berättade fantastiska sagor för mig när vi var barn. Hennes fantasi var gränslös. *Är* gränslös. Jag vet aldrig hur hennes sagor kommer att sluta."

Han satt så långt borta, fast ändå så nära, och han satt inte stilla. Kanske var det bara för att vi hade talat om sagor, men jag tyckte att han såg nästan magisk ut, nästan verklig, med sin viktlösa mantel vävd av solens guldtrådar.

Jag gjorde ett par skisser av honom, misslyckade och stela, men låtsades inte om mitt missnöje utan fortsatte teckna med lätt darrande, sotig hand. Pappret fläckades av kol, blev sotigt och orent och slitet och under all smuts förblev han osynlig.

"Frustrerad?" frågade han plötsligt.

"Förlåt?"

"Tycker du inte om det du ser, Iris? Du verkar missnöjd." Han satt bredbent med armarna vilande över knäna och såg på mig. Ett litet leende skymtade på hans mun.

Jag visste inte vad jag skulle svara. Jag tyckte det var oerhört svårt att möta hans blick. Samtidigt var det nästan omöjligt att låta bli att se på honom. Jag harklade mig försiktigt och rev bort en sida i skissblocket.

"Måla min ruttna, depraverade själ!" sa han skämtsamt. "Låt mitt porträtt bli en varnagel i ögat för de vanartiga när den här egendomen förvandlas till museum, eller rekreationshotell för bukstinna direktörer efter Zeldas och min hädangång."

"Jag ska göra mitt bästa."

Han skakade på huvudet och viftade bort mina ord med sin hand.

"Nej, nej, och åter nej! Vi förväntar oss det omöjliga av dig. Det är därför du är här och det är därför vi betalar dig ett arvode av den storleken som ditt är."

Jag darrade till.

"Var inte orolig! Du har mycket gott om tid att lära känna oss." sa han och log.

"Vi kommer helt enkelt inte att släppa iväg dig förrän vi är helt nöjda!"

Morgan log igen, men istället för att mildra, snarare orsakade hans ord den gnagande, odefinierbara oro jag redan börjat känna.

"Jag måste vara försiktig när jag är i närheten av honom!" tänkte jag. *"Människor lämnar fläckar som aldrig går bort. Och han är som ingen annan jag har träffat."*

*

Efter det första arbetspasset med Morgan kände jag att jag inte klarade av att vara ensam med mina tankar i ateljén. Istället sökte jag upp Zeldas kombinerade dans- och pianorum i bottenvåningen, vägledd av den underbara pianomusiken som ekade paradisiskt mellan stenväggarna i huset.

Det var ett stort sakralt rum med vitkalkat kryssvälvt tak och slitna grå trägolv. En vit flygel och pianostol mitt i rummet var de enda möblerna. Takhöga speglar med räcken täckte de två väggar som inte bestod enbart av fönster.

Våra bilder reflekterades och upprepades ett antal gånger i olika vinklar i speglarnas ytor. Jag fick känslan av att vi befann oss mitt på en liten ö, i en liten paviljong med fönster i alla riktningar och att paviljongen var befolkad med en liten stam av människor som alla såg ut som Zelda och mig själv. Genom de stora fönstren och i deras spegelreflektioner skymtade sjön nedanför backen som ett himmelsblått hål fyllt med guldflagor.

Hon satt vid flygeln och spelade Debussys *Clair de lune*.

"Känn dig som hemma, Iris!" sa hon.

De käcka orden lät så främmande i hennes aristokratiska mun att jag fnissade till. Jag slog mig ner med mitt skissblock och några pennor på de nakna grånade trätiljorna och hon fortsatte att spela. En hårslinga som hade gjort sig fri från hennes slarviga knut hängde värnlöst ner och snuddade vid hennes bleka nacke varje gång hon rörde sig.

Medan solstrålarna dansade över rummet och över flygelns vita, blanka yta till fyrverkeriet av toner funderade jag på vad jag skulle säga.

Zelda spelade våldsamt. Hennes fingrar gled över pianotangenterna i otyglad känslosamhet. Hon vände sig mot mig igen med ett uttryck i ansiktet som om hon var drogad och pekade ut genom fönstret, ner mot sjön.

"En gång när jag var nästan barn, nästan vuxen, gick jag ut helt naken mitt i natten för att månbada. När jag var helt täckt av silverglans kunde jag inte röra mig, utan stod hypnotiserad och såg in i månen. Miriam kom ut och hjälpte in mig i huset upp till hennes rum och jag låtsades att månen hade tagit mitt förstånd bara för att få se henne gråta. Hon grät aldrig, förstår du. När Morgan kom in i hennes rum och såg mig ligga där naken och blöt av silvertårar på hennes säng med Minna över mig skrek han som ett djur, ylade som en varg nästan, men hon skrattade bara åt honom och jag skrattade också. För jag var inte alls död. Inte galen. *Bara lite, lite blå.*"

Hon skrattade till och försjönk i tankar och det kändes som om hon såg rakt igenom mig.

"Var är Minna nu?" frågade jag.
Zelda ryckte till så häftigt att armen flög upp och hon råkade smälla i armbågen och handen i kanten på pianot. Hon såg ner på sin vackra hand, med ett plågat uttryck i ansiktet. Smällen hade tydligen gjort mycket ont. Hon blinkade yrvaket några gånger, och muttrade förvirrat:
"Tabu. Jag *glömde* ..!"
Efter en stund riktade hon åter all sin uppmärksamhet till mig.

"Jag slår vad om att han snart kommer att förföra dig, Iris!" sa hon till slut och såg tankfullt på mig.

"Morgan lyckas alltid med allt han tar sig för. Och efteråt kommer han att berätta alla detaljer för mig, för det gör han alltid."

"Berättar han verkligen *allt*?"

"Allt. Vi har alltid stått varandra nära. Han vet att hans små berättelser hetsar upp mig. Fast jag är medveten om att det är ett spel från hans sida. Men han älskar faktiskt kvinnor. På sitt sätt. Det blir ganska tråkigt ibland." gäspade hon.

"Vilket då?"

"Allt. Han blir aldrig intresserad av någon kvinna. Intresserad på riktigt, menar jag. Allt det där är bara för att underhålla mig. Ibland misstänker jag att han egentligen är homosexuell!" sa hon. "Vad tror du, Iris? Kan man vara homosexuell utan att veta om det?"

Min hand darrade ofrivilligt. Tanken tilltalade mig inte alls av någon anledning.

"Ni är så lika du och Morgan!" sa jag. "Samtidigt som ni är varandras motsatser. Men om du fäste upp ditt långa hår och satte på dig hatt och kostym skulle du kunna klä ut dig till honom."

"Jag har klätt ut mig till honom. Men inte på det sätt du tror." sa hon. Hon log ett outgrundligt leende.

Jag sa ingenting.

Hon ryckte på axlarna:

"Kvinnor faller för blommor och poesi säger han. Vad vet jag? För min del tror jag att grymhet är en minst lika effektiv afrodisiaka."

Hon log mot mig igen.

"Så berätta: Vad får dig att falla, Iris? Makt? Pengar? Skönhet? Genialitet? Kriminalitet?"

"Det var så länge sedan nu." ljög jag. "Jag minns inte."

"Prat! Sånt glömmer man inte! Berätta någonting om dig själv! Har du blivit förälskad i min bror, ännu? Lite, lite, lite grann?"

"Jag är här för att måla av er!" sa jag och hoppades att jag inte hade blivit röd i ansiktet igen.

"Tror du att kärleken är vanebildande?"

"Jag förstår inte ...?"

"Tillåter du dig att bli förälskad ibland? På våren? På hösten? För känslans skull?"

"Nej." sa jag. "Inte ens på vintern för värmens skull."

Hon skrattade inte åt mitt lilla skämt. Suckade bara och sa:

"Nej du är konstnär, du. Du mår inte bra av att må bra."

"Du är också konstnär, Zelda. Du spelar rent ut sagt gudomligt."

"Jag gav konserter när jag var yngre. Spelade in två skivor till och med!" sa Zelda och drog med fingret över tangenterna. "Alla dessa giriga, dogmatiska dilettanter!"

Hon slog så hårt med alla fingrar på pianotangenterna att jag hoppade till, och så sa hon:

"Kom ner och drick ett glas vin med oss i kväll!"

*

Det var med lätta steg jag skuttade ner till biblioteket senare samma kväll. Precis som kvällen innan slog jag mig ner bredvid Zelda i den ena av bibliotekets två slitna skinnsoffor. I den andra satt Morgan. Elden knastrade i den öppna spisen och gav ifrån sig en behaglig värme som smekte mina armar likt en kelsjuk katt.

Morgan hällde upp ett glas vin som han gav till mig. Vi undvek smidigt att se varandra djupt in i ögonen.

"Så du kom ändå!" sa Morgan. "Jag trodde inte du skulle kunna slita dig från dina skisser."

Jag skrattade. Jag kände mig nästan upprymd över att jag fick vara med i deras lilla krets och att inte gårdagens trivsamma samvaro på tre man hand hade varit en engångsföreteelse.

"Så, berätta, Iris: Vad gör du i vanliga fall när du inte

målar?" frågade Morgan i lätt ton. "Har du något liv utanför konstens illusoriska värld?"

"Jag leder några kurser i oljemålning och i kroki. Det händer att jag själv står modell."

"Har du rika föräldrar, Iris?" frågade Zelda.

Jag drack en djup klunk vin för att vinna tid. Svaret på hennes fråga måste vara uppenbar för alla med den minsta sociala radar."

"Nej."

"Jaså?" sa Zelda. "Då var du alltså ett älskat barn?"

Hennes kommentar gjorde mig både förbryllad och illa till mods.

"Nej. Från början var jag ett litet misstag, som blev bortadopterat. När min adoptivfar dog visade jag mig vara ett stort misstag."

"Vad gjorde du då, när du insåg att du var ett oälskat barn?" frågade Zelda.

"Jag läste mycket."

Jag svalde resten av vinet i mitt glas. Av alla stunder i mitt liv var det stunderna från barndomsåren som var de mest plågsamma att tänka på och därför gjorde jag det ytterst sällan. Jag hade överlevt barndomens torftiga ensamhet, överlistat den genom att rita och läsa och fantisera, medan Sonia hade tömt den ena vinflaskan efter den andra i sin strupe, i den fåfänga tron att svaren på hennes frågor fanns buteljerad i någon av dem. Det var kanske under de där stunderna jag blev beroende av lögnen. Lögnen blev min överlevnadsstrategi i det känslomässiga vakuum jag levde.

"Jag trodde att fattiga människor älskade sina barn!" sa Zelda. "Varför skaffar de annars så många, menar jag, om det inte är av kärlek? Det kan inte vara för att slippa dela med sig till pöbeln vid sin död, som rika människor?"

"Vad tror du, Iris?" frågade Morgan.

"En del kanske skaffar barn för att de inte står ut med ensamheten i äktenskapet." sa jag.

"Har du några syskon?" frågade Zelda.

"Inte vad jag vet." sa jag.

"Har du någon som du älskar?" fortsatte hon.

"Nej."

Omedelbart efter jag hade sagt det ångrade jag mig. Jag var trött och hade druckit för mycket vin på för kort tid och förlorat omdömet och pratat för mycket om det förflutna, och det hade gjort att jag överväldigades av en stark overklighetskänsla, som om jag hade fått jetlag i min egen kropp och svävade straxt ovanför den utan att kunna landa i rätt tid i rätt kropp i rätt namn.

Jag märkte att Morgan iakttog mig men kände mig för sårbar för att orka möta hans blick. Istället såg jag ner på vinglaset i min hand. Någon måste ha fyllt på vin utan att jag hade märkt det.

En grotesk miniatyr av mitt eget ansikte grinade tillbaka på mig bakom vinglasets blodröda kant.

*

Ett par timmar senare kurade jag ihop mig under duntäcket i min höga himmelssäng.

Jag låg en stund och försökte erinra mig vilken bok det var som Zelda hade läst för oss ur när vi hade förlorat lusten att tala. Men hur mycket jag än ansträngde mig lyckades jag inte minnas ordens budskap. Jag mindes endast deras melodi när Zeldas mjuka röst, tyngdlös som om den varit fjättrad vid känsliga fjärilsvingar, fyllde luften mellan våra stumma kroppar med rörelse.

Så nära Zelda i soffan men ändå så fjärran, hade jag inte uppfattat ett enda ord av hennes berättelse. Hela tiden hon läste högt ur den där okända boken satt jag och stirrade som förhäxad på hennes underarm där ett långt blåsvart märke vanställde hennes bleka hud. I skenet från brasan såg det ut som skuggan av en lång ormliknande tunga med tungspetsen riktad mot den tunna handledens blodkärl.

Av någon anledning som jag inte förstod; som ett illavarslande förebud, fyllde synen av detta missprydande blåsvarta märke mig med en gnagande oro jag inte kunde förklara.

*

III

*D*agarna antog snart orubbliga rutiner.
Varje morgon klockan sju förvisades jag ur drömmarnas land av Karlas obarmhärtiga slag på dörren. Efter att ha duschat och klätt på mig vandrade jag ner för den vindlande vindstrappan redo för att intaga frukost klockan åtta tillsammans med syskonen Karp.

Andäktig som om jag öppnade portarna till ett heligt tempel steg jag in i den vackra, höga matsalen med sina djupa blyinfattade fönster, svarta stengolv och röda tapeter. Morgan och Zelda såg upp på mig från sina platser vid det långa matsalsbordet. Deras "God Morgon, Iris!" ekade i tomrummet mellan de höga väggarna.

Omedelbart till höger, innanför de massiva matsalsdörrarna, på en skänk i polerad ek, serverades färska scones, rostat bröd, ett urval franska ostar och olika sorters engelsk marmelad, paprika, färska jordgubbar, torkade aprikoser, olika sorters nötter, müsli, yoghurt, kokta ägg, färskpressad apelsin- och grapefruktjuice i kristallkaraffer, samt kaffe med tillbehör i en kurvig silverservis.

Ett holländskt brunpatinerat vanitas-stilleben med döda fiskar på en krok hängde tung i sin förgyllda ram över frukostbufféns färska läckerheter som en allvarsam påminnelse om förgängligheten.

Morgan satt på sin plats i högsätet och läste morgontidningarna. Han hade för vana att kommentera vissa nyheter högt som om jag inte var där eller som om han ville att jag skulle känna mig som att han inte märkte att jag var där. Framför allt var han förtjust i att kommentera finanssidorna och omnämna miljonbelopp så där i förbigående som om det var fickpengar i hans ögon.

Zelda föreföll aldrig det minsta intresserad av någonting som stod i tidningarna. Hon brukade peta förstrött i maten och stirra med ett konstigt uttryck i ansiktet på en jordgubbe, eller skiva paprika. Det var som om hon febrilt försökte förstå sambandet mellan maten och henne själv, men inte lyckades. Den lilla mängd födoämnen som fick passera mellan Zeldas läppar hade all anledning att känna sig hedrad.

Själv kände jag mig oftast ganska hudlös på morgnarna och hade helst velat vara ensam och långsamt men respektfullt få avlägsna mig från drömmarnas symboliska värld och få vila en stund i det kravlösa ingemanslandet mellan dröm och verklighet. Innan jag kom till syskonen Karp, på den tiden jag bodde ensam i min egen lilla lägenhet hade det ofta hänt att jag fått inspiration till surrealistiska målningar från nattens drömmar över morgonens första mugg kaffe.

Men även om jag inte längre kunde sitta och drömma över en torftig ostmacka och en mugg lågpriskaffe, barfota och endast iklädd nattlinne vid mitt skrangliga köksbord, så kompenserades jag rikligt för denna förlust genom att min frukost numera var både närande och god, och dessutom kunde avnjutas på vackert antikt porslin i ett historiskt hus som i alla avseenden utom just till namnet var ett slott.

På förmiddagarna efter frukost arbetade jag på Morgans porträtt några timmar och på eftermiddagarna arbetade jag ytterligare några timmar på Zeldas porträtt i min ateljé, enligt vår överenskommelse.

Jag älskade ateljéns nakna, rena ytor och gick alltid omkring barfota på trätiljorna därinne. Ibland hände det att jag slog mig ner i den röda sammetssoffan och blev sittande där i flera timmar och bara såg ut genom fönstret, ner över backen och sjön och träden. Vid några tillfällen skymtade jag en dovhjort, andra gånger en räv. Men oftast var det småfåglar och ekorrar och kaniner som vågade sig så nära Marcus Hades

Hus att jag tyckte mig kunna höra deras hjärtslag när jag såg in i deras ögon.

Zelda dansade balett och spelade piano flera timmar varje dag. Pianomusiken hördes igenom de tjocka väggarna där de ekade genom korridorerna som dunkla rop från husets inre.

Efter lunch och middag, som intogs exakt klockan tolv respektive klockan fem i matsalen varje dag och alltid var av gourmetklass, avlägsnade sig Morgan för att arbeta i sitt laboratorium några timmar.

På torsdagarna tog han emot patienter i sin läkarmottagning som låg bredvid laboratoriet i källarvåningen. Patienterna fördes in från en ingång på baksidan av huset, så jag såg aldrig skymten av dem, även om det hände att jag uppfattade deras dämpade och lätt hysteriska röster.

Varje kväll satt Morgan och Zelda och jag och drack varsitt glas vin tillsammans i biblioteket, men som genom någon slags tyst överenskommelse gick jag aldrig dit utan att ha blivit inbjuden av Zelda. Jag var numer mycket tacksam över att jag inte var tillräckligt slipad för att bli utestängd från deras gemenskap.

Så förflöt många dagar i Marcus Hades Hus.

*

Varje morgon exakt klockan nio promenerade Morgan in i ateljén utan att knacka. Med ett roat och något otåligt uttryck i ansiktet slog han sig ned i den röda sammetssoffan. Det stod numera helt klart för mig att han inte förväntade sig någonting mindre än ett mirakel från min sida.

En morgon när Morgan klev in i ateljén stod jag och såg ut genom fönstret. Några minuter tidigare hade jag nedanför backen mot sjön skymtat en liten övergiven kaninunge som darrande kurade ihop sig under ett träd, ensam och prisgiven åt rovfåglar. Trots att jag visste att jag inte kunde hjälpa den på något sätt vågade jag inte släppa den lilla ömkliga figuren med blicken.

"Här är så ... vackert!" sa jag, lite förvirrat, fortfarande utan att kunna slita blicken från den lilla kaninungen.

Morgan ställde sig vid sidan om mig bakom den röda sammetssoffan och såg ut genom fönstret, ut över vidderna, utan att se vad jag såg, utan att förnimma min rädsla.

Han såg stolt ut.

"Min anfader, Marcus Hades, sedermera Marcus Hades Karp, älskade den här platsen." sa Morgan. "Första gången han färdades i de här trakterna blev han överraskad av ett skyfall och hans följe tvingades slå läger här över natten. På morgonen nästa dag när solen steg upp på himlen över sjön och trädtopparna och han åt sig mätt på fisk (karp) som hans betjänt hade fångat i sjön och grillat över öppen eld, och satt under de mäktiga ekarna och lyssnade på fåglarnas sång och skymtade ett rådjur i snåren, beslöt han sig för att bosätta sig här. Han lät bygga det här huset med virke och natursten från sina egna ägor, som ett minnesmärke över sig själv och sin makt. Och huset står kvar, än idag."

"Var det dyrt?" var det enda jag kunde pressa ur mig efter Morgans lilla föreläsning.

Han stod så nära mig att jag kunde känna doften av hans aftershave och tydligt urskilja sömmarna i hans blå skjorta. Under det tunna tyget kunde jag skymta hans välproportionerade axelparti och bröstkorg.

Morgan skrattade till.

"Om det var *dyrt*? Jo, det kan man lugnt säga! För att sänka arbetskostnaderna anlitade Marcus Hades Karp straffarbetare från en fängelsehåla några mil härifrån. Men det gick inte att frakta fångarna i hästskjuts fram och tillbaka varje dag, så hans arkitekt och byggherre, och före detta indrivare Hellman, lät bygga några egna fängelseceller i källarutrymmena som fungerade som förvaringsutrymme nattetid. I slutet av sextonhundratalet fanns det någonstans nere i den här källaren även en liten tortyrkammare med specialkonstruerade tortyrredskap. Här fanns dessutom ett spritbränneri för husbehov. Bådadera var illegala men mycket inkomstbringande verksamheter."

"Inkomstbringande? *Tortyrkammaren* också?"

"På den tiden fanns det gott om män och kvinnor som visste mer än vad de själva kände till – om Djävulen och häxor och konspirationer och annat smått och gott – som behövde hjälp med att erinra sig saker. Både Marcus Hades Karp och Hellman var sadister långt innan begreppet hade myntats. De var både metodiska och uppfinningsrika och därför flitigt anlitade framför allt av kyrkans dignitärer."

"Så hemskt!" sa jag.

"Det förekom även lönngångar mellan olika rum i det här huset. Marcus Hades Karp hade politiskt mäktiga vänner (och fiender) och anordnade ofta storslagna gillen. I samband med dessa ägnade han sig bland annat åt avancerat spionage. Sånt kan vara mycket lukrativt om man använder sina kunskaper på rätt sätt."

Morgan skrattade lite. Sedan slog han ihop sina fingertoppar och suckade lite klädsamt:

"Men efter diverse renoveringar och sanitära installationer existerar dessa lönngångar inte längre. Tyvärr, får man kanske lov att säga?"

Morgans blick var så full av insinuationer att jag kände mig tvungen att söka skydd bakom staffliet där jag hoppades att han inte kunde se att mina händer darrade som små kanintassar.

*

Det hände någon enstaka gång när Morgan var på mycket dåligt humör att han berättade om sin far Magnus Karps framgångsrika karriär och metoder i finansvärlden.

Men trots att Morgans berättelser var mycket brutala, med detaljer om fysiskt och psykiskt våld och korruption på högsta samhällsnivå, var det inte ändå inte berättelserna i sig som skrämde mig mest. Det som fick mig nästan må illa av rädsla var det våldsamma hat som lyste i Morgans ögon när han härmade sin far.

"*Glöm inte Pavlov; glöm inte de betingade responserna! Få hundarna att drägla! Köp billigt, sälj dyrt, det är hela hemligheten! Stå alltid på tå! Andras tår! "Survival of the fittest" som Darwin sa till aporna i buren!*"

Aldrig såg Morgans ögon så ondskefulla ut som när han gjorde de där imitationerna av sin far.

Men det Morgan helst talade om för att förströ sig själv (och möjligen för att imponera på mig) var naturvetenskapliga artiklar han läst; framför allt nya teorier om the Big Bang, spökgalaxer, parallella universum, energier i vakuum, ljus som är både vågor och partiklar samtidigt.

Han talade om den subatomära nivån av tillvaron där alla naturlagar sätts ur spel och jag inflikade ett "*ja*" eller "*nej*" där jag antog att det passade in i hans avancerade resonemang. Samtidigt koncentrerade jag mig på porträttet för att försöka dämpa hjärtklappningen och den känsla av svindel och overklighet hans fysiska närhet alltid framkallade när vi var ensamma.

Ibland log han ett leende som brände sig in i mina ögon. När jag blundade ekade bilden av hans intensiva ögon och sensuella mun i hela min kropp.

*

"Hur skulle du helst vilja dö, Iris?" frågade Morgan en morgon. Av hans tonfall att döma kunde han lika gärna ställt en fråga om matlagning eller komposthantering. Utan att invänta mitt svar fortsatte han:

"I rymden skulle det mest spektakulära sättet att dö på vara att trilla in i ett svart hål. Inte ett supermassivt svart hål med en miljard gånger solens massa som skulle sluka dig hel, tillsammans med ett antal stjärnor och gasmoln; nej, nej: jag talar om ett litet svart hål med en förhållandevis liten massa där du kan komma nära dess mittpunkt innan du passerar gränsen där gravitationen är så stor att inte ens ljusets hastighet räcker till för att fly. Och, som ett resultat av skillnaden mellan styrkan i gravitation vid dina fötter och ditt huvud, skulle de kemiska banden i din kropp tänjas, för att slutligen slitas sönder, och atom efter atom av dig skulle pressas ut som ett pärlband av fallande atomer i rymden."

"Jaså?" sa jag. "På det viset."

När Morgan inte fick den reaktion han tydligen hade förväntat sig frågade han irriterat:

"På tal om att slitas i stycken i ett litet svart hål eller släppas igenom hel; vet du varför du blev bortadopterad, Iris? Vet du varför din biologiska mor älskade dig för lite för vilja ta hand om dig men tydligen för mycket för att betala någon för att plocka ut dig i små, små blodiga, sönderklippta stycken från sin livmoder?"

"Nej. Hur skulle jag kunna veta det?"

Det kändes som om han hade sparkat mig i mellangärdet och som om jag fått en brutal påminnelse om min medfödda, skamliga, obotliga defekt; denna namnlösa skada inom mig som gjorde att jag saknade förmågan att uppväcka kärlek; detta mitt gåtfulla modersarv som gjorde att jag aldrig hade blivit dödad på riktigt, bara nästan, av dem som borde ha älskat mig.

"Egentligen heter du väl Anna Svensson eller något annat dussinnamn? Iris Bild är inte ditt riktiga namn, antar jag?"

"Iris Bild är ett namn. Och det är *mitt* namn. Och jag är konstnär och en konstnärsjäl mer än bara något namn eller dussinnamn, även om jag råkar vara en dussinmänniska."

Den dagen frågade han mig ingenting mer om mig själv.

*

En annan morgon frågade han mig om maten var till full belåtenhet.

"Jag har aldrig i hela mitt liv ätit så god mat som nu!" svarade jag uppriktigt. "Inte ens på restaurang."

"Fritz, vår kock, har varit hos vår familj under en mycket lång tid. Han är döv. Det förklarar kanske varför han har blivit så gammal hos oss. Han hör ingenting."

*

IV

*D*en stora svårigheten med porträttmåleri är, som jag sa i intervjun på tv, att välja just den lögn som mest liknar sanningen, att välja det ögonblick som synliggör människans psykiska identitet i en fysisk kropp.

Men det var svårt för mig att se objektivt på Morgan.

Att sitta och se på honom var för mig ett plågsamt privilegium; en lyx som förlamade mig och gjorde mig klumpig och fick mig att låta dum. Mina händer löd mig inte, jag lyckades alltid tappa penseln på golvet, eller stöta omkull en flaska terpentin, och min hjärna frös till en isbana där tankarna gled runt, runt på instabila skär utan att få fäste eller skapa begripliga mönster.

När han lämnat rummet efter vårt timslånga arbetspass brukade det ta omkring tio minuter innan förlamningen ytterst långsamt släppte sitt grepp om mig, och jag började känna mig lättad och orolig och lycklig och panikslagen och kunde andas normalt och erinra mig alla dumma saker jag sagt och gå igenom alla kloka saker som jag borde ha sagt för att visa honom hur intelligent jag var egentligen.

Varje sittning kändes som ett nederlag för mig.

Men knappast hade han hunnit utanför dörren innan jag längtade efter nästa plågsamma arbetspass och bestämde mig för att anstränga mig för att vara en bråkdel så oemotståndlig som han var.

Jag ville att han skulle se på mig igen med vidöppna ögon.

*

Det hade blivit en vana att Morgan, Zelda och jag tillbringade kvällarna tillsammans i biblioteket. En brasa var alltid tänd i den öppna spisen, och på borden stod alltid stora fat fyllda med exotiska frukter och mörk gourmetchoklad. Ett mindre vinställ var alltid laddat med några flaskor bordeauxviner, Premiers crus. Ibland lyssnade de på klassisk musik och operor, eller franska sentimentala ballader. Vissa kvällar högläste de valda stycken ur någon av de flera tusen inbundna böckerna som trängdes i bokhyllorna. Någon tv fanns inte i biblioteket.

Men oftast brukade de berätta historier om sina svenska och franska förfäder för varandra, via mig, och jag blev road av att lyssna till deras berättelser utan att fundera alltför mycket på hur pass sanna berättelserna var.

*

"Hur kommer det sig att du alltid bara lyssnar på Morgan och mig och aldrig bidrar med någon egen berättelse?" undrade Zelda en kväll.

"Därför att jag misstänker att ni använder mig som ursäkt för att tala med varandra." tänkte jag.

"Mina berättelser kan inte i något avseende mäta sig med era." svarade jag.

Zeldas ögon mörknade av besvikelse. Medan hennes vackra hand med små nätta slag mot armstödet underströk hennes ord förklarade hon, något otåligt:

"Iris, Iris! En berättelses värde beror helt och hållet på *hur* någonting skildras inte *vad* det är som skildras! Det som betraktas som världslitteraturens främsta verk är vid närmare betraktelse ingenting annat än berättelser om kvinnor som dör av kärlek (till män) och män som jagar fiskar, förvandlas till skalbaggar, promenerar i Dublin under en dag, luktar på kakor, slåss med väderkvarnar ..."

Morgan gäspade diskret.

"Varför inte berätta sanningen om Tobias och dig, Iris?" föreslog han. "Din egen, subjektiva sanning, alltså." Hans begäran kändes oerhörd. Jag tog en klunk Chateau Margaux, svalde, blundade.

"Tobias och jag gick första terminen i samma klass på "K.K:s " fyraåriga konstutbildning. Senare ville en av Tobias frilansande kompisar göra en dokumentär för tv om unga bildkonstnärer. Men han riskerade att inte få några anslag eftersom han inte kände till en enda intressant kvinnlig konstnär. Och det var då Tobias kom att tänka på mig."

"Du var den enda man blev nyfiken på bland alla blodiga installationer och abstrakta manifest och meningslöst pladder!" sa Zelda. "Minns du vad Tobias sa när han blev intervjuad? *"Form är en käpp för de blinda. Form är disketten som innehåller musiken. Form är plåten runt atombomben. Energi är oförstörbar medan dess form ständigt förändras. Jag vill visa energi utan form."*

Zelda himlade med ögonen.

"Konst; energi utan form! Så dumt! Minns du? *Energi Utan Form!*"

Jag slöt ögonen. Nog mindes jag. Och nog mindes jag hur totalt jag fallit för Tobias energi. Men framför allt mindes jag hur totalt jag fallit för formen som all denna okuvliga energi var förpackad i. Mina själsliga blåmärken värkte fortfarande.

Hettan från elden i den öppna spisen fick mig att minnas den där heta sommardagen då jag hade stött ihop med Tobias ute på stan, långt borta i tid och rum från konstskolan.

Jag mindes tydligt just det där ögonblicket när jag kunde se i hans förvånade ögon att han, äntligen, såg mig, *Kvinnan* Iris, *Människan* Iris, och för ett ögonblick glömde bort att denna Iris också var *Konstnärinnan* Iris med sin arkaiska konst, sina patetiska porträtt av icke-existerande människor och väsen; konstnärinnan Iris med sin infantila vurm för det magiska, det förtrollade, det fantastiska; denna konstnärinna i mig som konstnären i Tobias alltid hade funnit så motbjudande.

Tobias var det högsta priset i de åtråvärda flickornas lotteri och när han såg på mig som han såg på mig just det där ögonblicket började hjärtat pumpa hett blod. Jag blev kvinnan Iris, levande och saftig som en mogen frukt, och mannen Tobias såg på mig, med alla sina sinnen öppna och kände sig med ens mycket hungrig. Och det var så det började på riktigt, det som jag kallade min "metamorfos-fas" och Tobias med ett smil kallade för sin "falliska fas", och det var så det fortsatte. Ett tag.

Jag mindes hur Tobias brukade gå omkring naken med en öl i ena handen och en pensel i den andra när han målade på sina tavlor – minst tre åt gången – och hur han försökte överrösta Robert Plant i Led Zeppelin: "... *gonna give you every inch of my love* ... "

Jag mindes Tobias lilla lägenhet som var full av ihoprullade dukar på alla möjliga och omöjliga ställen; bakom soffan, bland smulorna i skafferiet, under jukeboxen, på hatthyllan. De finaste målningarna skulle han förvara under madrassen tills han blev gammal eftersom han inte litade på bankfack.

"Ingen tjuv skulle leta under en solkig jävla madrass hos en ölalkis efter ovärderlig konst!" skrattade han.

Jag mindes hur jag brukade sitta naken i hans säng – inte alltid som modell – och iaktta honom måla och prata och svära och sjunga och skratta, och drömma om att han skulle säga att han älskade mig.

"Du ger mig inspiration och någonting som rimmar på inspiration, baby'!" sa han. Och jag mindes hur utvald och speciell jag kände mig när han dök ner hos mig mellan lakanen och kittlade mig med sin favoritpensel och det bara fanns vi två i hela världen.

Och till och med tv-intervjun blev bra. Faktum var att den blev så bra att jag inte kände igen mig själv. Porträttet av kvinnan som jag låtsades var min mor kom med någonstans i bakgrunden. Sval och skön, med uppsatt svart hår och klädd i en mörkblå klänning stirrade hon oberört in i tv-kameran, denna mystiska kvinna från ett urklipp i en gammal veckotidning, från en hög av identiska gamla veckotidningar som jag hittat på Tobias dammiga vind den gången när jag (förgäves) hade letat efter minnen från hans barndom och ungdom.

Någon vecka efter det att dokumentären hade visats på tv ringde ett ombud för Zelda och Morgan och framförde syskonens önskemål om att bli avporträtterade av mig på deras lantegendom och att kost och logi ingick i arvodet, vilket i sig var oerhört generöst med tanke på hur okänd jag var.

Lägenheten hyrde jag ut till min väninna Inger Ågren, vars pojkvän hade sparkat ut henne när hon blev kär i en annan man. Trots att Inger och jag hade varit nära vänner i många år förstod hon inte att jag visste vem hennes nya kärlek var.

Hon hade nämligen inte upptäckt mig där jag hade stått gömd bakom vinkorksdraperiet i Tobias hall och sett på henne och Tobias när de utforskade varandras former och utväxlade energi i hans säng. De hade varit så fulla och högljudda att de inte ens hade hört när jag hade snubblat över en stol och kräkts i köksvasken. Ingen hade hört mig när jag slog igen dörren bakom mig och försvann ut i det blå månskenet med tårarna rinnande och Tobias favoritmålning ihoprullad under armen. Hur skulle jag kunnat glömma?

"Energi utan form."

"Berätta något mer om Tobias!" bad Morgan. "Trots att Zelda är så vansinnigt intelligent och intuitiv förstår hon fortfarande inte varför nästan alla kvinnor faller för Tobias Klaus? Du som är expert – eller ska vi säga *connoisseur* – kan väl förklara detta mysterium för henne!? Vad är det som gör honom så oemotståndlig?"

"Expert är jag väl ändå inte? Tobias är ett naturbarn. Han är vild och icke-konformistisk, antiauktoritär och frispråkig och mycket *kroppslig*. Man har aldrig tråkigt i hans sällskap ..."

"Äsch. Du är en större konstnär än Tobias! Kan du inte se det själv?" avbröt Zelda.

"Kritikerna älskar honom. De talar om hans tavlor som "ren, komprimerad energi"."

"Kritikerna?! Kritiker är hundar som tycker om socker!" fnyste Zelda. "Medan du, Iris, du är en sökare. Du vet kanske inte vad du söker, eller ens varför du söker, eller varför du står ut med all smärta det för med sig, men du vet att du måste, för du har inget val, för du är besatt av ... besatt av ..."

Hon avbröt sig själv. Jag höll andan.

"Besatt av vad?" viskade jag.

Hon log emot mig och hennes ögon blänkte av ljuset från elden i den öppna spisen och från en eld någonstans inom henne själv när hon lade sin mjuka hand på min och sa:

"Du söker någonting. Du har alltid sökt. Men du vet ännu inte vad."

*

Zelda hade håret uppsatt i en lös knut och hon bar svarta trikåer och röda benvärmare där hon stod vid stången framför speglarna och sträckte och böjde sin finlemmade lekamen. Själv satt jag på golvet med ryggen mot en av speglarna med ett skissblock i mitt knä och en mjuk blyertspenna i min hand och försökte fånga hennes graciösa rörelser med snabba streck på mitt skissblock.

"*Plié*"; Zelda böjde knäna helt utan att lyfta hälarna från golvet. "*Port de bras*"; hon böjde överkroppen graciöst tillbaka. "*Arabesque*"; Zelda lyfte sitt ena ben högt rakt bakåt. "*Grand battement*"; hon lyfte sitt ben från höften rakt upp. "*Grand jeté*"; Zelda kastade sitt ena ben i en hög båge framåt i luften. i några höga hopp över tiljorna.

"*Cabriole*", "*pirouette*", "*entrechat!*" demonstrerade Zelda. Alla hennes rörelser var graciösa och utförda till synes utan ansträngning, men under armarna och på ryggen och bröstkorgen, bildade svetten mörka klibbiga fält och i pannan blänkte den som en tunn fet hinna. Hon andades häftigt:

"Kroppen, intellektet och känslan måste integreras i rörelsen. Så här!" sa hon och gjorde en spiralliknande vridrörelse med överkroppen ner mot golvet; så otvetydigt sensuellt att pennan i min hand, samtidigt som Zeldas kropp snurrade i sin tur frigjorde sig från mitt grepp och studsade mot tiljorna.

"Fantastiskt!" var allt jag lyckades pressa fram när hon tog en paus.

"Jag har dansat sedan jag var fem." sa hon och ryckte på axlarna. "Mor tyckte det hörde till en fin flickas uppfostran att dansa klassisk balett och helst då fridans med avantgardistiska inslag, så vi brukade dansa tillsammans hon och jag och Morgan. Han ville inte dansa balett med oss så hon tvingade honom. Stackars lille Morgan!"

Zelda skrattade till och fortsatte som för sig själv;

"Mor älskade *Les Ballets Russes*. Hon älskade Vaslav Nijinsky, Kurt Joos, Martha Graham, koreograferna. Hon älskade *Våroffer* och *Eldfågeln* och *Gröna bordet* mest av alla baletter. *Törnrosa* gick väl an när vi var små och lyssnade på sagor!"

Hon tystnade och torkade av sin panna på en handduk.

"Morgan och jag såg nästan identiska ut på den tiden eftersom mor alltid klädde oss i likadana kläder och vi båda hade långt lockigt hår. Alla tyckte Morgan var sötast av oss. Så var det alltid. "Låt dem tro han är en flicka! Pojkar är små motbjudande monster!" sa mor och knöt rosa rosetter i håret på oss. "Frilägg era inre landskap, barn!"

Zelda skrattade lite. Hon öppnade dörren till ett duschrum bakom en av speglarna och vi klev in på det vita kakelgolvet.

"Känn så fort mitt hjärta slår! Fortfarande!"

Hon tog min hand och placerade den straxt under sitt vänstra bröst, såg på mig och log. Under den genomblöta svarta trikåtoppen, under bröstets mjuka rundning, kände jag hjärtat banka våldsamt mot bröstkorgen som ett frihetsberövat djur.

Hennes blick vek inte från min.

Hennes bröstkorg havde sig häftigt. Hennes svett luktade sötaktigt, som någonting jag av någon anledning bara kunde tanka på som krossade granatäpplen.

"Du är stark, Zelda!" sa jag.

"Det måste man vara när man ska frilägga sitt inre landskap." sa Zelda. "Pojkar är små motbjudande monster, eller hur?"

Sedan släppte hon greppet om min hand och började klä av sig framför mig, utan minsta tecken på blygsel och fortsatte berätta, medan jag försökte låta bli att stirra på alla blåmärken som vanprydde hennes vackra kropp:

"När mor och far hade gäster i huset brukade mor och Morgan och jag dansa för dem. Alla stirrade ju på mor förstås, där hon dansade omkring barfota i sin tunna hudfärgade tunika bakom sina genomskinliga slöjor, hög av kokain eller amfetamin, som en Isadora Duncan inspirerad av en dansande backant på en skärva av en antik vasmålning. Morgan grät alltid av förödmjukelse på nätterna efter de där små balettuppvisningarna så jag fick trösta honom och hitta på fantastiska sagor med Prins Karp i huvudrollen och smeka hans rygg tills han somnade."

Zelda steg in i duschkabinen medan jag satt kvar utanför på en bänk och iakttog hennes rörelser genom det grovkorniga glaset.

"*Som en upptinande isbit på fötter.*" tänkte jag.

"Man blir så öm i kroppen." sa hon. "Det värker överallt, i alla muskler."

"Jag antar att det är priset du får betala för att kunna behärska din kropp till fulländning." sa jag utan att varken vilja eller kunna dölja min beundran.

"Det är belöningen. Det är därför jag gör det!" skrattade hon och hennes röst blandades med bruset av vattenstrålar.

"Du hörde nog inte riktigt vad jag sa!" hojtade jag.

"Jodå. Smärtan är min belöning för att jag plågar min kropp. Disciplin är ett medel, inte ett mål. Smärtan är själva uttrycket för att jag lyckats betvinga min kropp."

Hon steg ut ur duschkabinen och började gnugga sig rödflammig med en stor vit frottéhandduk framför mina ögon.

"Anders Zorn hade inte gillat mig! Och inte Rubens heller." konstaterade hon medan hon tankfullt torkade sina små fasta bröst och sin platta mage.

"För lite hull. För många blåmärken. Idag räknade jag till trettio stycken... Men vem bryr sig om gamla gubbkonstnärer? Huvudsaken är att *du* gillar mig."

Och så log hon ett leende som var så tveklöst, så oblygt, att jag var tvungen att låtsas hosta i min öppna handflata.

*

Zelda var rastlös och hade svårt att sitta stilla i den röda sammetssoffan när jag skulle måla av henne. Hon reste sig och ställde sig bakom soffan nära fönstret och såg ut över sjön.

"Den lever. Så djup den är under ytan. Så full av gammalt månsken. Den äter månsken. Den kräver människooffer eftersom månen kräver kvinnooffer. Allt detta blod. Ständigt detta blod att spegla sitt blå i."

Jag såg upp från duken och sa:

"Du låter poetisk!"

"Poetisk? Månen är grym. Spelar oss spratt ibland. Tror du verkligen att det är samma måne? Samma sjö? Alltid?"

"Du talar i bilder."

"I bilder? Jag tänker på blodet som utkrävts. Den platsen är den lyckligaste och olyckligaste jag vet. Kärlek är begravd där, i månsken, i blod och vatten."

"I sjön? Hur menar du, Zelda?"

"*I sjön? Hur menar du Zelda?*" härmade hon och stönade.

45

"Jag menar exakt vad jag säger. Lyssna på vad jag säger någongång, Iris!" skrek hon och stampade med foten.

"Jag är inte din psykolog." tänkte jag. *"Men du och din bror uppför er som rika, elaka, uttråkade barn som uppträder framför mig, därför att jag har betalt för att vara här och alltid måste lyssna på er och se på er."*

"Lyssna på mig!" skrek Zelda. "Lyssna, då!"

"Pengar är roten till allt ont!" tänkte jag. "Nej inte pengar. Inte pengar. Behovet av att dominera. Pengar är bara ett medel."
Men jag sa fortfarande ingenting.

Zelda sa heller ingenting på en lång stund. Hon satt och tänkte på någonting och stirrade rakt ut i luften. Så öppnade hon munnen och började sjunga med sin sorgsna, mörka altstämma:

"Ne me quitte pas ..." sjöng hon och spelade med ena handen på ett osynligt piano:

"... D'or et de lumiere
Je ferai un domaine
Où l'amour sera roi
Où l'amour sera loi.
Où tu seras reine ..."

Jag värjde mig mot att hon rörde sina händer och kropp hela tiden hon sjöng, att hon ville dra in mig i sin känslosamhet, få mig att gråta, få mig att sluta rita, förtrolla mig med sin vackra röst och perfekta kropp, plåga mig med smärtan i Jaques Brels vackra sång; men jag tänkte på smärta och svek och lögner; och på det verkliga priset för odödlig konst.

"Laisse-moi devenir
L'ombre de ton ombre
L'ombre de ta main ... " viskade hon med slutna ögon.

"Ne me quitte pas.
Ne me quitte pas.
Ne me quitte pas."

Kärlekssången var slut.

Känslan av sorg och smärta stannade kvar i tystnaden mellan oss, som en tyst anklagelse eller bön jag inte kunde bemöta.

"Lämna mig inte...

Lämna mig inte..

Lämna mig inte.."

"Men säg någonting, då!" nästan skrek hon till slut. "Vad jag än säger, vad jag än sjunger om så sitter du bara där och stirrar utan att säga någonting, ut an att se, utan att höra, utan att känna någonting! Konstnärliga människor brukar vara lite okonventionella, intuitiva, känsliga, bohemiska, men inte du Iris, inte du, nej då, du bara sitter, och tiger, och glor!"

"Jag har aldrig någonsin utgett mig för att vara någon stor konstnär!" avbröt jag. "Ni såg mig i en intervju i den där tv-dokumentären och så hörde ni mig säga ..."

"Jag hörde dig säga, jag, jag, jag: Zelda!" sa hon och slog sig på bröstet. "Det här är min idé inte hans! Varför har du fått för dig att alla initiativ kommer från Morgan? Måste alla kvinnor vara lika handlingsförlamade som du?"

Hon lät upprörd.

"Jag har aldrig sagt att jag tror att alla initiativ kommer från Morgan!" protesterade jag.

"Det har du visst! När du säger "ni" menar du egentligen Morgan. Det hörs på din röst. Den blir en aning mer spänd, hög, het när du talar om honom. Är du kär i min bror?"

Hon spände blicken i mig.

"Det har du redan frågat."

"Det var flera dagar sedan! *Nå? Nå? Nå?*"

Hennes långa pekfinger slog hårt tre gånger på en osynlig tangent som för att markera allvaret i frågan.

"Är det någon slags kategorisk lag i Marcus Hades Hus som säger att jag måste bli kär i Morgan? Måste alla bli det?" sa jag utan att kunna dölja min irritation.

"Det blir alltid så. Utan undantag. Så svaret är alltså ja, då?" sa Zelda, något resignerat.

"Zelda, får jag vara ärlig utan att du blir arg? Du lever så isolerad här. Det här är en liten värld och Morgan är den ende man under sextio du någonsin träffar ..."

Hon knyckte på nacken och sa triumferande:

"Isolerad? Vad pratar du om? Lyssnar du aldrig? Vi ska ha en stor middag nästa lördag. Jag trodde Morgan hade informerat alla våra anställda? Enligt en mycket gammal tradition i vår familj är du som ung och lovande konstnär välkommen att sitta med vid vårt; dina *mecenaters*, bord och delta i festligheterna."

"Det spelar ingen roll. Jag passar ändå inte in här. Varken som kvinna eller utsmyckning." sa jag tyst, som för mig själv och såg bort. Hon kunde lika gärna ha haft en piska i sin hand.

Jag kände min plats.

*

V

*T*idigt på lördagsmorgonen körde en varubil från en cateringfirma genom grindarna upp för backen fram till Marcus Hades Hus.

Jag stod lutad mot räcket uppe vid trappavsatsen och såg på när den hyrda personalen bar in den ena stora silverbrickan efter den andra fyllda med diverse läckerheter under blank aluminiumfolie, in genom hallen, nerför trappan till köket i källarvåningen. Deras klackar ekade i stentrappan som i en vild flamenco.

Zelda dök upp vid min sida. Rakryggad och iklädd en stickad gräddvit klänning såg hon ut som en premiärdansös.

"Tycker du fortfarande att jag "lever så isolerad"?" frågade hon triumferande samtidigt som hon gjorde en majestätisk gest ner till trafiken på det svartvit-rutiga marmorgolvet några meter nedanför våra fötter.

"Se! Är det här den sortens fester du brukar anordna för dina vänner, Iris? Ute i *Den Stora Världen* där du hör hemma?" Den där osynliga piskan i Zeldas hand darrade hotfullt i luften mellan oss.

"Jag kan tyvärr inte delta i festen ikväll."

För en kort sekund försvann den triumferande lystern i hennes blick. Hon sneglade misstänksamt på mig.

"Kan du inte? Varför inte då?"

"Jag skulle inte passa in."

"Om du är bjuden betyder det att du passar in."

"Jag har inga passande kläder."

Det var sant. Klänningen; den vackra, utvalda som jag bar när jag fyllde tjugofem och var tillsammans med Tobias, hängde numera i en obskyr affär för begagnade saker; gömd, glömd som ett övergivet, patetisk skal bland andra bortkastade trasor som ingen längre ville ha. Den var full av osynliga fläckar och skador och passade inte längre in någonstans.

"Och nu har jag ingen..."

Zelda såg eftertänksamt på mig som om hon kunde läsa mina tankar. Hon log och sa:

"Jag slår vad om att mor har någonting i sina garderober som skulle passa dig. Följ mig!"

Så jag följde efter henne genom korridoren in i den privata våningen.

*

Föräldrarnas sovrum var belamrat med sirliga praktmöbler i ljus rokokostil. Tunga rosa draperier stängde ute det mesta av dagsljuset från de höga valvbågade fönstren. Skirt honungsfärg at ljus sipprade in över den kurviga sekretären, de lätta stolarna och bordet, den ornamenterade dubbelsängen, den handknutna mattan med pastellfärgade blomstermotiv på parkettgolvet, över för gyllda speglar, byster, snusdosor, statyetter med kärlekspar, urnor, bordsur och andra prydnadsföremål. Det rådde en intim atmosfär i detta burgna gemak där en manisk samlarvurm var förenad med en lika outsinlig tillgång på kapital i en uttalad kärlek till en annan, sedan länge förfluten tid.

Det enda som möjligtvis förtog intrycket av att vi hamnat i ett annat århundrade var väggarna där ett tiotal svartvita porträttfotografier trängdes med förgyllda speglar och lampetter. Den mörkhåriga skönheten på alla fotografierna var förstås ingen annan än Zeldas och Morgans mor, Zoe.

Den unga Zoe Cameleon poserade i eleganta fotoateljéer, vackert belyst i intressanta vinklar, utsökt ekiperad i dåtidens mode med sitt mörka hår uppsatt i invecklade frisyrer, smal rådjursögd och bländande vacker. På några av fotografierna poserade hon i påkostade kostymer i några balettuppsättningar.

"*Som det mest åtråvärda och fulländade objekt en samlare kan inskaffa till sitt hem.*" tänkte jag.

I mitten av en grupp nätta sittmöbler med broderier i petit points stod ett runt bord vars yta var täckt med album.

"Det här är mors tidningsurklipp." sa Zelda och bläddrade lite förstrött i ett av dem. "De flesta är från tiden före giftemålet, när dansen var hennes liv. Hon var vacker, begåvad, rik. Egentligen är det inte ett dugg konstigt att hon var så förälskad i sig själv; hon hade ju allt!"

"Sedan blev far förälskad i henne." tillade Zelda och slog igen albumet med en smäll. Ett moln av damm steg upp från sidorna.

Hon slog sig ner på dubbelsängens tjocka pärlgrå sidenöverkast. Medan jag bläddrade mellan klänningarna i garderoberna rabblade hon upp deras upphovsmäns namn, som ett duktigt barn som lärt sig en utantilläxa;

"*Dior, Chanel, Patou, de Givenchy, Lanvin, Balmain, Balenciaga, Schiparelli, Fath ...*"

Jag blev så hänförd över tygernas lyster och struktur, intensiteten i färgerna och det utsökta snittet och sömnadsarbetet på alla klänningarna, att jag inte kunde säga någonting alls, bara sucka för mig själv. Tillslut fastnade Zelda för en koboltblå vadlång klänning med insvängd midja, urringat liv och böljande kjol från Dior.

"Den där! Ja, den! Just den! Prova den, Iris!" befallde hon. "Jag vet att den kommer att passa dig perfekt!"

Det betvivlade jag starkt, i synnerhet med tanke på att klänningen var måttsydd efter Zoes smala men muskulösa ballerinafigur. Men jag höll inne med mina personliga invändningar eftersom jag inte ville missa tillfället att för första och säkert sista gången i mitt liv få prova ett konstverk i tyg.

"*Närmare än så här lär jag aldrig komma de franska modehusen.*" tänkte jag. "*Om jag håller andan så går det kanske? Jag är ju faktiskt ganska mager.*"

Jag klädde av mig mina svarta jeans och grå ylletröja. Den senaste tiden hade mina knappa inkomster gått uteslutande till att betala mat och hyra så mina underkläder, visserligen hela och rena, var definitivt mycket alldagliga. För att inte säga tråkiga.

Zelda såg på mig utan att säga någonting, men hon blev märkbart förvirrad av att se hur obekväm jag kände mig i mitt halvnakna tillstånd framför rummets alla speglar. Hon hjälpte mig att försiktigt orma mig in i klänningen utan att spräcka sömmarna. Sedan knäppte hon ett antal små hyskor på ryggen med flinka fingrar. Hon var så smidig att jag fick känslan av att hon hade hjälp sin mor klä på sig många gånger. Till min förvåning visade det sig att Zelda hade haft rätt; klänningen satt som måttsydd på min kropp och framhävde mina kvinnliga behag på ett smickrande sätt. Med hjälp av inbyggd midjekorsett och fastsydda underkjolar fick den mig att se både slank och kurvig ut.

Zelda strök fram mitt hår som glänste som ljust guld på den mörka kragen över axlarna.

"Sa jag inte att den skulle passa dig perfekt!?"

Hon avlägsnade sig en kort stund och återkom med ett halsband med stora droppformade blodröda rubiner, infattade i en krans av små glittrande briljanter som hon fäste runt min hals.

Jag snurrade runt framför speglarna i garderobsdörrarna, barnsligt självupptagen och fullständigt betagen av hur den vackra klänningen som i ett trollslag fick mig att se ut som någon annan; som någon som jag aldrig hade mött; som någon jag aldrig hade fått bli. Jag förstod hur Askungen hade känt sig på väg till balen.

"Tack snälla Zelda!"

Zelda såg på mig en lång stund och log ett introvert leende, förlorad i tankar som tydligen gjorde henne vemodig. Sedan dog leendet bort på hennes läppar och hon högg tag i min arm mycket bryskt.

"Jag sa inte att du kunde behålla den!" sa hon och hennes ögon blixtrade till. Förtrollningen bröts av hennes hårda ord och jag insåg att jag gjort mig löjlig framför speglarna. Jag var fortfarande bara en fattig, färglös vardagsvarelse och klänningen, den underbara skapelsen i tyg, var bara till låns för några timmar. Resten var drömmar. Eller, snarare, lögner. Och jag insåg återigen att jag hade läst för många sagor som barn.

"Jag trodde inte för ett ögonblick att jag fick den!" sa jag och slutade spegla mig.

"Ingen kan förbjuda dig att drömma, Iris!" sa Zelda och hennes järngrepp om min arm lossnade. "Men kom ihåg att allting tillhör Morgan och mig. Allting. För alltid. Jag vill bara inte att du ska skämma ut dig inför våra gäster, det är allt. Inbilla dig ingenting!"

"Jag förstår!" sa jag.

Men jag kunde inte förstå hennes plötsliga elakhet.

*

Efter timmar av förberedelser i Marcus Hades Hus behagade tillslut kvällen infinna sig. Tre långa svarta limousiner körde upp till entrén där dussinet marschaller fladdrade på de vita trappstegen och kastade dramatiska svarta skuggor över portalens grymma stenansikten.

Ut ur limousinerna vällde ett färgsprakande sällskap som ett knippe sällsynt vackra och väldoftande blommor. Alla gästerna såg från Zelda i sin långa purpurröda klänning i silkessammet med broderat snörliv och rynkade ärmar, och liten broderad hätta över det glänsande kastanjebruna håret till Morgan; bredaxlad i svart kraglös kostym med svarta broderier över axlarna och bröstet, och till mig; i den långa koboltblå klänningen med uppsatt hår och ett halsband med infattade rubiner och diamanter runt min hals.

Vi stod och välkomnade gästerna som om de var sände-bud till sagovärlden och vi var dess oomstridda regenter, som om Marcus Hades Hus var ett medeltida slott där burleska gyckelspel och gastronomiska sensationer och diverse pikanta överraskningar väntade de utvalda få i slottets mäktiga salar.

Mitt i buketten av doftande, prasslande, glittrande, snatt-rande, festklädda människor som gjorde sin entré på det svart- och vitrutiga marmorgolvet i entréhallen kunde jag urskilja Tobias, för tillfället uppklädd i en lila Elviskavaj, svarta byxor och slips med små dollartecken på.

När jag fick syn på honom blev jag på en gång både kall och het inombords och hjärtat började banka frenetiskt. Tobias såg precis ut som han brukade se ut men ändå såg han helt annorlunda ut än vad jag mindes. Vanligare och verkligare. Det hela gjorde mig alldeles förvirrad.

"Iris?" sa Tobias förvånat och hans blick vandrade storögd upp och ner på min vackra blå klänning, mitt skönsminkade heta ansikte och mitt uppsatta här. "Är du bjuden?!"

"Hon är min älskarinna." sa Morgan med en ljudlig teater-viskning.

Zeldas leende försvann och hon bet sig i läppen.

Tobias drog efter andan och när han såg på mig verkade det för en gångs skull faktiskt som om han inte visste vad han skulle säga.

"Hon står på avlöningslistan. Det blir kallt i sängen om nätterna." sa Morgan.

Han skyndade sig bort från Tobias till en medelålders, tunnhårig man i en svart välskräddad kostym som var nästan lika elegant som Morgans, och utbrast:

"Simon! Alltid redo!"

"Morgan min vän! *Carpe Diem!*"

Tobias böjde sig fram till mig.

"Jag har försökt få tag i dig men du försvann, utan ett ord! Snäpp!"

Han knäppte med fingrarna i luften och gestikulerade vilt:

"Upp i rök! Du bara försvann! Utan ett ord, Iris, utan ett enda djävla ord ...! *Varför?*"

"Jag bor här." sa jag. "Jag målar syskonen Karps porträtt." För första gången någonsin såg Tobias på mig med någonting som var intill förväxling likt beundran.

"Hur-I-Helvete bar du dig åt?" undrade han och kliade sig i huvudet. "Jag fattar det inte ...? Du!? Du kan ju inte ens måla för fan!"

Zelda böjde sig fram mellan två ljuslockiga män i svart läder som höll varandra i handen. Hon hojtade till Tobias:

"Jag såg en tavla som Iris hade målat. Den var mycket bra."

"Den var väl den hon stal från mig då!" muttrade Tobias. Men Zelda hörde inte. En känd kvinnlig förläggare skrudad i en magnifikt dekolleterad aftonklänning av gult siden med orkidéer i håret sa någonting till henne och gav henne ett inslaget paket som såg ut som om det innehöll en bok.

Middagen serverades i matsalen på vit duk med brysselspetsar. Sex höga silverkandelabrar med brinnande ljus, varvade med sju fång mörkröda rosor i kristallvaser prydde den vackra knypplade duken och kastade långa dramatiska skuggor över det vita taket.

Jag blev placerad någonstans i mitten av bordet under den antika ljuskronan av bergkristall. Till vänster om mig satt Morgans och Zeldas advokat Simon Månsson i sin eleganta kostym och till höger om mig satt någon som jag kände igen som den fattige stataren Olav Nilsson. Utan sina sex magra barn och lungsjuka fru och tagelskjorta, förklädd till en välskrubbad självcentrerad skådespelare med nikotingula fingertoppar, och slappa handleder, såg han märkligt färglös ut. Olav Nilsson lät alla veta att han hade fått förnyat kontrakt med tv och att han skulle få nytt liv till hösten.

Rätterna avlöste varandra som på ett dignande gästabud och höll nästan samma höga klass som de Fritz serverade oss tillvardags. Tre svartklädda servitriser och en servitör i den inhyrda serveringspersonalen försummade inget halvtomt vinglas eller avskrapad guldkantad tallrik. Klirret av knivar och gafflar av silver som nuddade mot sprött målat porslin uppgick i sorlet av ljusa och mörka människoröster och klampet av klackar mot hårt stengolv. Stämningen steg ganska snabbt i rummet i skenet från stearinljusen i silverkandelabrarna eftersom de flesta av de omkring tjugofem gästerna verkade känna varandra vid förnamn.

Ytterligare bekanta ansikten från filmens värld dök upp i verkligheten framför mina ögon och jag fick en konstig känsla av att själv spela med i en film där allting utspelade sig från någon annans perspektiv och jag undrade vem jag skulle föreställa.

Zelda satt på sin vanliga plats, på höger sida om Morgan i högsätet, upphöjt lugn och värdig, som en blivande drottning. Hon satt och lyssnade på sin bror som hade lagt beslag på all uppmärksamhet från de som satt på platserna närmast intill honom. Jag kunde uppfatta fragment av en detaljerad historia om ett av tortyrredskapen i fängelsehålan som en gång funnits i källaren av Marcus Hades Hus. Rysningar av skräckfyllt välbehag drog igenom de framåtlutande gästerna: " ... de sa att hans mor var en *häxa* ... slängdes i sjön ... *vattenprovet* ... populär häxtest... om hon *sjönk* ... om hon *flöt*... Hellmans metod... *hallucinogena växter* ... tvingade fångarna inandas, intagas oralt eller rektalt, före *tortyren* ... okänt *vilka* växter .... de gav starka *erotiska lustkänslor* i kombination med *stark smärta* ... Marcus Hades Karps tortyrinstrument för *framkallandet av bekännelser* ... favoriten *den svarta tungan* bestod av ..."

Någon skrek in i mitt öra. Jag ryckte till.

"Jaha. Så var det återigen dags för festivitas, då!" hojtade min bordskavaljér, som tidigare hade presenterat sig som Morgan och Zelda Karps advokat Simon Månsson.

" ... Lyckligtvis fanns en *flyktväg* under en sten i golvet ..."

hörde jag Morgans röst förkunna någonstans i sorlet.

"Vad firar vi den här gången, då?" frågade Simon Månsson och skålade med mig.

"Det är en hemlighet bara för de invigda!" sa jag i ett försök att låta lite skämtsam.

"Ah! Så *du* är en av de invigda! Ytterst intressant!" sa han och spärrade upp ögonen.

"Ja." ljög jag. "Är inte du?"

"Snälla lilla fröken, vem tar du mig för? Jag har representerat syskonen Karp ända sedan den där tragiska olyckshändelsen för många år sedan. Jag känner till allt om dem."

"Vad hände den där gången?"

Han bligade på mig genom smala ögonspringor.

"Det kan jag inte gå in på. Det där är tabu i det här huset, visste du inte?" konstaterade han ilsket.

Oerhört uppbragd av mitt oförlåtliga etikettsbrott ägnade han i fortsättningen all sin energi och uppmärksamhet åt de utsökta rätterna som avlöste varandra framför honom.

"En av de invigda!" fnyste han för sig själv.

Tobias som hade blivit placerad fyra platser från mig konverserade med tre kvinnor samtidigt; dels med kvinnan i grön latexklänning och guldgem i sitt gröna hår till vänster om honom; dels med kvinnan med de svarta glasögonen och det lockiga kritvita håret och den vita organzaklänningen med broderade ormbunksblad till höger om honom; och så med kvinnan i pärlbeströdd sämskskinnsklänning och Medusaflätor virade i guldtrådar på andra sidan bordet.

Alla tre kvinnorna flirtade med Tobias över vinglasen och skrattade överdrivet åt alla dammiga ekivoka skämt från hans standardrepertoar som han generöst delade med sig av.

Kvinnorna gjorde vad de kunde för att exponera sina behag, minst lika eggade av konkurrensen som av de alkoholhaltiga dryckerna. Tydligen hade Tobias dåliga rykte som enfant terrible och kvinnokarl föregått honom, och de här tre tävlade om att först av alla få det personligt bekräftat. Deras borsdskavaljérer, de två ljuslockiga ynglingarna i svart läder och en tredje man med snaggat huvud och kilt, ägnade sig åt att läsa rysk poesi för varandra bakom stolsryggarna och under bordet istället för att försöka konversera sina upptagna bordsdamer.

Den blonda kvinnliga förläggaren i gul sidenklänning som satt på Morgans vänstra sida i högsätet höjde glaset i en skål med Tobias varpå hans tre beundrarinnor unisont vände sig mot henne med osäkrade naglar.

"Oroa er inte. Den mannen har så mycket energi att om han ville skulle han kunna tillfredsställa er alla och måla en duk samtidigt och få den såld innan den här måltiden var över." tänkte jag och stirrade ner på min tallrik där ett nerkylt men levande ostron försökte bli ett med sitt hårda skal.

Efter middagen serverades te från en äkta samovar, med blinier, hackad lök, gräddfil och rysk kaviar, samt Vodka för dem vars törst var av den värsta sorten, under det att en av de unga ljuslockiga männen i svart läder deklamerade Vladimir-Majakovskijs *Kärleken* framför den tända brasan i biblioteket. Jag lyssnade trollbunden till vissa fraser som tycktes stå ut från de andra:

"... Återuppväck mig
jag vill leva klart mitt liv...!"
Den andre av de två ljuslockiga ynglingarna i svart läder stod bredvid sin vän och spelade fiol så att guldringen i hans öra dansade i takt med tonerna, i takt med strömmen av ord.

" ... Så att kärleken med en förbannelse
stiger upp ur sin säng
för att vandra genom universums oändlighet ..."

Tre kvinnor enbart iklädda tunna, fladdrande djupblå slöjor gick barfota genom det mörka rummet med varsin jättebukett gnistrande tomtebloss i famnen. Ett svagt sus följde i deras spår.

Jag slöt mina ögon för allting utom oändligheten.

Under tiden de många gästerna hade fått njuta av rysk poesi till ackompanjemang av fiol hade festsalen bredvid matsalen utrustats med en stor musikanläggning och diskjockeyn bakom skivspelaren i svart cylinderhatt, frack och t-shirt med en lång röd tunga sporrade de festklädda människorna att bjuda upp till dans på parkettgolvets rosettmönster. För de få som inte orkade dansa fanns ett litet bord med förfriskningar, frukt, choklad och kaffe.

Med ofokuserade ögon iakttog jag de dansande genom vinet i mitt vinglas. Kaskader av färger, linjer och konturer i upplösning. Smaken av rå rock blandades med doften av antikblå månsken på törstig hud.

"Sinnesanalogier kallas det." tänkte jag. *"Men vad det än kallas smeker det inte mina inkapslade känslor. Det doftar inte i mitt stumma, ensamma mörker."*

Jag var definitivt inte lycklig. Inte ens glad.

"Otacksamma, otacksamma!" tänkte jag och nöp mig själv i armen.

"Du är här nu. Just nu. Här är annorlunda!"

"Nej." tänkte jag. *"Jag skulle vilja vara någon annanstans . Någonstans där mina sinnen inte blir mörbultade."*

Tobias dansade tryckare till John Lennons *Imagine* med sin bordsdam i grön latexklänning och jag tänkte på hur han alltid upprepade sig och hur konstigt det var att någon ville dansa med en sådan som honom när han inte ens dansade snyggt, bara extremt intimt. Sedan insåg jag att det kanske är precis det man vill när man klär upp sig i grön latex.

Och Tobias fortsatte att dansa, nu med bordsdamen i vit organzaklänning, och sneglade mot mig och skrattade högt, som för att säga "Titta, Iris!" Och han lyfte på armarna och svängde ograciöst med sin bakdel i takt med *I Can't Get No Satisfaction* och blinkade mot mig.

Tobias och hans bordsdamer upplöstes i sina pigment

till små fält av linolja mellan mina springor till ögon och jag tänkte: "*Egentligen är allting bara ljus – partiklar – energi.*

"And money makes the world go around."

Men jag såg bara vin i mitt glas och fingrarna som slöt sig kring glaset hade nertuggade naglar och ingen av dem bar någon ring, bara spår efter oljefärg.

En hand nuddade vid min axel och jag ryckte till där jag satt försjunken i mina tankar. Morgan såg ner på mig och tog min hand.

Och han ledde mig ut på dansgolvet och lade sin arm runt min midja och drog mig tätt intill sig.

Jag hade inte vågat tro att han såg på mig som någonting annat än en anställd. Jag hade inte vågat drömma om att få befinna mig så nära hans kropp som jag gjorde nu. Jag tryckte mig intill honom, och kände det sträva tyget från kavajen mot min kind och andades in doften av hans aftershave.

Det var som om jag fram till det här ögonblicket hade betvivlat att han verkligen var av kött och blod, betvivlat hans existens, som om han var en produkt av min fantasi. Men Morgan var verklig.

Och han såg mig in i ögonen och sa:

"Det är du. Jag ser det nu. Hon hade rätt."

"Vad menar du?"

Men Morgan bara log och vi dansade en dans till, nära, nära. Jag hade inte vetat, inte låtit informationen gå fram, men nu svarade mina sinnen med en intensitet som förvånade mig själv och jag slöt mina ögon medan *A Whiter Shade Of Pale* vibrerade i mitt blodsystem.

Vi uppgick i musiken och ljuset och färgerna och alla dofterna och för en kort evighet dansade vi bland de andra utvalda, älskade människorna, och jag var en av dem.

Dansen var slut. Yrvaken och bländad av verkligheten stapplade jag bort från dansgolvet, ledsagad av Morgan. Vi såg in i varandras ögon och båda darrade till.

"Ah Iris!" suckade Morgan.

Jag förstod inte hur han kunde se så ledsen ut när jag själv kände mig så lycklig.

Morgan hade uppväckt mig från de döda. Jag kunde fortfarande känna. Jag kunde fortfarande längta. Och mitt hjärta höll på att sprängas av längtan.

Han tryckte min hand och jag kände att någonting låg kvar i handflatan.

Två ampuller.

Två *ampuller*?

Jag stirrade på ampullerna och sedan på honom. Han log igen och nuddade lätt vid min mun med sitt pekfinger, och gick sedan bort till Zelda som stod vid musikanläggningen och bläddrade förstrött bland diskjockeyns imponerande samling vinylskivor.

Lite förvånad förde jag handen till munnen och lät ampullerna vila på tungan. Men jag svalde dem inte, bara kände deras sträva form mot tungan.

Zelda och Morgan utbytte några ord och sneglade på mig. Jag önskade att Morgan hade kysst mig. Trots att det skulle ha varit ett brott mot alla etikettlagar att kyssa mig på dansgolvet framför alla de celebra gästerna borde han ha kysst mig ändå; för när en man ser på en kvinna som Morgan såg på mig och han möter samma känsla i hennes blick måste han kyssa henne; att inte göra det är ett brott mot helt andra lagar.

Tobias bleknade inför mina ögon där han stod, omgiven av en grupp festklädda och högljutt pladdrande människor. Han hade hört sig själv upprepa sina favorittraktat om konsten så många gånger nu att det lät mer och mer som om orden bodde permanent på hans tunga och kunde uppträda där även när han själv var bedövad av sprit.

Jag såg på Tobias hur mycket han älskade bilden av sig själv som det galna geniet med sin omättliga aptit på kvinnor och sin enastående kreativitet; bilden som projicerades för hans inre syn allteftersom han gjorde sina obligatoriska konstpauser och himlade med ögonen eller krafsade sig i hårbotten eller gapskrattade omotiverat. Jag önskade att någon kunde filma honom och binda honom till en stol och sedan tvinga honom att sitta och se på sig själv och lyssna på sina egna plattityder under en halvtimme.

Han gjorde mig sjuk.

Zelda och Morgan fortsatte att se på mig medan de talade som om det inte spelade någon roll att jag förstod att det var mig de talade om. Zelda verkade irriterad och nobbade alla som bjöd upp, och Morgan såg uttryckslöst på henne.

Jag studerade oljemålningarna i de tunga guldramarna som prydde väggarna runt rummet; de avbildade kvinnorna och männen med sina dammiga peruker och röda pussmunnar och blöta strumaögon; lät blicken glida över från den tunga blykristallkronan och stuckaturen i taket, till rokokokandelabrarna på borden och ner på de oändliga orientaliska handknutna ullmattorna på parkettgolvet.

Och skuggorna från månen på de svarta träden utanför fönstren gav skugga åt mitt eget ansikte där jag satt på en empirestol och försökte tränga in i osynligheten.

Nakna skära kvinnoarmar svepte förbi mig och mörka kavajer nuddade vid mig och jag höll krampaktigt i vinglaset med min feta röda kyss på en spröd hinna av smält sand som bränts till is och det kändes som sandkorn svedde mina ögon. Jag torkade bort en svart tår ur ögonvrån och bestämde mig för att ägna resten av natten med att studera form, linjer, färger, rörelse och undvika att tänka på kärleken.

"Love Will Tear Us Apart" sjöng Ian Curtis med sin uppgivna röst någonstans i bakgrunden.

"Var är den?" hörde jag någon ryta i mitt öra. Jag såg inte upp.

"I min lägenhet."

"Du ljuger!" sa Tobias. Han ryckte mig hårt i armen. "Jag var i din lägenhet och den var inte där, Iris!"

Jag sa ingenting.

"Var är den?"

"Hos min mamma."

"Du har inte haft någon kontakt med din *adoptivmor* på minst tio år. Kärringen är *död*, Inger berättade. Har du sålt den?"

Jag slöt ögonen när jag sa:

"Du vet att jag beundrar dig mer än någon annan nu levande konstnär, Tobias. Jag vill lära mig hur du tänker. Det var därför jag lånade den. Picassos *Guernica* är lite för välbevakad, *see what I mean?*"

Hans hårda grepp om min arm lossnade i takt med mitt smicker, precis som jag visste att det skulle.

"Okej då. Men fan ta dig om du säljer den! Jag bara varnar dig!"

"Jag älskar den tavlan." sa jag, fortfarande utan kunna förmå mig att se på honom.

"Än sen då? Alla älskar mina tavlor."

"Den påminner mig om dig, Tobias."

Tobias var tyst ovanligt länge för att vara Tobias. Kanske hade mina ord fastnat i halsen på honom, för hans röst lät ovanligt dämpad när han sa:

"En månad. Det är allt. Sedan vill jag ha den tillbaka."

"Omöjligt!" sa jag lugnt.

"Jag menar allvar! "

"Jag med, Tobias, jag med."

Han såg förvånad ut. Som en liten detroniserad gängledare med allt för stora ambitioner.

"Du har verkligen lurat mig, Iris."

Han såg sig om i salen. Sen såg han på mig, på klänningen, på halsbandet.

"Hur hamnade du här? Du av alla människor? Som en jävla

63

Askunge, eller nåt? Du är ju för fan *vacker!* Vad hände egentligen? Med *oss?* Med ... med ...*allt?*"

"Intervjun. Minns du inte?"

Han hade rört vid mig. Klibbig, klibbig, klibbig. Märken, fula fält av fingeravtryck på en nästan perfekt, nästan torr yta. Någonstans i samtalet lyckades han sabotera mitt lugn och stjäla med sig pigment från mig själv och lämna fula osynliga solkiga avtryck, trots att jag trodde jag var säker.

Tobias hade kommit för nära en gång och cellerna i min egen kropp bar fortfarande avtryck av cellerna i hans kropp trots att jag varit säker på att mitt intellekt hade löst upp honom i hans usla beståndsdelar och kräkts ut honom med en flaska billigt surt rödvin.

Jag kunde fortfarande för mitt inre se synen av deras svettiga kroppar och höra ekot av deras gutturala brunstvrål. Jag mindes könsorden de stönat för att hetsa varandra närmare klimax. Jag mindes hur det hade bränt som eld i mina ögon den dagen när tårarna hade tagit slut fast sorgen höll på att fräta sönder mitt inre.

Jag mindes allt och det gjorde så ont. Jag stod inte ut med att åter befinna mig så nära honom.

"Ursäkta mig; jag måste gå!" sa jag och slet mig loss från hans hand. Jag kunde svära på att hans handflata blev blå av färg från min lånade klänning men att han aldrig skulle upptäcka det.

Det fanns bara en blå för Tobias.

På min väg till trappan upp till mitt vindsrum stannade jag till. Dörren till ett av rummen i korridoren på den andra, privata våningen som alltid brukade vara låst, stod nu någon centimeter på glänt. En mässande mansröst hördes inifrån.

Jag tassade fram och kikade in genom dörrspringan. Fyra män befann sig i rummet.

Med ryggen vänd mot mig stod Morgans advokat Simon

Månsson med sina båda händer resta högt över huvudet och med ett klotformat glaskärl fattat mellan sina sammanpressade handflator. Han bar en vinröd skrud med hieroglyfer broderade i guldtråd på ryggen och på sitt huvud en hjälm med en rund guldskiva i mitten mellan två kohorn.

Framför honom stod Morgan med hela kroppen inlindad i vit gasbinda.

De två andra männen som jag kände igen som de läderklädda blondlockiga tvillingynglingarna stod nu nakna med varsett litet träskrin i händerna, på vardera sida om Morgan. De bar svarta ögonbindlar och hade erektion. Över deras kroppar var horisontella streck målade.

"...livskraft till dina lemmar"... "insikter till dina sinnen..." hörde jag Simon Månsson säga och för varje fras han yttrade rörde han vid ett ställe på Morgans kropp med sitt kärl varpå det fräste till och luktade bränt kött men Morgan lät inte ett ljud slippa mellan sina läppar.

" ...ljus i ditt mörker" ..."kött av din säd..."

"odödlighet" ..."odödlighet" ... "odödlighet..."

När han yttrade orden odödlighet för andra gången öppnade de båda männen sina skrin och tredje gången orden yttrades ejakulerade de i träskrinen och föll ihop på golvet. Simon Månsson kastade glaskärlet på golvet och en rökdimma spred sig i rummet.

"Isis, Osiris, vi åkallar er ..."

Jag tassade andlöst bort från dörren och nästan flög ner för trappan. Med hjärtat vilt bultande i bröstet återvände jag ner till festsalen på första våningen. Jag gick fram till det lilla bordet med förfriskningar och fyllde med darrande hand upp ett nytt glas vin.

Sedan satte jag mig ner på en stol och försökte lugna ner mig medan jag stirrade på de andra gästerna som ägnade sig åt harmlös dans med småtafsande, eller småätande och vinsmakande. Vad som ett fåtal minuter tidigare hade fyllt mig med hopplöshet kändes nu som den enda garantin för min personliga säkerhet.

The Rolling Stones *Sympathy for the Devil* ekade mellan väggarna, och när Tobias knackade på min axel och nickade med huvudet i riktning mot dansgolvet följde jag med honom. Aldrig tidigare hade han gett mig så skamlöst beundrande blickar. Aldrig tidigare hade jag varit så likgiltig för hur Tobias Klaus såg på mig.

"Hur kom det sig att du själv blev bjuden på den här festen?" skrek jag i hans öra för att överrösta musiken och stirrade på de små dollartecknen som grinade mot mig från hans slips.

"Morgan gillade mina *Myter* och köpte rubbet, varenda jävla tavla faktiskt, för något år sedan. Vi träffades på en pub i stan. Drack några öl. Snackade några timmar. Han gillar mig. Konstigare än så är det inte!" skrek Tobias med illa dold stolthet.

"Morgan är fan den normalaste kille jag känner. Bortsett från att han är *jävligt rik*, alltså!" fortsatte Tobias, till synes opåverkad även av detta faktum.

"Och nu har han lagt beslag på dig, Iris!" tillade han och skrattade lite ansträngt medan han fingrade tankspritt på en rubin i mitt lånade halsband. Och i bakgrunden vrålade Mick Jagger:

" ... *what's puzzling you is the nature of my game* ..."

*

Det var sent och gästerna hade lämnat oss i limousinerna. Syskonen Karp och jag var ensamma i herrummet. Rummet var sparsamt upplyst av några brinnande stearinljus.

Zelda stod framför ett porträtt av sin mor och följde konturerna av moderns ansikte med pekfingret. Likheten mellan dem båda var slående. Zoe Cameleon bar en blå klänning med mycket vidd i kjolen och ett halsband med droppformade blodröda rubiner infattade av en krans av små glittrande briljanter. Hennes svarta hår var uppsatt i en hög knut. Hon log ett drottninglikt leende mot sina betraktare, men blicken i hennes bruna ögon var härsklysten och kall och hennes mun var på en gång både sensuell och arrogant, som glödande is.

Morgan satt bredbent i en fåtölj och iakttog mig. Hans svarta kostym och polotröja uppgick nästan helt i mörkret så att bara spöklikt vita partier av hans ansikte och händer syntes. Det såg ut som om han log men jag kunde inte vara säker. Någonting glittrade till i hans blick; kanske var det lågan från ett stearinljus som reflekterades där; kanske var det glansen av någonting annat från en helt annan låga.

Inte ens alkoholen i mitt blod kunde dämpa min skräck. För samtidigt som jag var nästan hypnotiskt attraherad av Morgan var jag också rädd för honom. Jag kunde inte glömma scenen som hade utspelat sig framför mina ögon några timmar tidigare.

Jag reste mig upp från fåtöljen, pressade fram ett "God Natt" och lämnade dem.

*

När jag hade kommit ut i trappan fick jag en spöklik känsla av att någon följde tätt efter mig i mörkret.

Jag skyndade mig in i mitt rum på ostadiga ben och famlade förgäves efter ljusknappen. När jag skulle slå igen dörren märkte jag att det stod någon därinne, mycket nära nu.Hjärtat bultade hårt av lika delar förvåning, rädsla, och förväntan när jag vände mig till honom.

Morgan sa ingenting. Hans tystnad skrämde mig och jag tog några steg baklänges.

Han kom nära, närmare än i vår dans; närmare än i mina fantasier, alldeles för nära; så nära att han inte hade behövt tvinga ner mig, inte behövt använda båda sina armar; för jag

67

föll ändå, föll baklänges ner på sängen, och jag fortsatte falla medan rummet snurrade och de mörka konturerna rämnade i skarpa blixtar när han pressade isär mina ben med sina, och utan ett ord trängde in i mig.

Skräcken tävlade med smärtan i intensitet. Jag fick en smak av metall i munnen.

Jag tänkte: *"Det här händer inte!"*

Jag tänkte: *"Det tar aldrig slut!"*

När han hade tömt sig i min kropp, drog han sig ur mig, vände sig om och lämnade rummet.

Jag låg kvar i mörkret som han lämnat mig med ögonen slutna och ingenting hände.

*

VI

N ästa dag vaknade jag av Karlas knackning, utan att ha
sovit, utan att ha varit vaken, med en intensiv huvudvärk
och en molande smärta i underlivet.

Jag behövde ingen hjälp med att komma ur den blå
klänningen, kanske gick den sönder när jag slet av den, kanske
hade jag aldrig behövt någon hjälp att komma i den, men jag
brydde mig inte längre, utan lämnade jag den i en hög på
golvet, ful och skrynklig, besudlad och full av fläckar.

Jag duschade länge, länge i iskallt vatten varvat med
skållhett vatten, tvättade håret flera gånger och skrubbade
mig om och om igen med en hård borste tills huden brann
ilsket röd och sårig, men känslan av smutsighet satt djupare än
någon tvål eller borste kunde nå.

Morgan satt redan vid matsalsbordet.

Han sneglade upp när jag steg in i matsalen och sa ett korrekt
"God Morgon" utan att ens sätta ner sin kaffekopp, och fortsatte
sedan läsa sina morgontidningar.

Zelda stod vid frukostbuffén, blekare och mer ovårdad
än jag någonsin sett henne, och hennes hår hängde fett och
okammat ner över ryggen. Hon gav mig en skarp blick som
sade "var tyst'" och jag kände mig som en brottsling.

"Du tar för dig!" sa hon anklagande rakt ut i luften.

Morgan och jag såg båda på henne. Det var osäkert vem av oss
hon talade till. Hon såg på oss båda med glödande ögon. Sedan
knackade hon på silverkannan och tillade:

"Kaffet är *slut*."

"Slut?"

"Ja, slut."

"Hur kan det ta slut?"

"Det tar slut. Förr eller senare tar allting slut, Morgan!"

"Nej då, det kommer alltid att finnas kaffe, i den här världen, i det här huset. Ägna inte så mycket energi på petitesser, Zelda. Sluta uppföra dig som en inskränkt medelmåtta."

Hon lade handen på hans axel.

"Jag vill också ha lite. Du är ingen gentleman, Morgan. Du tar allt."

De såg varandra in i ögonen och utkämpade en utdragen ordlös uthållighetskamp.

"Du är den enda som klagar!" sa Morgan till sist.

*

Hon spelade Jean Sibelius *Romans*.

Hennes fingrar gled över de vita elfenbenstangenterna och de svarta ebenholtstangenterna med en våldsam frenesi som om de provocerade henne på något sätt. Sedan snurrade hon runt på pianostolen och stirrade på mig.

"Varför?" frågade hon.

"Jag trodde allt skulle bli annorlunda."

"Vad pratar du om?"

"Om det som hände efter festen, förstås! Vad pratar du om, Zelda?"

"Hur du ser på mig."

Jag förstod inte vad hon menade. Hon stirrade stint på mig. Två röda fläckar av ilska lyste på hennes kinder. Sedan vände hon sig bort.

"Iris. Varför tecknar du mig så ... *formlös*, så *ofysisk*?"

"Det är ju bara skisser ännu så länge. Varför blir du så upprörd över en sån sak?"

Hon såg ut genom fönstret.

"Du tycker jag är *oattraktiv*! Du vågar inte säga det, bara. Du tycker jag är oattraktiv och ointressant. Men så säg det, då! Säg det!"

Jag suckade djupt. Det här var för mycket. Jag orkade inte mer.

"Sluta nu, Zelda! Snälla, sluta!" vädjade jag. Min röst hördes knappast när jag sa:

"Jag mår inte bra. Morgan ... han ... våldtog mig ... efter ... "

Zelda drog efter andan och svängde runt.

"Men du såg så förälskad ut! Det formligen lyste omkring dig när ni dansade. Du slöt ögonen som om du var i trance!"

Jag begravde mitt ansikte i mina iskalla händer som en skyddande mur mot hennes blickar och ord.

"*Våldtog* dig? Behövde han verkligen det?!"

"Nej, det hade han inte behövt!" viskade jag.

"Varför skrek du inte på hjälp? Sprang ner till mig?"

"Jag blev som förlamad. Chockad."

Vi var tysta. Zeldas röst var dämpad när hon frågade:

"Vad ska du göra nu då? Anmäla honom?"

"Jag vet inte vad jag ska göra. Bara att jag måste få berätta för någon."

Jag fortsatte skyla mitt ansikte bakom mina händer samtidigt som jag vaggade mig själv. Zelda suckade djupt.

"Du fick fel intryck av honom när ni dansade. Men jag varnade dig!"

"Jag känner mig smutsig. Det var så fult. Det gör fortfarande ont också."

Zelda såg på min hand som skakade så mycket att pennan gjorde krampartade sicksackmönster på pappret. Ett resignerat uttryck drog över hennes ansikte.

"Men du var väl i varje fall inte oskuld?" sa hon, i ett missriktat försök att muntra upp mig.

"Jag kan inte teckna idag. En del av era gäster ..."

Jag bet mig i handen som vägrade sluta skaka.

"En del är perversa. Det är därför Morgan bjuder dem."

"Jag gick förbi ett rum på andra våningen där dörren stod lite på glänt. Jag kunde inte låta bli att kika in ...."

"Biljard. Har du aldrig hört talas om biljard?"

"Det jag såg var inte biljard!"

"Vi kallar det för biljard. Något högre insatser bara. Lite större klot."

"Jag såg inget bord. Det fanns inget biljardbord i rummet!"

"Det behövs inte."

"Vad höll de på med egentligen?"

"Morgan håller på med en del experiment; en slags korsbefrukning mellan humaniora och fysik, materia och antimateria där allting representeras av sin motsats. Morgan vill revertera död, symboliskt sett alltså, genom att alstra liv, symboliskt sett alltså. Han söker magiska tal, slumpmässig ordning, komprimerad oändlighet. Några av hans så kallade vänner besitter vissa "specialkunskaper" som de har skaffat sig vid sidan om sina ordinarie arbeten eller forskningsprojekt. Morgan begagnar sig av deras kunskaper. Han blev tydligen upplivad ...!"

"*Upplivad!*" kved jag med grötig röst. "Vilket ordval!"

Hon såg allvarligt på mig.

"Jag ska hälsa honom att du inte njöt. Han kommer säkert att be om ursäkt."

Hjärtat hackade och flaxade i bröstkorgen som hos en insärrad fågel och jag bet mig i läppen för att inte skrika. Tårar hotade stiga upp i ögonen. Jag kunde inte säga någonting. Halsen snördes samman i smärta.

"Han brås på vår far!" sa hon. "Den glade sadisten ..."

"*Prata på bara!*" tänkte jag. "*Prata! Prata! Det är ni bra på.*"

Zelda försvann i en dimma. Hon pratade på.

Tillslut avbröt hon sig.

"Jag tror minsann att du gråter?" sa hon.

Jag såg inte upp.

"Varför gråter du, Iris?" undrade hon efter en stund. "Han menade inte så illa. Inte *så* illa."

Jag kunde inte svara.

"Du blir ful när du gråter, vet du inte det? Varför gråter du framför mig? Det är så oerhört svagt. Har du ingen självdisciplin?"

"Nej, jag har tydligen ingen självdisciplin."

"Då är du ingen riktig konstnär!"

"Nej, jag är tydligen ingen riktig konstnär."

"Vad vill du att jag ska säga? Att min bror är hänsynslös? Du kunde ha sagt nej!"

"*Nej!*" snörvlade jag. "*Nej?*"

"Han är inte döv. Inte det minsta."

"Tanken slog mig inte. Jag var väl lite berusad."

"Förälskad menar du."

"Det också."

Min penna föll i golvet med en liten duns. Jag brydde mig inte om att ta upp den. Plötsligt kände jag Zeldas hand i min.

"Pennan."

Hon la sin kind mot min och smekte mina axlar.

"Du behöver frisk luft!" sa hon med en röst så mjuk att jag inte kände igen den. "Kom så går vi ut!"

Jag snöt mig i en vit bomullstrasa med en svag doft av terpentin och torkade bort den svarta mascaran under ögonen.

Vi tog på oss våra ytterplagg och gick ut på terrassen på baksidan av huset och ner för backen mot sjön, ut i naturen. De röda, bruna och gula löven på marken var hala och falska som is när de kysste våra fötter.

Om några dagar skulle träden släppa taget om sina sista löv och stå med nakna spretande grenar i kölden och leva på gammal näring.

"Ni bor så vackert!" sa jag drömmande och drog in den kalla, friska luften i mina lungor.

"Tycker du?" sa hon förvånad. "Vackert?"

Jag svarade inte eftersom jag inte visste om hon drev med mig.

"Det är bara träd, Iris."

"Det är vackert, Zelda! Se!"
Jag pekade runt omkring oss på sjön, den torra vassen, de vissna näckrosbladen, de knotiga gamla lövträden, alla färgsprakande löv på marken, mossan på stenarna, det lilaoranga ljuset i fjärran över trädtopparna.

"Det är så vackert, alltihopa!" suckade jag.

"Du har en vacker röst." sa Zelda. "Den är lite spröd, lite flickaktig, men varm, och inte alls spänd. När du gråter blir den ännu vackrare. Naturen är inte vacker. Den bara *är*."

"Så du uppskattar inte allt det här?"

"Men det är just därför jag uppskattar naturen! Därför att den alltid är, under ytan, bara natur."

Vi slog oss ner nära varandra på en stor sten, täckt med en värmande hud av mörkgrön luftig mossa och vi duschade våra ben i solljusets mjölkvita ränder mellan trädstammarna.

"Tolkningar, projektioner, ord." sa Zelda. "Fiender."

"Det är vackert!" insisterade jag och höll upp ett gult lönnblad som en tunn symmetrisk siluett framför solen.

"Om du vill." sa hon och slöt ögonen för solens strålar.

"Om du vill." upprepade jag. "Men tycker du ändå inte att sjön är vacker?"

"Sjön är sjön. Du ser vad du ser."

Det började blåsa kraftigt och hon drog jackan tätare omkring sig.

"Hör du?" frågade hon.

"Vad då?"

"Du hör inte!" sa hon.

"*Du ser inte!*" tänkte jag.

"Vad ska jag höra?"

"Lyssna!"

Vi stod stilla. Hon var blek. Ett djur skrek till långt borta.

"Nu hörde du!" sa hon.

"Ja." sa jag.

"Han hör det inte." sa hon.

"Han är okänslig." sa jag.

"Det var han som gjorde det."

"Gjorde vad?"

"Det är därför han spelar biljard."

"Hon är snurrig." tänkte jag. *"Eller så vill hon att jag ska tycka att hon är intressant. Men jag har ingen lust. Inte idag. Jag har nog problem med att försöka lösa mina egna gåtor."*

"Jag fryser." sa jag.

"Det är kallt." sa Zelda. "Det är därför du fryser."

"Jag skulle gärna vilja gå tillbaka."

"Varför då?"

"Därför att jag fryser!"

"Jaså?" sa hon. "Men det är säkert ännu kallare i sjön."

"Jag skulle vilja gå tillbaka till huset. Inte ner i sjön."

"Då gör vi väl det. Det är nog middag snart, tror jag. Jag har så ont i magen."

*

Klockan var fem minuter över fem och Morgan satt på sin plats i högsätet vid matsalsbordet.

Han log mot oss och öppnade ett musselskal med sin silverkniv i ett litet handgrepp. Jag kunde inte le tillbaka. Jag kunde nästan inte förmå mig att smaka på pastarätten på min tallrik, trots att den doftade av havsfrukter, grädde, vitlök, parmesanost och persilja. Min mage hade förvandlats till en krampaktigt knuten näve som sände värkar av oförlöst sorg genom min misshandlade kropp.

"Visste ni att det finns ekosystem på havsdjupens botten med en fauna av organismer som är oberoende av solenergi och fotosyntes för sin överlevnad?" frågade Morgan och förde den gaffelspetsade musslan till sin mun.

"En av de här organismerna som lever på anaerobiska hypertermofila bakterier är *Riftia pachyptila*, en röd ringmask som saknar mun, tarm och anus och kan bli två meter lång, och ..."

Zelda spände ögonen i sin bror.

"Iris hörde skriken!" avbröt hon. "Vi var nere vid sjön och hon kunde höra. Det är inte jag som fantiserar och är galen, utan du."

"Det ni hörde var en fågel, eller hur, Iris?" frågade Morgan och försökte möta min blick. "Förmodligen en knölsvan eller en korp."

"Det lät som en annan sorts skrik." sa jag utan att se på honom. "Jag har aldrig hört något liknande. Det lät fasansfullt."

Jag kastade en snabb blick på honom. En liten muskel vid munnen darrade till.

"Vad fick dig att säga det?!" utbrast han och ögonen såg ut som små tunna streck i ansiktet.

"Du våldtog mig!" tänkte jag. *"Du såg att jag var förälskad i dig och du våldtog mig."*

"Gå dit själv och lyssna. Om du vågar!" sa Zelda provokativt. Morgan stönade och låtsades lugn igen men de små ryckningarna vid munnen avslöjade att han var illa till mods. Han harklade sig och med ett myndigt tonfall förklarade han:

"När Zelda var betydligt yngre än hon är idag irrade hon sig ner till sjön en natt och blev sjuk; så sjuk så hon hallucinerade och nästan dog. Hon blev räddad i sista stund men tror att hon fortfarande kan höra sina egna skrik eka runt vattnet. Hon tror att hon förlorade någonting i sjön."

"Han ljuger. Så var det inte alls!"

"Tabu, Zelda. Minns du? *Tabu!*"

"Sjön är inte tabu!"

"Skriken är tabu."

"Men Iris hörde. Då kan det inte vara tabu. Då finns de!"

Morgan skakade på huvudet och skrattade konstlat. Zelda såg på honom som om han var ett litet barn.

"Nu är du rädd. Du håller på att förlora kontrollen,

Morgan. Stackars, stackars Morgan."
De fixerade varandra med blicken.
"Förlora kontrollen!? Det här är för löjligt. Till och med du måste inse det!" fnyste Morgan. "Vad Iris hörde var en fågel."

*

Om jag tidigare hade besvärats av min fysiska reaktion på Morgan, den där lätta känslan av svindel som gjorde mig så klumpig och trög att jag välte saker och inte kunde tänka klart, samtidigt som jag kände mig tyngdlös, som om jag svävade ovanför min kropp, kände jag mig nu närmast skräckslagen vid tanken på att han och jag för första gången sedan våldtäkten snart skulle vara ensamma i ateljén.

Måndagsmorgonen kom utan att jag hade lyckats få någon vila på två nätter. Mina händer kändes iskalla, jag var torr i munnen. Ju mer tid som förflöt desto konstigare föreföll mig min egen passiva reaktion på det som hänt. Jag visste ju att jag inte borde stanna kvar i ett hus där jag blivit utsatt för ett övergrepp. Jag visste att jag borde försöka komma därifrån? Så hur kom det sig då att jag bara grät?

Det som kanske störde mig mer än någonting annat var att jag trots det som hänt fortfarande var attraherad av Morgan. Det här ökade mitt redan bråddjupa självförakt.

*

Exakt på slaget nio steg Morgan in i ateljén, som vanligt utan att knacka, och gick rakt förbi mig som vanligt utan att säga någonting och satte sig ned på den röda sammetssoffan. Där satt han en stund och iakttog mig.
Jag hade svårt att andas och mina händer skakade.

"Mina minnen av vad som utspelade sig i lördags är diffusa men om det jag tror hände verkligen hände vill jag be om ursäkt!" sa han.

Jag nickade bara och försökte svälja.

"Jag har inte för vana att bete mig som ett svin, det är helt främmande för mig. Dessutom är jag din arbetsgivare så det hela var ytterst oprofessionellt."

Vi var tysta.

"Men *du* minns alltså?" frågade han.

"Jag svalde inte ampullerna. Jag minns allt." sa jag med en tonlös, torr röst som lät som en suck i en öken.

Vi var tysta igen.

"Det var ett misstag." sa han. "Men misstag begås, i synnerhet när alkohol och droger är inblandade. Och med tanke på vilka kretsar du rör dig i antar jag att du har varit med om både det ena och det andra!"

"*Våldtäkt anses inte som ett normalt beteende i det du kallar mina kretsar!*" tänkte jag där jag satt och pressade naglarna in i handflatorna.

"Jag har aldrig ..." började jag, men rösten var så torr att den inte bar.

"Du menar inte? På allvar?" sa han och drog på munnen. "Vid din ålder?"

Han drev med mig nu. Det som hade börjat med en halvhjärtad ursäkt hade reducerats till ett skämt, en förolämpning.

"*Varför hade jag inte skrikit? Varför hade jag inte förvarat mig? Varför hade jag inte protesterat? För att jag var förälskad? Förlamad?*"

Redan första dagen varnade Zelda mig för Morgans fåfänga och för hans hänsynslöshet, men jag hade inte lyssnat.

"Men håll med mig om att det var en trevlig fest, om vi bortser från mina, hm, *excesser* på slutet?" försökte Morgan.

Jag kunde inte svara.

"Vad innehöll de där ampullerna du gav mig?" nästan viskade jag efter en lång stunds tystnad.

"Centralstimulantia. Ganska harmlöst. Det var lite dumt att du inte tog dem. Då hade attraktionen varit ömsesidig. Du var enastående vacker, Iris."

På något sätt släppte spänningen men jag kände mig så oändligt sorgsen. Jag hade mått dåligt i ett par dagar och fasat för den oundvikliga konfrontationen på tu man hand med honom, men ändå väntat på någon slags upprättelse, några magiska ord som i ett trollslag skulle förändra allting, sudda bort de smärtsamma minnena och lyfta bort tyngden från min överbelastade hjärna.

Nu när Morgan bakom en förment respektfull attityd hade banaliserat vad som hänt upptäckte jag att jag hade satt ett pris på mig själv och att priset var så lågt att det inte betydde någonting alls.

Morgan drog en djup suck och såg på sitt armbandsur.

"Dyrbara sekunder tickar iväg. Vad säger du, Iris? Ska vi sätta igång?"

När jag nickade kände jag att någon finstämd inre kompass i min hjärna gick sönder och rubbade balanssinnet så att mina tankar irrade omkring likt yra vilsegångna möss i en förvriden labyrint där de fick smärtsamma stötar var de än försökte finna vila. Eftersom alla dessa motstridiga tankar orsakade lika stor smärta resignerade jag slutligen i en känsla av förakt som var delad lika mellan Morgan och mig själv. Sedan började jag dra några nya streck med penseln på duken.

"Visst kan det vara trevligt att frottera sig med kultiverade människor då och då under angenäma och civiliserade förhållanden men jag måste tillstå att jag trivs bäst med att själv bestämma när, var, och hur det ska ske." sa Morgan.

Jag svarade inte. Min blick gled längtansfullt från hans ansikte ut genom fönstret, ut över sjön, ut över skogen upp mot molnen. Han följde min blick och läste mina tankar.

"Hur stora tror du våra ägor är? En uppskattning?"

"Jag kan inte gissa." sa jag. "Det spelar ingen roll."

"Försök!"

"Jag är inte bra på att gissa." sa jag.

Mårdhåren blev tunga av kadmiumrött när jag rörde den lilla penseln runt, runt i en klick kladdig giftig färg på paletten. "Allt det här tillhör Zelda och mig. Allt, så långt ögat kan se och mer därtill, där skogen slutar. Det är en klar fördel att äga en bil när man bor så här isolerat. Jag skulle inte rekommendera någon att försöka ta sig härifrån till fots!"

Han lutade sig tillbaka i den röda soffan med huvudet bekvämt stött mot händerna och log ett leende som i all sin djupt förankrade självsäkerhet fick håren att resa sig på mina armar. Styrd av en plötslig ingivelse sa jag:

"Zelda är väldigt fascinerad av er sjö."

Jag iakttog hans reaktion så diskret jag kunde. Leendet försvann omedelbart. Morgan studerade sina utsträckta fingrar.

"Det kan man lugnt säga. Hon tror att den är ett levande väsen."

Jag såg upp. Våra blickar möttes. De klingade emot varandra som dragna svärd.

"Och vad tror du själv?" frågade jag.

"Jag tror ingenting. Däremot vet jag att min syster är överkänslig. Men kom ihåg att hon höll på att drunkna där en gång. Du anar inte hur många djupt psykiskt störda människor det finns här i världen. Jag vill slippa frottera mig med galningar som jag inte är släkt med, åtminstone dagligen, och det är den huvudsakliga anledningen till varför jag har valt den här isoleringen."

"Ditt yrke då?"

"Som du vet tar jag emot förmögna privatpatienter här på torsdagarna. De flesta av mina patienter lider av någon form av megalomani, så för dem är det helt naturligt att Fritz hämtar dem i Bentleyn, i sin chaufförsuniform och kör dem hela vägen. För mitt eget vidkommande är det lämpligast att så få människor som möjligt är bekanta med vägen till Marcus Hades Hus. Och när jag inte ödslar tid på narcissistiska parasiter bedriver jag ett forskningsprojekt – vars inriktning jag tyvärr inte kan gå in på – i mitt välutrustade laboratorium där jag kan arbeta helt ostörd."

Han spände ögonen i mig och jag kände mig obehaglig till mods, som om jag var en del av hans forskningsprojekt.

"Nå: Klarar du av att måla min mörka sida?" frågade han.

"Nu när jag har sett den blir det lättare."

Han skrattade till som om han trodde att jag skämtade och mitt hjärta sjönk till en plats dit ljuset inte når.

"Jag gör vad jag kan för att underlätta ditt arbete. Eller hur Iris?" sa han blygsamt och log.

"Nu ska du få veta någonting som är avslöjande när det gäller min karaktär. Jag har aldrig berättat det här för någon annan människa, inte ens för Zelda: På den tiden jag gick min läkarutbildning deltog jag en gång i en obduktion av en kvinna som hade drunknat. Har du sett liket av en människa som har drunknat någon gång?"

Jag vände mig bort.

"Jag misstänkte väl att så inte var fallet. Det är inte någon trevlig syn kan jag meddela. När jag råkade bli ensam med henne för en stund kunde jag inte motstå frestelsen att kyssa hennes blåsvarta läppar. Hur tolkar du det? Var det en normal reaktion? Finns det en inverterad storslagen skönhet i förruttnelse och sönderfall? Skändade jag henne eller hyllade jag henne? Var min handling en god eller en ond handling?"

"Du frågar fel kvinna." sa jag.

Morgan såg på mig mycket länge och sedan började han skratta utan att öppna munnen. Jag lade märke till att hans blå ögon blev blanka när han skrattade så där ljudlöst.

Jag tänkte:

"Jag borde bli arg; varför bli, jag inte arg; vad är det för fel på mig; varför skriker jag aldrig?"

Aldrig.

Aldrig.

När han lämnade mig efter en timme som var den längsta jag genomlevt i hela mitt liv, gick jag direkt in till mitt rum och föll rakt ner i den stora himmelssängen där jag bara låg och stirrade i taket tills det rämnade.

*

Andra Delen
VII

Tiden i Marcus Hades Hus började kännas oändlig.
Varje natt när jag motsträvigt hade kapitulerat för min ackumulerade trötthet och slumrat in, infann sig alltid *Mardrömmen*.

Och *Mardrömmen* var alltid densamma.Det började med att en iskall vind svepte in över rummet. Luften blev omedelbart unken som i en gammal jordkällare, samtidigt som fräna dofter av förruttnelse trängde in i min näsa så jag nästan inte kunde andas.

Om det berodde på kylan eller min skräck vet jag inte, men mina fötter och händer började förlora känseln och jag kunde inte röra mig alls. Kalla knotiga fingrar strök över min hud med en lukt av fet jord, surt vatten och svavelosande eld: och min kallsvett frös till skarpa taggar av ångest som borrade sig in i min hals. Långt borta, som genom en tunn vägg, hörde jag ett nyfött spädbarn gråta övergivet.

En röst viskade: *"O-Iris-0-Siris-O-Siri-0-Ceres ..."* i mitt öra snabbt, snabbt som ett smattrande brus från en radiosändare och så följde en hög kvinnlig falsettröst som sjöng fort och högt och glädjelöst:

"DO a deer, a female deer
RAY a drop of golden sun
ME a name I call myself
FAR a long long way to run ..."

en mansröst viskade rytmiskt: *"de-Iside-et- Osiride ..."*

en kvinnoröst mumlade maniskt: *"Jag Besegrar ödet. Mig Lyder ödet..."*

en metallisk röst uttalade någon slags matematisk nonsens-ramsa: *"Diameter via Demeter, via dia-de meter; energin är lika med massan gånger ljushastigheten i vakuum i kvadrat."*

Och alla dessa röster uppgick en efter en i det sorl av gnällande, gråtande, mässande, hysteriskt skrattande röster som brusade i mitt huvud och hotade att spränga det med sina meddelanden och tillslut stod en enda röst ut bland alla de andra i kören av röster; en melodiös kvinnoröst, sprucken av smärta.

"Hjälp mig!" vädjade Rösten. *"Din smärta äter-föder mig."* *"Din smärta är min smärta." "Jag förblöder!" "Jag drunknar!"* *"Varför?"*

Jag vet inte hur länge det här pågick varje natt, för vem kan mäta tid som uthärdats i ett tillstånd av skräck? Men *Mardrömmen* tog slut, eftersom skräckens välde aldrig varar för evigt, inte ens i våra värsta mardrömmar.

Rösterna tonade bort, sögs in i *Mardrömmens* stumma, svarta hål, och med sig tog de min livslust.

*

De första minuterna efter det att jag lyckats vakna upp ur *Mardrömmen* satt jag alltid genomblöt av svett och skakande, helt oförmögen att orientera mig på en lång stund och stirrade på gobelängen vid sidan av sängen liksom för att förvissa mig om att ingen människa hade förvunnit från sin plats i mönstret på gobelängen, eller flyttat sig någon centimeter längre in i bilden. Men det hände aldrig. De två unga männen i sina knäbyxor, stövlar och hattar och de tre kvinnorna i sina långa draperade klänningar stod lyckligt fångade i oföränderlig orörelse, frysta i romantisk sällhet, framför det vita slottet, vid näckrosdammen, omgivna av betande hjortar och varglikiknande hundar.

Men jag undrade alltid varför de inte hade några skuggor. När jag tittade på klockan såg jag att många timmar hade förflutit sedan jag lagt mig på kvällen men jag var alltid så trött att jag nästan inte förmådde stiga upp för morgonens arbetspass med Morgan.

All energi hade förvunnit med *Mardrömmen*, sugits ut ur mig, ersatts med grå mental stiltje. Varje morgon var likadan. Bristen på sömn började visa sig i mitt ansikte. Jag var gråblek och hade mörka ringar under ögonen och håret såg aldrig rent ut. Ett stort munsår lyste som en mosad insekt på överläppen. Maten smakade mig inte längre, för trots att jag kunde se hur god den var, och trots att jag visste att jag borde vara utsvulten kände jag mig illamående vid blotta åsynen.

Ibland när jag satt ensam i min ateljé och inte kunde måla men inte vågade sluta ögonen tog jag fram Tobias duk. Jag undrade hur mycket den var värd.

Noblesse oblige.

*

"Du ser trött ut!" sa Morgan en morgon när jag lyckades med bragden att tappa min spatel så precisionsmässigt att den stötte till kanten på min palett så att den i sin tur föll rakt ner över en flaska terpentin som jag glömt skruva fast korken på ordentligt.

Alltihopa landade på mina jeans.

"Jag har lite svårt att somna på nätterna." sa jag och stirrade på mina nerfläckade byxor. "Mörkret och ljuden stör mig."

"Jag kan ge dig några svaga insomningstabletter."

"Ja tack! Jag tror jag måste få lite ordentlig sömn snart. Jag blir så vansinnigt trött på dagarna."

Om jag bara fick vila lite skulle jag kunna reda upp tanketrådarna från sina trassliga härvor och alla lösningar skulle ligga klara framför mig.

Morgan försvann och återvände till ateljén en kort stund senare med en liten glasburk som innehöll några röda tabletter.

"Ta högst två stycken. Annars stör du drömcykeln." sa han.

Han dröjde sig kvar vid sitt porträtt.

"Ögonen ser döda ut!" sa han. "Så ser jag inte ut när jag speglar mig."

Jag var så insvept i sömnbristens loja kvalmighet att jag inte var medveten om att jag tänkte högt:

"Då ser du någon som du tycker om, Morgan."

Morgan ryckte till och var tyst. Sedan började han skratta. Han tystnade och började skratta igen.

"*Då ser du någon som du tycker om!*" Han skakade på huvudet och frustade till.

"Ingen kan anklaga dig för att sakna humor, Iris."

*

Träden fällde sina sista löv framför våra ögon.

Zelda stod vid de små fönstren i min ateljé och såg ut över sjön.

Jag själv satt och rengjorde noggrant några mårdhårspenslar med terpentin i vita bomullstrasor. Vi var tysta.

Doften av terpentin och linolja hade invaderat ateljén smygande, tveksamt men omisskännligt där. Varje gång jag steg in i ateljén drog jag ett djupt andetag, blundade och lät dofternas magi uppfylla mig. Om jag råkade spilla någonting på golvet torkade jag aldrig upp det, utan lät vätskorna eller oljorna eller pigmenten långsamt sugas upp och lämna ojämna fläckar i de bara träiljorna. Det fanns spår efter tidigare konstnärlig verksamhet och jag hoppades stilla att spåren efter min egen närvaro i sin tur aldrig skulle försvinna.

"Jag kan höra dem sucka!" sa Zelda med ryggen mot mig. "De tycker inte om kyla. De söker sin tillflykt i mörkret."

Jag såg upp.

"Vilka då?"

"Vad som syns ovan jord är bara ett skal, resten är osynligt för blotta ögat. Tror du att de döda också gör så, finner tillfällig vila i mörkret? Och när våra suckar avtar visar de sig igen, mätta på vår sorg?"

Hon vände sig fortfarande inte om. Hennes röst hade varit lite hoppfull, lite spänd, som om det var av yttersta vikt vad jag hade att säga.

"Du gör analogier mellan människor och träd! Vad skulle representera våra rötter?" frågade jag försiktigt.

"Iris! Du bara målar och målar och målar! Frågar du dig aldrig "varifrån kommer min kraft?""

"Ständigt."

"Från dina rötter, förstås. Från ditt undermedvetna. Från det förflutna, från dina förfäder!"

"Om du säger det så. Från mina förfäder."

Jag studerade hennes hand på målningen. Fingrarna på duken såg stela ut som torra kvistar på en gren.

"Du är inte det minsta lik mig. Du är *såå* ytlig."

Jag såg upp. Hon stod lutad mot en av de djupa fönsterkarmarna, stödd på sina smala armar och med ett mycket överlägset leende på sina läppar.

"Jag vet att jag inte är lika duktig på att bolla med ord som du och din bror. Men å andra sidan har jag aldrig haft tillgång till de mänskliga bollplank som ni har misshandlat genom åren." tänkte jag och såg in i hennes nedlåtande blick.

"Du ställer inga frågor, Iris. Inga djupa frågor. Allting är form och färg och volym och rörelse för dig. Yta, ingenting annat än yta!" fortsatte hon.

Trött intill illamåendets gräns av sömnbrist förmådde jag inte lägga band på mig själv utan replikerade:

"Det är möjligt att jag verkar ytlig i dina ögon. Men trots det behöver jag inte köpa mig vänner." sa jag. Jag behöver inte betala för att människor ska lyssna på mig!"

Zelda gapade och armarna föll ner längs hennes sidor. Jag kunde se att mina ord träffade henne som en örfil.

"Du-Är-En-Hora!" skrek hon och stampade med foten i golvet, så arg att hon nästan inte fick luft.

"Det enda som höjer dig det minsta över medelmåttan är din

konstnärliga skaparkraft och den hyr du ut till högstbjudande, som vilken dum idiot till hora som helst som inte fattar ett enda dugg om man så skulle tatuera in det i pannan!"

Hon drog ett djupt andetag, alldeles röd i ansiktet.

"Du är till salu och det är därför du är här! Vi har köpt dig. Iris, köpt dig!"

Hennes ögon blixtrade till av hat.

"Jag är inte någon hora, jag är konstnär." sa jag tyst.

"Så länge du är här äger vi dig!" skrek hon. "Kom ihåg det! Du äter vår mat, du bor under vårt tak och du ska förmedla bilder och kontakter ...!"

Hon vände sig bort och såg ut genom fönstret igen.

"*Förmedla bilder och kontakter*? Med vem?" sa jag.

Hon började gå fram och tillbaka i ateljén med armarna runt sin midja.

"Glöm det, Iris!"

"Kontakter med *vem*? *Svara!*"

Hon stannade och såg mig in i ögonen. De såg plågade ut.

"Jag sa för mycket." sa hon. "Du är en gestaltare. På ett fysiskt så väl som på ett metafysiskt plan."

Jag förstod inte vad hon menade. Hon såg matt ut.

"Vet du vad *ett tabu* innebär?"

"Inte för dig."

"Levande, magiska ord som inte får yttras, farliga ord med makt att straffa förräderi och hämnas sitt minne. I blod."

"Hur?"

"Det vet jag inte. Jag vet bara att det är så. Nu har jag brutit ett. Jag kommer att bli straffad."

Hon såg mycket blek ut och om hon inte hade sårat mig så djupt stunden innan hade jag kanske sagt någonting för att trösta henne. Men nu bar det mig emot. Det hon hade sagt gjorde alldeles för ont. Det hon hade sagt var alldeles för sant.

*

Under middagen skar sig Zelda när hon skulle hälla upp vatten. En skört klirrande ton hördes och plötsligt sprack glaset i hennes hand. Zelda såg på sin knutna näve som blivit genomborrad av vassa glasbitar utan att ge ifrån sig ett ljud.

"*Zelda* ...?!" sa Morgan.

De såg på varandra under lång tystnad.

Hennes hand darrade. Tunna strängar av blod började långsamt leta sig ner över kurvorna i handflatan, ner över handleden, ringla sakta över det långa, missprydande märket på hennes underarm för att slutligen falla, som sega, mörkröda droppar ner på den våta linneduken.

"Du *bröt* ...!"

"Det var inte avsiktligt." sa Zelda utan att släppa sin bror med blicken."

"Gör det mycket ont?" frågade jag, som själv kände mig lätt svimfärdig vid synen av allt blod.

"Det känns inte. Ett ytligt snitt." sa Zelda tonlöst.

Jag gick bort till henne och fick bända upp fingrarna i hennes slutna hand för att kunna dra ut de vassa glasskärvorna, en efter en. Sedan virade jag varsamt en kraftig vit linneservett runt hennes blodiga hand. Långsamt framträdde konturerna av vad som såg ut som en mörkröd mun på servettens vita väv. Ingen av oss kommenterade vad som hände framför våra ögon.

Morgan bröt den långa tystnaden.

"Du måste vara försiktig!" sa han.

"Det var starka spänningar ... sa Zelda med en röst tunn som en viskning."

"Då borde du ha varit extra försiktig. Det vet du vid det här laget!"

Morgan vände sig till mig:

"Glaset var från sjuttonhundratalet. Vi har inte många kvar. Zelda håller på att förlora respekten för våra förfäders minne. Hon håller på att bli glömsk och slarvig."

*

På kvällen innan jag gick till sängs låste jag dörren till mitt rum och placerade en stol med min resväska framför den. Jag kontrollerade noga utrymmena under sängen och i garderoben så ingen gömde sig där och jag låg skräckslagen och tryckte under täcket. Min skräck infor sänggåendet kunde bara mäta sig med den jag känt som barn.

Med fasa tänkte jag att jag aldrig skulle bli klar med porträtten och få mina pengar så jag kunde försvinna för gott. Även om jag nådde den punkt när jag inte härdade ut längre och bestämde mig för att fly, skulle det vara omöjligt att ta sig från Marcus Hades Hus till fots. Avståndet till stan var för stort och det var för kallt utomhus. Det enda som återstod var att ringa efter hjälp utifrån men det föreföll som ett nästan lika omöjligt företag, eftersom jag ännu inte hade sett skymten av någon telefon i huset.

Jag måste få tillbaka mina krafter. Som läget hade utvecklat sig klarade jag inte ens av att tänka klart längre, än mindre tänka ut någon plan. Jag visste att jag måste få sova, och helst utan att drömma, om jag inte skulle kollapsa inom en nära förestående tid.

Trots min trötthet tvekade jag ett ögonblick innan jag tog fram glasburken med de små röda tabletterna som jag hade fått av Morgan. Den lilla tabletten kändes svampaktigt porös på tungan och jag fick en smak av mögel och metall i munnen.

"Jag kanske inte borde ...?" tänkte jag.

Men när en våg av trötthet svepte över mig och jag tänkte på *Mardrömmen* som väntade den här natten liksom alla nätter sedan festen, svalde jag den röda tabletten, och omedelbart efteråt svalde jag ännu en, men denna gång utan att tveka.

Jag kände inte av någon som helst effekt av tabletterna på en lång stund, men sedan blev jag plötsligt varse hur en tung, seg känsla långsamt började sprida sig genom armarna och benen och huvudet.

"*Nu får jag sova.*" tänkte jag.

Domningen tilltog i styrka för att efter några minuter ha förlamat mig så till den grad att jag inte ens kunde röra mina fingrar. Slutligen föll mina ögonlock tunga som kistlock ned och häftade sig fast över mina ömma ögon. Därmed förseglades min länk med yttervärlden och jag var nu fängslad inuti en orörlig sarkofag som bestod av mitt eget kött.

Och från den stunden omdirigerades sinnenas varseblivning inåt och jag förstod att det jag kallade för mitt jag och medvetande inte var någonting annat än summan av mina kroppsliga funktioner och dess fysiska begränsningar i tid och rum. Mitt fängelse var resultatet av en perspektivförskjutning, och jag kunde inte längre med mina sinnen varsebli någon enda sensation som tog plats utanför min kropp.

Försent förstod jag vilket fasansfullt misstag det hade varit att svälja tabletterna och att det inte längre fanns någon återvändo eftersom förruttnelsens första fas redan hade börjat inträda i mitt kött.

Min unga starka hjärtmuskel började svälla upp i panik och banka frenetiskt mot revbenen, som en shamansk trumma, för att återkalla mitt medvetande till sin givna plats. Det värkte i min hjärna av invasionen av de nykläckta långa maskar som slingrade sig runt varandra innanför pannbenet och livnärde sig på energin i min vettlösa skräck.

Maskarna slingrande sig ned genom halsen, genom matstrupen och luftstrupen, bröstkorgen och tarmarna, och det sprängde i mina trånga ådror och kliade outhärdligt överallt där de giftiga maskarna penetrerade mig. Men jag var förlamad och kunde inte röra armarna för att klösa mig fri från klådan.

Mina skrik gurglade och pyste från magsäcken. Enstaka tankar sprack fram ur sina späckkokonger som elektriska stötar i min hjärna.

"*Så har smakar döden!*" sa en tanke och i nästa stund var jag åter en jäsande kropp, ett stycke stinkande, härsknande kött, och jag kunde höra det puttrande ljud som uppstod i min magsäck och tarmar av gaserna från bakterier och koldioxid.

Tungan svällde upp i min mun, pressades mot tänderna; maldes till vassa flisor av smärta, och smaken av järn klistrade vid gommen som ett betsel.

En blixt skar genom min hjärna och klöv pannan i två cirklar av ljus. Hela kroppen ryckte till i en spasm som var så stark att sängen vibrerade. Ännu en spasm for igenom mig som en elchock.

Och plötsligt föll jag tillbaka in i mig själv igen, in i mitt medvetandes centrum; alla celler återfann sina ursprungliga platser och tankarna blev åter tankar och köttet blev åter kött och världen fanns.

När jag lyfte mina ögonlock och såg upp var det Zoe jag såg. Zoe stod framför sängen, platt och glänsande av fernissa i sin blå klänning och stirrade på mig med sina iskalla ögon. Hon räckte ut sin svarta tunga åt mig och spetsen var en av Tobias blå energifallosar som sprutade vita dollartecknen över mig, över världen.

"*Jag ville inte ha dig!*" sa Zoe med Tobias tunga.

Ut ur Zoes kropp svävade Zelda som en naken astralkropp täckt av månstrålar som lät som Chopinska regndroppar.

"*Döda inte mitt barn!*" grät Zelda och hennes tårar var röda rubiner på den vita snön som började krackelera.

Hon sträckte ut sin hand och försökte hålla mig kvar, och hennes naglar var knivar som skar djupa sår i min mage och den vita snön under mig öppnade sina käftar på vid gavel och slukade mig i ett stycke och slöt sig över min kropp.

Allt blev vitt och tyst och vilande istid och jag befann mig någon annanstans där cellerna i min kropp frös till iskristaller.

När jag åter slog upp mina ögon såg jag Morgans ansikte några decimeter över mitt eget ansikte men jag kunde inte skrika eftersom han pressade ner mig mot snön och drog upp den blå klänningen över mina ögon.

Jag kände en smärta mellan benen som var så het att snön smälte till vatten som luktade sperma och jag sjönk och sjönk mot botten i en kaskad av bubblor. Kallt, slemmigt sjögräs slickade mina blå läppar och styva bröstvårtor. En våg av illamående pressade sig upp i min hals och magsäcken drog ihop sig i kramp. Tonvis med vatten fixerade mig i min position och trängde sig in i min kropp med våld och fick mig att svälla upp. Det sura, bubblande maginnehållet trycktes upp i min näsa och mun och öron, och jag drömde att jag drömde att jag höll på att drunkna och förblöda, i blod och skräck och tårar.

Jag slog upp mina ögon och blev bländad av blixtar som kom från huvudet, från tomtebloss, från universums oändlighet, i mig, för att hylla min personliga död.

"*Varför*?" var min sista tanke innan jag försvann i en skarp blixt.

*

VIII

*J*ag vaknade av att jag frös. Stickande kallt vatten rann från mitt ansikte ner över nattlinnet ner på mina kalla nakna fötter. Jag huttrade av köld. Någon höll mig i ett stadigt grepp under armhålorna och pressade mig mot sin kropp. Jag skakade på huvudet och såg upp.

Det var Zelda som höll mig uppe under armarna. Hon stod där framför mig med duschslangen i ena handen och klappade mitt ansikte med den andra och hon såg dödsförskräckt ut, som om hon sett ett monster.

"Iris! Iris!" kallade hon med tunn, darrande röst.

"Ja?" sa jag. "Vad är det som händer?"

"Du höll på att dö!"

"Hur vet du det?"

"Du var nästan medvetslös och kräktes." hörde jag Morgans röst säga bakom min rygg in i mitt öra.

Jag förstod med ens hur det kom sig att jag kunde se Zeldas ansikte framför mig med duschslangen i sin ena hand fastän hon höll om mig i ett fast grepp under mina armhålor. Anledningen var att det var Morgan som höll mig uppe. Det var hans kropp jag kände tätt mot min egen.

Vattnet stack iskalla nålar i min hud. Rakbladet inuti mitt huvud skar djupa snitt varje gång jag rörde mig det allra minsta, vilket medförde att påsen med illamående åkte allt högre upp i min hals.

"Jag förstår ingenting." erkände jag tillslut med matt röst.

"Jag talade om de döda och det var därför de nästan tog dig." sa Zelda.

"Sluta!" röt Morgan. "Jag råkade ge Iris fel tabletter, det är allt. Det här hade absolut ingenting med dina tabun att göra."

Plötsligt formulerade sig som av sig självt ett antal frågor till Morgan i min plågade hjärna.

"*Hur kommer det sig att du inte arbetar på ett sjukhus som en vanlig läkare? Varför isolerar du dig med din syster långt ute på landet? Vad är det för slags forskning du bedriver? Var får du tag i dina konstiga piller? Varför duschar du med kläderna på om du nu är så jävla smart som ni alltid säger?*"

Det blixtrade till i pannan framför ögonen. Ögonblicket därefter kräktes jag upp någonting grönt som smakade lika vedervärdigt som det luktade. Zelda stirrade på sin vita lammullsjumper där det stinkande beviset på min skam klibbade mot hennes bröst, nu skild från min kropp och överförd till hennes eftersom jag själv var för trött för att skämmas.

"Jag mår inte bra!" förklarade jag, måhända något överflödigt.

"Du kunde varit död, Iris!" sa hon och torkade av min mun med en tvättlapp. "Du har tur som finns kvar här hos oss."

"Men jag kan inte sova. Det spökar på mitt rum. Varje natt. Jag är så trött. Alltid, alltid så trött!"

Ingen av dem sa någonting. Vattnet fortsatte att rinna runt våra fötter. Alla tre stirrade vi ner på tre par bara fötter. Trettio stycken blöta tår.

"Sov i mitt rum!" sa Zelda. "Det spökar inte i mitt rum."

"Zelda!" skrek Morgan med en sådan kraft att han nästan höll på att tappa mig.

"Din metod fungerar dåligt, Morgan. Du kommer att döda henne."

Han teg en stund. Det kalla vattnet mötte de vita kakelplattorna som smekande trumvirvlar utan att göra något intryck. Mina fötter började kännas som istappar.

"Gör det på ditt sätt då!" suckade Morgan.

*

Hela min situation var så besynnerlig att jag inte fann det ett dugg anmärkningsvärt att Zelda och jag delade säng den natten. Efter att Karla hade serverat oss nygräddade scones med marmelad och ost och söt het choklad med vispgrädde i barnsliga keramikmuggar, kröp vi ner under dunbolstret tillsammans, iklädda identiska rosa sidenpyjamasar och jag somnade nästan omedelbart med Zeldas arm över min rygg och hennes andedräkt i min nacke.

*

Jag vaknade av att solen lyste rakt i mitt ansikte. När jag slog upp ögonen blev jag bländad av det vita ljuset. Först kunde jag inte förstå var jag befann mig. Låg jag på sjukhus? Vad hade hänt?

Sängen jag låg i var vit med vita kuddar, vitt duntäcke, vit pläd. Rummets sängar var äggskalsvita. Korgstolar, bokhyllor, byråer, draperier, mattor; alla möbler i rummet var vita i någon nyans.

Långsamt föll minnesbitarna på plats. Jag mindes att jag hade varit mycket nära att dö; ruttna levande i mitt eget ruttnande kött: kvävas av mina kramper och drunkna i min egen skräck för att uppgå i det vita ljuset. Jag mindes allt.

Det jag mindes tydligare än någonting annat var den nakna skräcken i Zeldas ögon; hur jag hade sett min egen dödsskräck reflekteras i hennes ansikte när hon trodde att hon skulle förlora mig.

När allt var över hade jag somnat i Zeldas säng med hennes arm runt mig. trygg i hennes närhet och totalt utmattad efter mitt intima rendezvous med döden, där Morgan hade agerat kopplare.

"Morgan. Vad var det för tabletter han hade gett mig? Och varför? Vad hade han gjort med min kropp?

Porträtten!"

Jag skulle aldrig bli klar med deras porträtt, jag skulle aldrig någonsin komma från Marcus Hades Hus om jag inte lyckades fly.

"Jag måste fly!"

Jag försökte resa mig upp på armbågarna men föll genast tillbaka på kudden. Det snurrade i huvudet. Jag låg där hjälplös som en mycket gammal och orkeslös människa med en smak av sur disktrasa i min torra mun och en frän, kompakt svettlukt från kroppen, där en klibbig hinna av gammal och ny svett klistrade mot den rosa sidenpyjamasen. Jag slöt ögonen igen.

Någon bultade hårt på dörren.

Klara steg in i rummet. I sina kraftiga händer bar hon en fullastad bricka. En tung och aromatisk doft av klorofyll, örter, järn och jord spred sig genom rummet, och fick min mage att dra ihop sig i hungerkramper.

"Här kommer jag med närande nässelsoppa!" sa hon. "Ät flicka, så du blir frisk och kan arbeta!"

Jag gjorde ett nytt tappert försök att lyfta mitt huvud men med samma resultat. Det föll tillbaka på kudden igen.

"Försök igen!"

Men det gick inte.

Karla skakade på huvudet. Hon staplade en hög med kuddar bakom min rygg och formade till dem med några lätta dunkar. Sedan satte hon sig på sängkanten, doppade resolut skeden i den gröna, gräddiga soppan och började mata mig; sked för sked, med sopptallriken vilande tryggt i sitt stabila knä. Soppan var kryddstark och smakrik och oerhört mycket godare än någon nässelsoppa jag dittills ätit. Som en len och het smekning gled den ner i min strupe och långsamt, långsamt återvände krafterna till min misshandlade kropp.

"Det här var den godaste soppa jag ätit!" sa jag.

Karla log mot mig.

"Det är ett gammalt grundrecept på nässelsoppa. Jag tillsatte pionrot mot kramper och migrän. Maskrosrot mot anemi. Alruna mot smärtor och mardrömmar. Plus lite annat smått och gott jag hade hemma. Inget märkvärdigt."

Jag drog på munnen och konstaterade att Karlas humor var lika torr och märklig som hon själv.

"Var finns det en telefon i huset?" frågade jag.

"Min man och jag är döva. Vi behöver ingen telefon." sa Klara.

Hjärtat snördes samman i bröstet. Ingen telefon. Jag mindes någonting Morgan hade sagt som jag hade uppfattat som ett osmakligt skämt:

"*Fritz är döv. Det förklarar kanske varför han har blivit så gammal hos oss. Han hör ingenting.*"

De som skötte kommunikationerna med yttervärlden var alltså Morgan och Zelda, och förmodligen var det bara Morgan som var det minsta intresserad av att upprätthålla kontakten med yttervärlden. Känslan av svindel var så överväldigande att mitt huvud åter föll tillbaka ner i dunkudden.

Efter några koppar nyponte med honung, mjölk och citron kände jag mig någorlunda återställd och Karla pekade på en stol där mina kläder låg, nytvättade och i en prydlig liten hög.

"Jag har tappat upp ett hälsobringande bad med lavendel, rosmarin, renfana, salvia, och johannesört. Du har varit sjuk väldigt länge." sa Karla. "Du behöver en ny aura."

Hon lämnade rummet och jag tassade upp från sängen på matta ben. I Zeldas vita badrum stod ett vattenfyllt badkar med förgyllda lejontassar och delfinkranar. På ytan av det ångande heta vattnet flöt klasar av väldoftande örter och spred en magisk arom.

Jag tog av mig den rosa sidenpyjamasen och sjönk ner upp till halsen i vattnet som var så hett att jag rös och drog in dofter av kåda och skog och ängsblommor och rena lakan.

Dagsljuset lyste upp de vita marmorplattorna runt mig och genomskinliga älvor speglade sig lekfullt i speglarna. Mina porer öppnade sig i den sinnliga hettan och det klibbiga skalet av fräna kroppsliga utsöndringar runt min kropp lossnade och sköljdes bort i små feta flak.

Mina jeans hade blivit två nummer för stora på en anmärknings-värd kort tid, så jag var tvungen att dra åt livremmen två extrahål. När jag hade anlänt till Marcus Hades Hus hade jag varit en smal, ung kvinna. Nu var jag så mager att höftbenen skavde mot tyget i mina jeans. Knotig som en krigsfånge.

När jag stod där och försökte lista ut var man bäst gömmer en telefon i ett hus där personalen är döv, öppnades dörren och Zelda steg in i rummet. Hon strålade mot mig med hela ansiktet.

"Äntligen! Så skönt att du är återställd, Iris! Vi var rejält oroade ett tag!" sa hon och fattade mina hände i sina.

"Jag missade Morgans sittning i morse." sa jag.
Hon stod så nära att hennes glädje brände på min kropp och jag kände mig generad av någon anledning.

"Du missade sittningen igår morse också!" sa hon och ryckte på axlarna.
Jag blev alldeles paff.

"Va?"

"Du var väl trött?"

"*Snarare medvetslös!*" tänkte jag.

"Vad var det i tabletterna han gav mig, Zelda?"

"Förmodligen mjöldryga, flugsvamp; någon hemmagjord hallucinogen dekokt skulle jag gissa. Men berätta inte för Morgan att jag sagt det!"

"Jag lovar!"
Hon log spjuveraktigt och fnissade till.

"Nu har vi en hemlighet ihop, du och jag, Iris. Det var verkligen på tiden!"
Jag blev återigen generad av den översvallande vitaliteten och hungern i hennes mörkblå ögon. Jag undvek hennes blick genom att se ner på fotografierna som stod på en vit liten byrå nära

sängen. Hon följde riktningen av min blick ner på ett foto av två små söta mörklockiga flickor i fyraårsåldern iklädda identiska vita spetsklänningar och med sidenrosetter i sina långa lockar.

"Det där är Morgan och jag som barn. Den sötaste flickan är Morgan."

Trots att jag borde ha förstått hur det låg till blev jag totalt överrumplad. Morgan var nog den sötaste lilla flicka jag någonsin hade sett.

På fotografiet bredvid det med tvillingarna Karp poserade en ung Zelda och en annan ung kvinna, med armarna runt varandras axlar. Zeldas kastanjebruna hår hängde vildvuxet och lockigt långt ner till midjan och hon hade stuckit in blåklint i det. Den andra unga kvinnan hade lika långt men blont hår med instuckna vallmor. De var båda klädda i vita tunna bomullsklänningar och såg mycket förälskade ut.

"Miriam!" sa Zelda. "Underbar, eller hur?"

"Jag trodde inte att hon var så ung! Jag trodde Miriam var en äldre kvinna."

"Hon var ung när hon ... försvann." sa Zelda och vände sig bort så jag inte kunde se hennes ansiktsuttryck.

"Saknar du henne mycket?"

"Jag älskade Minna. Hon älskade mig. Du får tolka det som du vill!" sa Zelda defensivt utan att se på mig.

Jag kände hur spänd hon blev. Den osynliga taggtråden framför hennes oskyddade nerver repade luften mellan oss.

"Det låter vackert, Zelda!"

Jag kunde känna hur det återigen gick att andas normalt. Taggtråden förvandlades till maskrosfrön som lyfte från hennes kropp och blåste iväg.

"Men jag förstår inte varför hon försvann om ni älskade varandra?"

"Därför att det fanns en man med i bilden. Och du vet ju hur det alltid går när det finns en man med i bilden!" sa Zelda och himlade med ögonen.

"Nej!" sa jag sanningsenligt. "Det vet jag inte. Vad hände?"
"Han vann! Han drog den längsta stickan. Men jag ger inte
upp. Aldrig! Jag .."
Hon avbröt sig själv och viftade med sina fingrar framför ansiktet
som om hon viftade bort påträngande tankar.

"Jag uttrycker mina känslor i min dans och i mitt pianospel.
Minna uppmuntrade självdisciplin. Hon var själv mycket
disciplinerad. Det är viktigt att kunna kanalisera sin sorg i
kreativitet om man vill överleva."

"Jag förstår ..."

"Nej du *kan* inte förstå. Det är omöjligt! Eftersom varken
far eller mor bodde här var det viktigt för mig att ha någon
som kunde förklara saker för mig. Och beskydda mig."

"Beskydda dig? Mot vad?"

Zelda ryckte lite på axlarna.

"Nu vet du själv. Du kunde ju inte sova. Hur kom det sig att
du inte kunde sova?"

"Jag är väl lite spökrädd, antar jag."

Jag ryckte på axlarna. Där jag stod mitt i solens ljusa varma
strålar, fräsch och nybadad och utsövd kändes det fånigt att tala
om spöken.

"Minna fruktade människor mer än ... spöken. Men det
fanns inga spöken då. Bara vi två."

"Morgan då?"

"Han var på internatskola och kom bara hem på loven. Så
jag behövde någon som kunde beskydda mig. Alltid."

*

Fritz rullade in serveringsvagnen med kvällens huvudrätt i
matsalen utan att säga någonting. Fritz sa aldrig någonting när
an rullade in serveringsvagnen.

Jag såg upp på Morgan som inte tycktes märka mina blickar,
men plötsligt tog han till orda:

"Med risk för att verka tjatig: Iris, jag vill härmed be om

ursäkt för vad som hände i förrgår. Jag har aldrig någonsin tidigare förväxlat tabletter och jag förstår fortfarande inte hur det kunde hända. Det är ett fullständigt mysterium."

Han såg inte ut som någon kallblodig, presumtiv mördare, men inte heller som någon som plågades av dåligt samvete över att han nästan råkat döda en annan människa genom sitt oförlåtliga slarv.

"Vad innehöll de där röda tabletterna du gav mig?"

"Det kan jag inte avslöja."

Jag drog efter andan.

Han märkte att jag stirrade på honom.

"Är du orolig för din hälsa? Det behöver du inte vara. Även om jag inte på något sätt vill bagatellisera det obehag du fick utstå så var det bara temporärt. Du behöver inte befara några som helst biverkningar. Jag lovar!"

Jag försökte låta spontan när jag utbrast:

"Javisst, ja! Jag höll ju på att glömma! Jag skulle behöva ringa ett samtal!"

"Jaså?"

"Till kvinnan som hyr min lägenhet."

"Jaså?"

"Ja, det är viktigt!"

Morgan svarade inte.

"Det gäller lägenheten. Hyran."

"Det är ordnat."

"Sedan har jag några biblioteksböcker ..."

"Det är ordnat."

"Ordnat? M-men hur ...?!"

"Du hyr ju ut till Tobias flickvän, eller hur? Tobias och jag är bekanta. Så du behöver inte oroa dig."

Morgan log och jag försökte se lättad ut när jag log tillbaka. Jag kunde alltså inte använda deras telefon. Jag kunde inte göra mig hörd. Jag kunde skrika mig döv, utan att någon utomstående skulle höra mina rop.

Jag pressade händerna för mina öron för att de andra inte skulle höra skriket som växte i mitt huvud och slöt mina ögon. Skriket stannade kvar i mitt huvud. Efter en stund kunde jag lugnt ta bort händerna och öppna ögonen. Skriket ebbade bort, svagare och svagare, som tunna kvidanden från någon annan.

"Hur är det fatt, Iris?" frågade Zelda.

"Jag fick en konstig känsla bara. Någon slags yrsel."

"Du kanske är hungrig?" sa Zelda.

Impulsen att skratta var i det närmaste omöjlig att motstå, men jag klarade av det genom att pressa naglarna in i mina handflator så hårt jag förmådde.

"Så är det nog. Jag är nog bara hungrig."

Jag bet mig själv så hårt i underläppen att mina ögon vattnades medan jag skakade av återhållen skratt. Eller var det av gråt?

Jag såg upp i ljuskronans glittrande droppar av bergkristall som dinglade likt tunga frusna tårar högt ovanför mitt huvud.

"*Allting här är bara arvegods.*" tänkte jag.

Jag såg ner på det graverade sjuttonhundratalsglaset i min hand och svalde några klunkar mineralvatten. Min framtand (likt min framtid) stötte mot en genomskinlig ogenomtränglig barriär av glas.

"*Arvegods.*" tänkte jag.

"*Sand-is. Is-tid.*"

"*Sand mäter tid. I sand och tid kan man skriva sitt namn. Men sand som härdas till glas i eld fryser till is.*"

"*Vatten bär allt och allas spegelbild. Men i vatten kan man inte skriva sitt namn eftersom vatten tillhör alla och ingen. Ärvs av alla och ingen, måste färdas genom tiden, genom allt och alla i ett evigt kretslopp för att inte dö.*"

"*I kärleken till jaget fryser vatten till is.*" tänkte jag. "*I isen stelnar skriken från de ohörda.*"

Morgan såg på mig. Ett litet leende drog över hans ansikte, så snabbt att jag nästan missade det.

"Kan du svaret på den här gåtan, Iris? Tre människor är sjösatta ombord på en liten livbåt. Trots att de är tillsammans är de ensamma. Trots att de sitter i en båt kan de inte fly någonstans. Trots att de sitter stilla är de trötta. Trots att de är omgivna av vatten och fisk är de törstiga och hungriga. Varför?"

Jag vände bort min blick.

"Vad är det här för någonting?" utbrast Morgan och stirrade med avsmak ner på sin tallrik där en tillplattad brunbränd substans med en klick av någonting mörkrött lyste emot honom.

"Iris favoriträtt: Rårakor." sa Zelda.

"Hur vet du det? Det har jag aldrig berättat för dig!" tänkte jag förvånad.

"Rårakor är Miriams favoriträtt, det vet du, för det vet alla som någonsin pratat med henne." sa Morgan. "Men att jag någonsin skulle behöva se eländet framför mig, på det här bordet, på det här porslinet, i det här huset ...!"

"*Zelda?*"

Zelda bara skrattade. Och skrattade. Och skrattade. Hennes gälla skratt högg sår i mina öron.

Jag gjorde ett tappert försök att äta men tuggorna växte i munnen och smakade som spånflisor. Morgan och Zelda sneglade på mig. Jag undrade om jag smaskade eller om jag kanske hade kladdiga matrester i ansiktet eller om de tyckte att jag var ovanligt tyst. Men jag brukade vara ovanligt tyst.

"Du ser inte ut att vara helt återställd." sa Morgan. "Låt mig få ta några prover på dig efter middagen!"

"Tänk om där finns en telefon? Det måste finnas en telefon i hans mottagningsrum!" tänkte jag.

"Tack!" sa jag med inlevelse. " Gärna!"

*

Efter middagen gick Morgan före och visade vägen ner till källarplanet. Källarkorridoren var mörk och fuktig med nakna murade väggar. Jag kom på mig själv med att se mig omkring efter brinnande facklor på väggarna och lyssna efter rasslet av kedjor mot stengolvet och plågade suckar i de mörka hörnen.

Vi passerade ett massivt träskåp där tjocka glasburkar stod i rad bakom låsta glasdörrar. Glasburkarna innehöll olika organ och kroppsdelar från människor, flytande i formalin. Jag vände bort blicken.

Morgan stannade vid en dörr med en lucka högst uppe och öppnade dörren till ett litet fönsterlöst rum som vid första anblicken mer såg ut som en fängelsecell än en läkarmottagning.

"Jag tar emot mina patienter här!" sa han. "Varsågod och sätt dig på britsen!"

Jag såg mig omkring i rummet. Det var ett ordinärt, ganska litet mottagningsrum med stora bokskåp fyllda med böcker och pärmar, ett väggfast glasskåp med stålinstrument, skålar och diverse sjukvårdsartiklar, en vask, en skjutvägg, en brits, ett skrivbord, en grön tygskärm. På skrivbordet stod en ålderdomlig telefon i svart bakelit. Jag hade svårt att slita blicken från dess svarta blanka kropp, som om hela min framtid var avhängig av om den fungerade eller ej.

"Nu när du har tillgång till fri sjukvård ska du väl utnyttja det?" sa Morgan hurtigt och låste dörren bakom sig.

"Jo. Det är sant."

"Vi utnyttjar ju dig och din talang så mycket vi kan!"

"Det ... det har jag ju betalt för."

Han såg på mig med ett uttryck jag inte kunde tolka i sina mörkblå, skarpa ögon. Förundran kanske?

"Du är sannerligen mycket blygsam!"

Jag visste inte vad jag skulle svara så jag bara log.

"Vi har kanske isolerat dig, Iris?" sa han när han kavlade upp min arm för att mäta mitt blodtryck. Morgans händer var starkare än Zeldas men med lika smidiga och långa fingrar. Han fortsatte:

"En gång i min barndom hörde jag en konstnär som jag beundrade djupt säga till min far att seriösa konstnärer arbetar bäst i avskildhet. Ett bombardemang av stimuli stör kreativiteten, påstod konstnären. Kanske jag får revidera hans omdöme. Du ser så blek ut och har gått ner mycket i vikt på en väldigt kort tid. Vi kanske får ta dig med ut på lite nöjen? Som en liten andlig vitamininjektion?"

Menade han allvar?

Han log och ryckte lite på axlarna.

"Men bara om du själv vill, förstås? Jag är ingen psykolog så jag vet inte vad som är bäst? Vad tycker du själv?"

"Jag hoppas ... tror att ... att en av mina k-kurskamrater ska ställa ut snart ..."

"Du har hög puls. Är du nervös?"

"Lite ... yr, kanske?"

"Jag tror att det snarare är så att du är rädd för mig. Du är rädd för att vara instängd med mig i den här lilla fönsterlösa ljudisolerade cellen, inte sant? Och din rädsla beror nästan uteslutande på mitt beteende den där fördömda natten när jag blandade tabletter och alkohol. Jag skäms verkligen när jag tänker på hur jag uppförde mig."

"Gör du?"

Jag kunde inte möta hans blick.

"Det är väl klart att jag skäms! För mig är våldtäkt ingenting annat än den mest banala och simpla formen av maktutövande. Såra inte min fåfänga! Jag är oerhört mycket mer raffinerad än så!" sa Morgan med en emfas som gränsade till indignation.

Till min förvåning insåg jag att jag inte var helt säker på vad det var som Morgan egentligen skämdes för.

"Sårar jag din fåfänga? Men ... men det du sa om din depraverade, ruttna själ, då?"

"Än sen? Har inte du också en depraverad sida? Fantasilöhet

kan aldrig vara raffinerad eller depraverad. Fantasilöshet är alltid simpel oavsett i vilken form den uppträder."

Han slet omslagspappret av en tunn träspatel och sa:

"Öppna munnen! Sträck ut tungan! Längre ut! En liten bit till, tack!"

Han drog med träspateln längs ytan på tungans smaklökar.

"Se där! Se där! Har du någonsin tänkt på hur lång den är? Och hur grov! Och rörlig – åtta muskler–! Du som har en så mjuk och välformad liten mun; fascinerande att ett så stort organ får plats, eller hur?"

Jag kände att jag rodnade.

Morgan lyste på mina mandlar och fortsatte;

"Min Fader Hedersdoktorn påstår att rå tunga är en delikatess. En fantasilös man. Rik och slug förvisso, men vulgär och fantasilös. Jag själv däremot skulle aldrig kunna ..."

Morgan avbröt sig.

"Nej!" suckade han. "Jag är alldeles för fåfäng. Du är också fåfäng, Iris."

"Aaaaaah?" frågade jag med spateln i munnen.

"Jag såg dig i den där blå klänningen. Vi gillade båda vad vi såg. Tänk vilken skillnad lite pengar kan göra, ändå. Speciellt för en sån som dig som inte har några."

Han kikade i mina öron med sitt instrument samtidigt som han talade. Av någon anledning tänkte jag på min tandläkare. Han pratade också alltid oavbrutet, om konst och arkitektur i hans fall, medan han borrade djupa hål i mina tänder och i min plånbok.

"Så var det lilla hjärtat då. Kan du ta av dig tröjan? Berättade Zelda förresten att den där blå klänningen du bar på banketten är mer än trettio år gammal?"

Jag drog av mig tröjan och satt där i min vita bomulls-bh.

"Nej, det glömde hon nämna."

"Andas djupt!"

Stetoskopets metall kändes svalt mot min nakna hud.

"En gång till! Djupt! Bra! Mor bar just den klänningen på den där balen jag berättade om, när hon träffade far för första gången. För första gången som sig själv; den rika arvtagerskan, alltså. Andas djupt! Och så hosta! En gång till! En gång till! Det fick ju vissa konsekvenser!"

Jag höll min blick fästad på telefonen.

"Okej. Jag ska ta sänka och blodvärde på dig också så får vi se om du har någon infektion på gång."

Han förde mycket smidigt in nålspetsen i min arm och fyllde tre olika behållare med blod. Det kändes knappast. Han var mycket skicklig.

"Undersöker du dina bröst regelbundet?" frågade han med ryggen till mig från arbetsbänken där han gjorde någonting med proven.

"Ja."

"Mycket bra. Kan du ta av dig bh:n och ligga ner, tack!"

Varningsklockor ringde. Men samtidigt kände jag mig lite löjlig. Jag tvekade ett ögonblick men så såg jag den svarta telefonen i ögonvrån.

"Javisst!" sa jag och hoppades jag lät naturlig och avslappnad.

"Försök komma ihåg att jag är läkare. Och, framförallt, försök att komma ihåg exakt hur och var jag känner på dina bröst!"

Morgan lät handen glida mjukt runt mitt högra bröst. Hans hand var mjuk och fast och varsam när den kände på mina körtlar med små lätt smeksamma, rullande rörelser. Han tog god tid på sig. Jag försökte undvika att se honom i ögonen.

"Varför tog du inte i mig så här när du kom in i mitt rum den där natten? Varför måste jag låtsas vara avslappnad och nollställd och förtränga hur smärtsamt medveten om dina händer jag är? Dina händer älskar hud. Min hud vaknar där du berör den, men jag får inte låtsas om det." tänkte jag.

"Så där ja!" sa han. Det känns bra. "Och så kan jag ta ett cellprov medan vi är igång. Du kan ta av dig på underkroppen bakom skärmen där borta."

Mitt hjärta började bulta hårt och jag önskade att någon hade kommit in i rummet och talat om för mig vad jag skulle göra nu. Jag visste nämligen inte själv. Mina känslor och mitt förnuft kunde inte komma överens. Jag visste inte om det var förnuftet eller känslorna som varnade: "*Fly! Akta dig!*" eller lockade: "*Förstör inte för dig själv! Reta honom inte! Stanna!*"

Som om svaret på min fråga fanns att utläsa någonstans i rummet; ett tecken, ett budskap, symboliskt maskerat som någonting annat; svepte min blick över väggarna i det som en gång varit en fängelsecell, kanske tortyrkammare, och fastnade på dörren. Och då, i det ögonblicket när jag plötsligt mindes att jag sett Morgan låsa dörren förstod jag att jag inte hade något val.

Jag gjorde som han sagt, gick bakom skärmen, tog av mig på underkroppen och klädde lätt darrande på mig en vit sjukhusrock.

Morgan vek ner två fotstöd på britsen och hjälpte mig upp utan att se på något annat än mitt ansikte. Han verkade inte mer upphetsad än min vanliga gynekolog brukade vara. Jag för min del kunde inte dölja hur nervös jag var.

"Det kommer inte att göra ont!" sa han och klappade min hand. "Bara ett litet stick. Försök att inte spänna dig!"

Han tog på sig latexhandskar och öppnade en burk med glidsalva som han smorde in fingrarna med. Salvan var grön och hade en ganska kraftig doft, som jag kände igen men inte kunde placera och inte visste om jag tyckte om. Ingenting, men ändå allt, skilde sig från andra gynekologiska undersökningar jag varit på. Hans finger gled in i mig utan svårighet, tack vare den feta salvan.

"Det känns fint!" sa han. "Nu ska jag ta ett cellprov på livmoderstappen och det kommer att sticka till. Blunda om du vill. Instrumenten ser lite groteska ut."

Jag blundade.

Jag kände att han förde in några kalla stålbitar och sedan gick det som en skarp, vass stöt genom mig. Det gjorde mycket mer ont än jag hade väntat mig och jag skrek till, högst ofrivilligt.

"Nu är det klart. Jag beklagar om det gjorde ont. Det kan bero på att dina slemhinnor är lite såriga efter ... efter incidenten med tabletterna. Vissa tabletter har den typen av biverkningar. Det är nog bäst att jag gör en kompletterande anal undersökning."

Han smetade in andra handens fingrar med en gulvit salva från en annan burk som doftade som kamomill och stack in ett finger i anus och ett finger från den andra handen i slidan.

"Känns det fortfarande obehagligt eller ömt när jag gör så här?" frågade han och pressade samman sina fingrar.

"Nej." sa jag och försökte låta lugn. Hjärtat började slå hastigare igen eftersom jag upplevde en ny sorts varmt erotisk retning som tog över där smärtan klingade bort och som trots likheten i intensitet var dess raka motsats.

"Du har en knöl just här!" sa Morgan och tryckte lätt från insidan upp mot magen.

Ännu en tung varm känsla for genom mig och jag blundade för att inte förråda mig.

"Visste du det?"

"Nej ..." mumlade jag.

"Lugn. Det är helt normalt. Alla kvinnor har den men inte alla kvinnor känner till sin g-punkt. Tyvärr. Kvinnor borde bekanta sig mer med sina kroppar; älska dem istället för att ständigt kritisera dem. Eller hur, Iris? Det säger jag alltid till mina kvinnliga patienter. Det kan inte upprepas nog."

"Jo det är sant." sa jag. Min röst lät onaturligt dämpad.

"Jag tror du har bra inre bäckenmått."

"Kan du känna ... se ... det utan röntgen?"

"Yrkesknep." sa han och drog sakta med handen från höftben till höftben, som för att demonstera det han sa.

Sedan lät han sin hand vila på venusberget samtidigt som han pressade upp mot den där punkten inuti mig.

"Färgar du håret?" viskade han.

"Nej." sa jag och slöt ögonen.

Jag klarade inte av att se vad han gjorde med min kropp, hur ytterst noggrant han undersökte mig. Men jag intalade mig att han var läkare och att mina reaktioner berodde på att jag fortfarande var så oerhört attraherad av honom.

Jag höll på att bli upphetsad och borde gå, borde gå men vågade inte, ville inte, kunde inte förmå mig; ville inte förmå mig.

"Onanerar du regelbundet?"

Jag svarade inte men kände att jag rodnade igen.

"Alla borde göra det, i profylaktiskt syfte. Det löser upp spänningar i kroppen och lindrar huvudvärk."

"*Vad jag borde göra nu är att resa mig upp och gå!*" tänkte jag. Men jag låg kvar och försökte intala mig själv att det var jag som var känslomässigt obalanserad, och att Morgan bara var ovanligt grundlig.

"Fantasier är viktiga. Håller du inte med mig?"

"Jo. Verkligen."

"Berätta! Vem tänker du på när du smeker dig själv?"

Jag svarade inte. Jag såg inte upp. Frågan var alltför komplicerad.

"Tänker du på mig?"

Jag svarade inte.

"Tänker du på Zelda?"

Jag svarade inte.

"På oss båda? *Samtidigt*?" viskade han retsamt.

"*Nej!*" Min röst darrade till.

"Jag har tystnadsplikt som du vet. Som läkare får jag inte berätta för någon vad du anförtror mig här och nu om dina fantasier."

"*Som läkare får du inte använda dina händer som du gör just nu på en patient.*" tänkte jag.

112

"Jag tänker på dig, Iris." sa han och lät nästan sorgsen. "Oftare än du kan föreställa dig."

Mitt hjärta tog ett glädjeskutt trots att hans komplimang var något oromantisk med tanke på situationen.

"Är du nöjd med min undersökning? Tycker du att jag är en skicklig läkare?"

"Ja."

Jag försökte låta normal men det gick inte. Morgan ställde sig vid sidan av britsen och lutade sig ner på armbågarna över mitt ansikte där jag låg. Jag var redan andfådd och med honom så nära kunde jag nästan inte få luft.

"Högre! Du viskar!"

"Ja!"

"Jag kan inte höra dig!"

"Ja!"

Hans ansikte var så nära mitt att jag kände en svag doft av tandkräm när han talade. Hans tänder var starka och vita där de blottades mellan hans varma läppar, så nära, så nära mina.

"Säg det!"

Hans ögon sökte mina, men jag kunde inte möta blicken i dem. Jag visste att min blick skulle förråda mig.

"Du är skicklig, Morgan."

"Jag visste att du skulle svara så. Jag får alltid höra det!"

"Nu borde jag resa mig och gå!" Jag är inte klok som ligger kvar." tänkte jag.

Den vita rocken skavde mot mina styva bröstvårtor där han lutade sig över mig. Hans ena hand sökte sig mellan mina ben igen och jag bet mig så hårt i underläppen att jag fick en smak av blod i munnen.

"Jag tror du har blivit upphetsad av min undersökning." sa han mjukt.

"Nej!" protesterade jag svagt.

"Jo! Tveklöst." viskade han in i mitt öra och småhåren reste sig över hela kroppen när hans andedräkt kittlade örat.

"Jag vet inte ... " mumlade jag.

"Vad ska vi göra åt det?" viskade han.

Han såg in i mina ögon. Som en insekt sögs jag viljelöst in i Morgans utvidgade pupillers mörkblå heta universum, villig att förtäras, explodera, uppgå i hans eld, utplåna mig själv och min hetta i hans hetta ...

"Jag vill ..."

"Men du gillade det inte sist. Du blev sjuk. Har du glömt? Sömnproblem. Spöken. Mardrömmar. I veckor!" sa Morgan med smeksam röst. "Du är exceptionellt receptiv."

"Det var annorlunda ..."

Avståndet mellan hans mun och min; mellan hans läppar och mina var mindre än diametern på hans ovärderliga vinglas men det separerade oss från en tunn evighet fylld med svindlande sinnlighet.

"Var det första gången, Iris?"

Morgans hand råkade nudda vid mitt ena bröst.

"Nej."

"Så synd!" sa han. "Första gången är alltid någonting speciellt. Det var det onekligen för mig."

Han drog sig ner från mig och jag kunde känna buktningen av hans erektion som nuddade mot mitt lår. Jag blinkade mot det kalla ljuset och kände upphetsningen vika tillbaka, ytterst långsamt och så motvilligt att det värkte i mig.

"Jag tror det var allt för idag!" sa han, med ryggen vänd mot mig. "Dina drömmar kommer säkert att bli betydligt angenämare i fortsättningen! Du kan klä på dig nu!"

Han lämnade mig på britsen, låste upp dörren och skyndade sig ut ur rummet med mina prover i handen.

Jag skämdes så jag skakade när jag drog på mig byxorna. Det hade kommit lite blod på skyddspappret på britsen, antagligen från det smärtsamma cellprovet.

"Hur kunde jag ha gått med på det här?"frågade jag mig. "Varför reagerade jag som jag gjorde? Är det något allvarligt fel

på mig?" *Jag visste ju att Morgan alltid bara lekte med mig och mina förväntningar, och alltid på ett grymt sätt."*

Sedan fick jag åter syn på den svarta bakelittelefonen och kastade mig över den som om den var en livboj och jag en drunknande människa. Luren kändes kall mot mitt öra. En ton hördes i den, så linjen var öppen. Med darrande fingrar slog jag Tobias telefonnummer på fingerskivan. En opersonlig röst upplyste mig om att numret saknade abonnent.

"*Jävla skit!*"

Tobias hade struntat i att betala sin telefonräkning igen!

"*Inger då!*"

Jag slog hennes nummer. *Upptaget.* Det förvånade mig inte. Inger tyckte om att prata mycket och länge och helst om sig själv. Jag stod med den tunga svarta luren i min hand och hörde mina hjärtslag eka mellan väggarna i takt med de skarpa upptagetsignalerna, som piskrapp på mina nakna nerver.

Jag slog mitt henes nummer igen. Upptaget. Först vid det fjärde försöket gick signalen fram och hon svarade:

"*Tobias?*"

"Nej, det är Iris! Snälla, lyssna jag måste fatta mig kort, det är bråttom ..."

"Åh, Iris, jag visste inte att du och Tobias var tillsammans, jag svär, jag visste inte ..."

"Det gör ingenting, bara lyssna ...!"

"Förlåt! Jag trodde det var en annan Tobias, inte Tobias, inte *den* Tobias ..."

"Snälla, *lyssna* ...!"

"Han är inte här, Iris! Och jag har betalat hyran i tid!"

"Du måste be honom hjälpa mig! Jag är fånge här hos syskonen Karp, det är sant, jag kan inte komma härifrån, säg till Tobias att jag bränner upp hans duk om han inte kommer och hämtar mig, jag har den här hos mig, du *måste* ...!"

"Tobias går inte på sånt där utpressningstjafs." sa Inger.

"Det är mig han älskar nu. Vi ska hyra en studio tillsammans, fattar du? Men du och jag behöver väl inte bli ovänner för hans skull? Så inskränkt och småborgerligt?"

"Snälla Inger, bara nämn det sa jag sa om hans tavla!"

Morgan kom in i rummet. Han tvärstannade när han såg mig med telefonluren i handen.

" ... och mina biblioteksböcker ligger på hallbyrån. Hälsa alla! Hejdå!" sa jag i en glad och käck ton och la på luren.

"Så du ringde ändå!" sa Morgan.

"Ja, jag gjorde visst det. Ensamheten blev alltför angenäm."

Han bara stirrade på mig. Sedan skrattade han till.

"*Ensamheten blev alltför angenäm.*" Du är faktiskt rolig, Iris. Folk vågar sällan skämta med mig av någon anledning, men du vågar!"

"Vågar? Hur skulle du kunna skada mig mer än du redan har gjort?" mumlade jag utan att förmå mig att se in i hans ögon.

Morgan drog efter andan och med mycket väl valda ord, i en iskall ton sa han:

"Jag är fullt medveten om att jag uppförde mig illa den där natten och jag har bett om ursäkt för mitt beteende och förklarat varför det hände. Som du märkte här idag är det helt främmande för mig att dra nytta av andra människors utsatthet, eller upphetsning för den delen! Vad du än må tro om mig så är jag faktiskt så pass civiliserad att jag kan lägga band på mig, speciellt i en klinisk situation som denna. Någon repris kan det absolut inte bli fråga om, oavsett hur upphetsad du är!"

Han gjorde en liten konstpaus och drog efter andan. Sedan tillade han med ett överlägset leende:

"Bortsett från allt annat skulle det vara oetiskt. Men Fritz står alltid till tjänst, förstås!"

Jag kastade mig på dörren och rusade ut ur rummet, kippande efter luft. Nästan förblindad av tårar stötte jag emot en vägg och sjönk ner på knäna. Luften hade alldeles gått ur mig.

När jag lyfte mitt huvud såg jag framför mig skåpet med de stora glasburkarna, upplysta inifrån av en liten glödlampa. Den första burk mina ögon råkade fastna på innehöll ett grått människohjärta som flöt i klar formalin och jag stirrade på det medan jag försökte förstå att det bara var ett organ; en muskel som inte längre hade makt att plåga någon människa.

"*Mamma!*" sa jag. "*Varför lämnade du bort mig? Vem är jag?*"

*

Alla har sin högst personliga skräck. Jag står inte ut med beskrivningar av banala vardagsfenomen; av det ordinära. Jag härdar inte ut helt enkelt.

Min dröm var annorlunda men inte fullt så annorlunda som min vardag hade blivit. Mardrömmen var numera min vardag och den var inte normal; inte ens för en som hade febertoppar.

*

På väg upp till mitt rum stötte jag ihop med Zelda.

"Vad sa han? Är du sjuk?" utbrast hon oroligt.

"Alla är sjuka!" sa jag. "Har du inte märkt det?"

"Kom och drick ett glas vin med mig i biblioteket!"

*

Zelda och jag halvlåg i varsin soffa och såg in i elden som så många kvällar tidigare.

"Vad är namnet på din sjukdom, Iris?" frågade hon.

"Jag vet inte."

"Finns det något botemedel?"

"Jag vet inte."

"Vill du bli botad?"

Våra blickar möttes. Jag tänkte på det grå människohjärtat i formalin.

"Nej."

Hon hällde upp ett glas vin till mig i ett av de få vinglasen från sjuttonhundratalet som fanns kvar i Marcus Hades Hus samlingar.

"Drick djupa klunkar och krossa glaset efteråt!" sa Zelda. Jag snurrade vinglaset i min hand. Det gamla glaset var tungt och frostigt, grovt och nästan ogenomskinligt, som ett stycke svarvad is. Någon hade mödosamt och med stor noggrannhet och hantverksskicklighet graverat in liljor och små stjärnor och något som såg ut som små snökristaller. Det var det vackraste vinglas jag någonsin sett och hållit i min hand. Så nära perfektion som en människohand kunde komma i sitt hantverk.

Jag lät fingret glida runt på den smala kanten, mjukslipad av många människoläppars längtan efter lindring på sina plågor.

"Jag kan inte krossa det! Det är alldeles för vackert!"

"Just därför!"

Vi satt i tystnad. Jag drack djupa klunkar av det röda bordeauxvinet.

"Varför ...?" började jag.

"Varför vad?"

"*Morgan?*"

Hennes ögon såg på mig med en sorg som aldrig fått sitt utlopp eller lindring.

"Far." sa hon. "Den glade sadisten."

Vinglaset skar sönder luften i en brutal båge som slutade i eldstaden där dess skönhet för alltid gick förlorad i en kaskad av glasdroppar; i frasande eldvågor vars raseri stegrades av de små dödsskrien från sand-isen när förtrollningen bröts och dess glittrande beståndsdelar befriades från den odefinierbara energi som format det.

Så enkelt det var. En liten rörelse med armen bara och det antika värdefulla glaset var inte längre varken antikt eller värdefullt eller ens glas.

Vi såg på varandra. Hon överräckte en nyöppnad flaska Chateau Haut-Brion och jag tog en djup klunk direkt från dess gröna, mjuka mynning. Järnhaltigt rött vin droppade på tröjan, och min långa grova tunga slickade skamlöst glupskt upp de röda dropparna från min haka.

När Morgan steg in i biblioteket bevärdigade varken Zelda eller jag honom med en blick. Hon och jag halvlåg fortfarande i varsin soffa och stirrade in i elden.

Han sa ingenting. Gick fram och rotade i elden med eldgaffeln, bara. Små gnistor steg mot skorstenspipan som eldflugor.

"Berätta någonting för oss. Berätta för Iris varför du inte arbetar som läkare längre!" sa Zelda och kurade ihop sig i skinnsoffan. "Din egen subjektiva sanning."

"Jag arbetar som läkare. Det vet du mycket väl!" muttrade Morgan med ryggen vänd mot oss.

"Okej, okej, okej! Jag får förtydliga mig: Berätta varför du förlorade din legitimation!"

"Jag har inte förlorat min legitimation! Jag ville inte arbeta ibland en massa medelmåttor, det är allt, och nu talar jag inte om patienterna!"

"Berätta varför du inte står ut med människor!"

"Jag står visst ut med människor! Vad jag däremot inte står ut med är idiotiska frågor, enbart ägnade att provocera mig. Det borde du tänka på."

"Och vilka frågor är det du inte står ut med att höra, Morgan? Bara så att Iris är förberedd alltså!" fortsatte Zelda med sin oförtröttligt käcka scoutröst.

"Jag står inte ut med den här typen av idiotiska frågor. Frågor som du ställer bara för att du håller på att förlora omdömet och bli full!" fräste han och vände sig om.

"Full? För en gångs skull känner jag mig helt i balans. På alla plan. Ser du inte det? Hör du inte det?"

"Nej, du verkar ovanligt labil i kväll. Vad har hänt? Har man uppfört sig illa mot någon spröd liten konstnärssjäl här i huset?"

Han suckade melodramatiskt.

"Än sen då? Iris är känslig och konsekvent; Oavsett *hur* man uppför sig mot Iris så uppför man sig *fel* mot Iris. Om man är *man*, vill säga."

"Vilken fråga är det du inte står ut med att höra?" frågade Zelda utan att ta någon som helst notis om hans utspel.

"Sluta nu, Zelda!" sa han otåligt. "Det räcker nu!"

Han stötte eldgaffeln hårt i stapeln med ved.

"Vilken fråga var det som fick dig att frivilligt sluta arbeta som läkare?"

"Hur många gånger ska jag behöva säga att jag inte har slutat arbeta som läkare?"

"Iris har svårt att måla vissa detaljer på ditt porträtt. Det finns skuggor som skymmer sanningen."

"Iris kan inte bestämma sig för vilken lögn som passar hennes fåfänga bäst. Precis som du. Sanningen är alltför uppenbar."

Han vände sig tvärt om. De stirrade på varandra en lång stund. Som två samurajer i en mental kraftmätning.

"Så! Berätta nu för Iris varför Minna förvann! Berätta sanningen, Morgan!"

"Sluta nu!"

Morgan vände sig bort igen och stötte till ett vedträ med eldgaffeln. En stor låga flammade upp farligt nära hans byxben.

"Berätta var Minna befinner sig just nu. Just i detta ögonblick!" insisterade Zelda.

"Vad är det med dig!? Vad tror du att du ska åstadkomma med den här lilla patetiska utfrågningen framför Iris?" frågade han efter en stund. "Jag förstår dig inte!"

"Jag vill att hon ska få veta allt om Miriam och oss!" sa Zelda. "Berätta du!"

Morgan skrattade lite ansträngt.

"Tror du verkligen att hon skulle tåla det? Iris är en kvinna med enkel smak och uppfostran, och mycket begränsade vyer, men fullt så simpel, fullt så primitiv, eller osofistikerad, eller obildad är hon ändå inte ..."

Zelda spottade ur sig orden när hon sa:

"Måste du dra mina vackraste minnen i smutsen och förvandla dem till ... till ... till vulgära gycklarkonster?"

"Det är ju helt logiskt med tanke på att Miriams repertoar uteslutande bestod av vulgära gycklarkonster- ..."

"Allting, precis allting ska du förstöra för mig." sa hon nästan tonlöst.

"Du kommer att förstöra så oerhört mycket mer för oss båda om du inte slutar dricka nu! Det räcker! Du håller på att förlora omdömet helt!"

Men Zelda förde flaskan till munnen och drack glupskt och ograciöst och kluckande som ett törstigt gatubarn, med flaskan riktad rakt upp i luften. Sedan sträckte hon över flaskan till mig.

"Varför försvann hon, Morgan? Berätta för Iris vad som hände på båten! Berätta vad du sa till henne, vad hon trodde, varför ni ... varför hon ...!"

"Nu räcker det Zelda. Tänk dig för!"

De såg på varandra med glödande ögon.

"Du var sjutton år; vilket betyder att det här hände för mer än tio år sedan och att du följaktligen borde ha kommit över det, även om du har en tendens att övertolka och överdramatisera normala mänskliga reaktioner på onormala situationer. För min del är ämnet utagerat sedan länge."

"Tvärtom! Du är rädd, Morgan. Skuggorna skrämmer dig; jag ser det nu!" sa Zelda truimferande.

Morgan vände sig till mig.

"Zelda har tråkigt. Hon blir alltid sån här på senhösten. Det har med mörkret och isoleringen att göra. Hennes vansinne är klart årstidsbetingat."

"Ditt vansinne är tyvärr permanent." sa Zelda. "Du fick det när du inte stod ut med att vara flicka."

"Jag har aldrig någonsin varit en flicka, Zelda!"

"Just det. Du har aldrig någonsin varit en flicka. Och det är därför du är vansinnig!"

Morgan blev svarslös.

Zeldas blick var glansig och det slog mig att jag nog också höll på att bli berusad för smärtan inom mig hade lagt sig.

"*Lagt sig med vem?*" tänkte jag.

Sekunden därefter steg vinet upp i mina näsborrar så jag frustade. Zelda kastade en enda blick på mig och började sedan också skratta.

"*Lagt sig med vem?*" ekade Zelda, som om hon kunde läsa mina tankar.

Skrattet bara vällde upp och fram och tog oss i besittning. Vi kunde inte sluta. Vi såg på varandra och på Morgan och skrattade så tårarna rann och vi nästan fick kramp.

"Skål Broder!" sa Zelda och rapade ljudligt. "*Navigare necesse est! Vivere non est necesse!*"

Morgan såg på oss med avsmak och lämnade rummet.

Efter ytterligare två flaskor vin lämnade Zelda och jag biblioteket med armarna om varandras axlar och kollapsade, fortfarande gapskrattande i hennes säng.

*

IX

*K*lockan var halv tio på morgonen och Morgan och jag satt tysta i ateljén. Huvudvärken efter nattens utsvävningar låg fortfarande som ett stålband över min panna eftersom tabletterna jag fått av Zelda vid frukostbordet ännu inte hade börjat verka.

Ljudet av Zeldas Schumann-*Fantasiestücke* ekade genom väggarna och sammansmälte med det sensuella ljud som uppstod i föreningen mellan guldockra och en knivsudd kadmiumrött på paletten. Guldockra för guldet över hans hjässa: det som solen skänkte Morgan för hans skönhets skull. Och det röda blodet ..."

"*Han äcklar mig!*" tänkte jag.

Insikten fick mig att darra till där jag satt.

Jag var så attraherad av Morgan att det värkte i mig. Hur kunde det då vara möjligt att jag på samma gång hyste ett våldsamt äckel för honom?

När jag lyfte blicken från paletten kunde jag plötsligt se Morgan; se hans utseende som någonting skilt från hans personlighet precis som de vackra kläderna som omslöt hans kropp. Hettan i mitt plötsliga äckel påminde mig om inte bara om hur lätt men framför allt om hur villigt jag hade kapitulerat för detta yttre, på en hård brits i hans läkarmottagning endast några få timmar tidigare.

"*Hur kunde du, Iris?*" frågade jag mig om och om igen, fast jag visste. "*Hur kunde du? Hur kunde du?*"

"Du ser irriterad ut?" sa han, mycket road. "Saknar du dina nattliga spöken? De kanske inte tål lika stora kvantiteter alkohol som du?"

Min förnedring tycktes vara en ständig källa till munterhet

hos Morgan, men den här gången fanns det ingen anledning för honom att be om ursäkt. Trots att Morgan överskridit sina befogenheter som läkare var han den av oss som hade kommit ur situationen med sin trovärdighet intakt eftersom han, till skillnad mot mig, hade kunnat lägga band på sin upphetsning. Det här visste vi båda.

Men insikten om att detta var en gemensam insikt bidrog inte på något sätt till att dämpa min molande huvudvärk. Jag trotsade hans överlägsna flin och sa:

"Zelda hade rätt. Jag tror det är skuggorna som ställer till problem."

Leendet dog bort på Morgans läppar när han böjde sig fram i soffan. "Iris, en sak måste du ha klart för dig: Det som är sant för Zelda är inte nödvändigtvis sant för andra människor."

"Alla människor har sin egen sanning."

"Zeldas sanning är artskild från andras människors. Inte olik. Inte annorlunda. Den är o-mänsklig."

Genom väggarna hördes *Månskenssonaten* av Beethoven som ett bekräftande av hans påstående. Zeldas tolkning lät övermänskligt vacker.

"Varför slutade hon ge konserter?"

"Har hon berättat att hon gav konserter ... ?"

"Ja, det har hon. Men även om hon inte hade berättat skull jag ha tyckt att det var märkligt om hon inte ... Lyssna! Hon är ju exceptionellt begåvad!"

"Enbart exceptionell begåvning räcker inte för en konstnär. Det borde väl du av alla människor ha insett, Iris Bild?"

Som ett svultet djur kastade jag mig över den oväntade komplimangen och slukade den hel som ett rått ägg; med vassa skal och slemmiga hinnor och allt i en enda munsbit. Jag var i ett desperat behov av en liten gnutta uppskattning från Morgan för att orka hålla ihop min sönderfallande självrespekt, och för att orka stå ut med den enorma inre och yttre påfrestning det innebar för mig att känna som jag gjorde för honom.

"Zelda är, precis som du själv, exceptionellt mottaglig för ytterst subtila stimuli; kalla det överkänslighet om du vill. Hon avskyr när människor stör hennes koncentration. Om någon råkade hosta under hennes konserter tolkade hon det genast som en upprörande brist på respekt. Om någon viskade någonting till sin granne kände hon sig så förolämpad att hon lämnade podiet och fick övertalas att gå tillbaka och spela färdigt. Minsta lilla ljud störde henne. Hon började känna sig som en apa på cirkus, så hon slutade ge konserter. Hon menade att ingen ändå förstod hennes musik; att det enda alla såg var apan kedjad vid ett positiv. Ingen hörde skönheten i, eller såg mödan bakom, hennes tolkningar; de ville bara kunna skryta med att ha sett den kända apan och hennes positiv och ha varit på mallgrodornas cirkus och blivit roade och fått ett tunt puder av finkultur på näsan och något att sladdra om."

"Så kan det väl ändå inte ha varit ...?" protesterade jag och slutade måla.

En rad vita starka tänder blänkte till i hans ansikte. Det var ett leende som påverkade mig så starkt att jag återigen kände äcklet krypa fram bakom rödvinshuvudvärken och min ständigt molande attraktion till honom. Hans leende kunde vara så, så varmt och så ironiskt på samma gång. Där fanns både smärta och nyfikenhet och en barnslig slags grymhet som skymtade till vid vissa tillfällen. När jag såg på honom visste jag att han visste att han hade gjort mig illa men att det inte berörde honom alls. På sin höjd roade det honom en smula.

"Det kanske var så att Zelda inte stod ut med att vara borta från mig under turnéerna. Kan du förstå henne?" frågade han med spelad oskuld.

Jag tänkte på hans händer på mina bröst och hans läppar nära mina läppar och våra kroppar tätt, tätt tillsammans i en dans, och jag var tvungen vända mig bort. Med någorlunda stabil röst lyckades jag svara:

125

"Hon behövde vårda sin smärta. Inte göra våld på den genom okänslig exploatering."

Jag talade om mig själv förstås. Jag förmådde inte vända mig om och möta hans blick när jag uttryckte vad som kunde tolkas som kritik av hans uppförande mot mig.

"Vad menar du? Att det är fel att exploatera en exceptionell begåvning? Zelda är som bäst när hon är agiterad. När hon får lite motstånd. Om någon beslöt sig för att utsläcka hennes talang skulle det lättast ske genom att "vårda hennes smärta". Hur som helst så får hon fortfarande erbjudanden att spela in musik då och då. Så de har inte glömt henne; "ornitologerna" som hon kallar sin publik."

*

"Jag skulle vilja uppleva kärleken!" sa Zelda och hennes ord ristade märken i min hud som om den var bark.

"Jag skulle vilja uppleva ömhet och glädje. Jag skulle vilja att min kropp vibrerade av glädje och förväntan. Kärlek. Ja, jag skulle vilja älska!"

Hon satt i den röda sammetssoffan med benen uppdragna under sig och drog mönster i tyget med sitt pekfinger.

"Har du någonsin älskat en man?" frågade jag och sneglade på henne i smyg.

"Jag är inte oskuld om det är det du försöker ta reda på!" svarade hon irriterat.

"Jag längtar efter livet!" fortsatte hon efter en liten stund när hennes ilska hade lagt sig. "Musiken speglar min längtan; ökar den, fördjupar den, förädlar den, men jag saknar kärlek. Det är som ett vakuum i mitt innersta, denna längtan. All min kreativitet har sitt negativa ursprung där, saker får sin näring där, förökar sig där, medan jag nästan går under av längtan. När jag dansar händer det att den fysiska ansträngningen släcker ut, överröstar smärtan i mitt inre. Därför älskar jag att dansa, att vara öm i hela kroppen. Då känner jag att jag lever."

"Varför isolerar du dig, Zelda?"

"Därför att ingen kan ge mig det jag söker, det jag en gång har förlorat. Människor blir som dåliga surrogat och det manifesterar bara plågan och tomheten i nya skepnader."

"Har du försökt ...?"

"Om jag har *sökt*? Är det så du menar?"

"Ja. Ungefär så."

"Jag har sökt. Och försökt."

"Är Miriam ditt livs kärlek?"

"Iris, Iris! Minna var den som lyfte upp spegeln till mitt ansikte. Minna visade mig vägen ut ur barndomens paradis. Minna förvisade mig ut ur barndomens helvete. Hon tände lidelsen inom mig. Och sedan ... försvann hon. Så vad är det jag söker?"

Zelda formade sina händer till en skål av tomhet och började sedan flaxa med sina graciösa händer som vingar runt ansiktet och skuldrorna. Jag såg på duken där en kvinna med långt, trassligt, kastanjebrunt hår vände sig mot mig med ett uttryck i ansiktet jag inte kunde tyda. Bakom kvinnan stod en mindre, spegelvänd version av samma kvinna i helfigur.

"Jag har så svårt att måla dig, Zelda! Du är så outgrundlig, på en och samma gång så hemlighetsfull och öppen, så sårbar och så stark! Ditt porträtt blir bara mer och mer diffust ju mer jag lär känna dig."

"Välj din lögn med omsorg!" sa Zelda. Hon sträckte graciöst ut sina ballerinaben och vispade luften med dem.

"Inte den här gången. Jag förstår inte längre vad jag menade; varför jag sa det jag sa den där gången på tv. Orden låg bra på tungan, antar jag."

"Du lät som en liten infångad fågel som försöker förklara sin förmåga att flyga och kvittrar lite förvirrat. Men lämna förklaringarna till ornitologerna. De kan namnen på allting. Du, Iris, du kan flyga, du har gåvan!"

*

Zelda älskade att klä ut sig i Zoes kläder och bli någon annan för en stund. Med anledning av att advokat Simon Månsson och hans fru förläggaren Eva Månsson var bjudna på middag samma kväll, ägnade Zelda och jag några lekfulla eftermiddagstimmar med att systematiskt prova oss igenom moderns tio välutrustade garderober.

Zelda var enastående duktig på att agera och härma röster och ljud och att imitera människors rörelsemönster. Ofta överrumplades jag av hennes skarpa iakttagelseförmåga och de djupa insikter i människors psyke som dolde sig bakom hennes, ibland, frapperande oskuld.

Vi stod framför speglarna i garderobsdörrarna och kråmade oss, hon och jag, helt ogenerade, iklädda yppiga festblåsor i styva, lena, frasiga, glansiga taft- och råsidentyger, insvepta i tunga, fransiga sidenschalar, dolda bakom våra skiftande roller som Anna Karenina, Madame Bovary, Kameliadamen och ett antal andra minst lika sorgsna, uttråkade, välklädda kurtisaner och överklasskvinnor som inte lämnat några litterära spår efter sig genom sin livslånga väntan.

Omgivna av förgyllda speglar och lampetter, i ett rum med svulstiga, kurviga möbler med gräddfärgad sidenklädsel, och upplysta som vi var enbart av en tunn strimma dammigt dagsljus som rann in mellan de halvt fördragna, tunga yttergardinerna och målade en vit grumlig stråle rakt genom rummet, kändes illusionen på något sätt sannare än någon annan verklighet.

Zelda tvekade länge mellan ett par av klänningarna och suckade djupt. Så började hon, konstfullt och stiltroget med handen framför pannan svimma, över stolar och bord ett antal gånger, kvittrande: *"Ack, ack!"* kvidande melodramatiskt; *"Ve och fasa! Jag har ju ingenting att sätta på mig!"* spejande teatraliskt: *"Tra-sor, tras-or, ingenting annat än fa-sor, så långt ögat kan se!"*, suckande, pekande: *"Detta är det stoff som mardröm-mar är gjorda av!"* tills jag storknade av skratt.

Efter mycken dramatik och möda fastnade hon tillslut för en vit snäv satinklänning med guld- och vinbladsgröna broderier längs sidorna som middagsklädsel till mig. Till sig själv valde hon en svart sammetsklänning med tunna svarta broderade spetsar över bysten och de bara axlarna. Vi virade långa rosa och svarta pärlhalsband vårdslöst runt våra halsar. I ett plötsligt anfall av pedagogisk nit demonstrerade Zelda några enkla knopar med pärlhalsbandet runt min handled och nickade "halvslag", som om det var tunna rep och inte ett dyrbart smycke med äkta pärlor hon lekte med.

Så konstaterade hon, lika abrupt:

"Nej, nej och åter nej! Jag känner inte för att sitta vackert och rubatera framför Simon. Jag är också feminist, Iris, så det här duger inte!"

Hon slet pärlhalsbandet från min handled så vårdslöst att tråden brast och kastade pärlorna i en hög på sängen.

"Jag tror jag ska satsa på kostym, cigarr och svaveldrypande sarkasmer ikväll!" sa hon och slet upp dörren till en av sin fars garderober: "Jag ska bli George Sand och Frederic Chopin i en och samma pers ..."

Jag hörde henne skrika till och ta ett steg bakåt så hon välte en stol och trillade ograciöst över den och jag såg upp från pyramiden av blekrosa pärlor, bort till garderoben.

Meter efter meter med skräddarsydda kostymer hängde i slamsor på sina galgar med fodret droppande i skarpa taggar. Trots att det bara var kläder som hängde där och hade blivit utsatta för denna massaker så var synen lika kuslig som bedrövlig i all sin symbolik. Någon hade slaktat Magnus Karps kostymer i ett anfall av besinningslöst raseri.

Zelda gled ner på dubbelsängen och suckade uppgivet, med händerna för ansiktet.

"Nej! Nej! Nej!"

"Morgan?"
Men Zelda svarade inte.

*

Fru förläggare konverserade Morgan över skaldjurssalladen. Hon gjorde ingen hemlighet av att hon var attraherad av Morgan. Hennes enda eftergift åt konvenansen var att hon inte använde ord för att uttrycka den. Men hennes tunna gräddfärgade sidenblus närmast kroppen sprakade av en förväntan som var lika påtaglig som en annalkande gräsbrand.

Morgan själv var för kvällen klädd i vida, grå klassiska yllebyxor med slag och en gråblå kashmirtröja utan någonting under, och för minsta lilla rörelse han gjorde kunde vi följa konturerna av musklernas rörelse i hans fasta överkropp under den mjuka tröjan, som om han ville visa att han inte behövde skydda sig bakom den moderna manbarhetens rustning och lans, kavajen och slipsen, därför att han var osårbar.

Morgan stimulerade Eva Månsson med blickar som aldrig tycktes släppa hennes ögon utom då de mycket indiskret liksom råkade slinta en våning för att följa konturerna av hennes övre figur, varpå hans näsvingar liksom ofrivilligt utvidgades i en lika ofrivillig inandning och blicken för en kort sekund blev glansig.

Jag fick ont i mina egna ögon av att se dem så öppet provsmaka varandras fysiska behag med ögonen. Mina egna ögon ville nagla sig fast i deras och lämna blodiga djupa klösmärken. Men ingen av dem bevärdigade mig med en blick.

"Så, Morgan; hur kommer det sig att du ämnar publicera dina resultat i bokform och inte i någon vetenskaplig tidskrift eller avhandling den här gången?" frågade Eva.

"Mina forskningsresultat är alldeles för kontroversiella i dagsläget."

"Men du tycker alltså att vi på *Månsson och Månsson* ska ge ut dem? Varför?" sa Eva och spetsade en liten räka som var lika skär och silikontrind som hennes läppar, på sin silvergaffel.

"Mina resultat kommer att skapa debatt. Överallt!" konstaterade Morgan, utan det minsta anspråk på blygsamhet och utan ett uns tveksamhet.

Eva slickade sig på överläppen med spetsen av sin tunga och harklade sig.

"Tillåt mig inflika en liten, liten reservation. Vilka risker tar jag som förläggare? Som du vet har vi ett mycket gott anseende. Vi har till och med några Nobelpristagare bland våra främsta författare."

Morgan spände ögonen i henne.

"Mina teorier kommer att innebära en ljusets tredje revolution: om vi räknar Prometheus bidrag som den första när han gav elden till människorna, och Edisons som den andra när han lyckades fånga ljuset i en tråd, i ett glas. Jag vill på samma gång fånga och befria elden, konservera själva urgnistan i människornas livsenergi ..."

Simon Månsson log när han rörde runt en skiva vitt bröd i klicken aioli på sin tallrik. Han studerade brödet och sa:

"Dina teorier är, om jag har förstått det rätt, en syntes av dels dina förvärvade vetenskapliga insikter och dels dina medfödda intuitiva kunskaper, eller vice versa, menar du?"

"Jag kanske inte skulle uttrycka det fullt så prosaiskt." sa Morgan. "Men jag är ingen advokat."

"Vi får väl hoppas att det inte är någon slags självlysande bomb i tablettform du har konstruerat?" sa Eva. "Män tycks vara så förtjusta i självförsvar i alla dess former."

"Jag är i livets och människornas tjänst. Precis som titanen Prometheus!" sa Morgan allvarsamt. "*Noblesse oblige.*"

Zelda skrattade högt och klappade händerna.

"Mein Gott!"

Eva Månsson höjde sitt glas och sa:

"Morgan, jag vet att det har sagts förut, och att det sägs med emfas vid varje sekelskifte, men nu i vår tid är det faktiskt sant: Allt som går att upptäcka är redan upptäckt, och det som återstår är förbättringar och variationer av upptäckter som redan gjorts ..."

Simon harklade sig bakom sin linneservett för att dölja en viss genans, eller rädsla, för det lät faktiskt som om Morgan morrade till. Eva drog efter andan. Sedan fortsatte hon, snabbt och överslätande:

"Hoppsan! Jag ber tusen gånger om ursäkt om jag uttalade mig alltför lättvindigt om ämnen som jag inser ligger långt över min fattningsförmåga! Men jag är inte någon visionär eller stigfinnare som du, Morgan! Mina tankar löper i trygga och konventionella banor. Jag skeptiskt och fantasilös och mycket materialistisk till min läggning. Medan *du* däremot, du verkar vara född till rebell, född i fel århundrade, ja kanske till och med i fel årtusende!"

"Min ödmjukhet förbjuder mig att verifiera, eller elaborera ditt påstående." sa Morgan gentilt. "Fråga din man. Han känner till allt om mig."

"Så länge jag är Morgans advokat tror jag på allt han säger." nickade Simon. "Till och med att han är ödmjuk!"

"Man kan bli immun mot Placebo!" sa Zelda. "Visste ni det?"

När jag såg Simon Månsson sitta där i sin svarta Armanikostym, med sin röda sidenslips med små gula solar, och föra soppskeden i en elegant rörelse till munnen med sin välmanikyrerade hand där en Rolex prydde armleden, hade jag svårt att få bilden av den korrekte, välartikulerade, korpulente mannen att gå ihop med bilden av en vrålande, rasande mässande furie i vinröd skrud med ett klotrunt rykande glaskärl lyft i sina händer och med kohorn på huvudet.

Den Simon Månsson som satt framför mig vid bordet var så korrekt att han föreföll snudd på fantasilös. Han brydde sig inte om att Eva och Morgan flirtade ogenerat med varandra rakt framför ansiktet på honom, utan malde på i en utdragen monolog med Zelda om hennes pianospel, kontrakt med skivbolag och framtida utlandskonserter. Mig såg han inte.

Zelda, blek och vacker i sin välskräddade svarta spetsklänning satt och spelade på osynliga tangenter framför honom, när hon inte då och då lyfte på handen för att föra soppskeden eller sitt vinglas till sin mörkröda läppar.

"Pianissimo med aiolin!" sa Zelda. "Vet du inte att vitlök skrämmer bort blodsugare och andra producenter, Simon?!"

Fritz och Klara serverade oss den ena utsökta rätten efter den andra. När de hade serverat oss mat eller vin förvann de utan att ha gjort något som helst väsen av sig. På sitt vanliga höviska manér lyckades de nästan utplåna sin närvaro. Simon torkade sig omständligt runt munnen med en rosalinneservett.

"Och hur står det till med dina övriga projekt då, Morgan?"

"Positivt."

"Gratulerar!" utbrast Simon. "Så snabbt!"

"Mina medicinska hypoteser stämde."

"Utmärkt! Som läkare är du ju medveten om de medicinska fördelarna. Och som din advokat kan jag lugnt säga att du har lagen på din sida."

"Vad talar ni två om?" sa Zelda och såg upp.

"Om ett slags endogent vaccin mot sorg som jag med Simons juridiska expertis tänker ta patent på, snarast möjligt." sa Morgan.

"Snabbtänkt, Morgan, snabbtänkt!" sa Simon "Det kommer att göra dig frisk, Zelda!"

Zelda slutade spela luftpiano på duken och stirrade på dem båda med fasa i blicken. Hon for upp ur stolen och skrek, med fingret riktat mot dem som ett vapen:

"Ni ljuger! Ni talar om biljard, om ert sjuka spel!"

"Biljard är redan uppfunnet. Tyvärr inte av mig!" sa Simon och tog en stor klunk vin. "Man kan inte hinna med allt".

Han skrattade till när hans egna ord hann ifatt honom.

"Hörde ni? *Man kan inte hinna med allt!*"

Så skrattade han länge och gott åt sitt eget lilla skämt. som han fann så till den milda grad skrattretande att axlarna guppade upp och ner på honom en lång stund. Han sneglade längtansfullt på serveringsvagnen där Fritz var upptagen med att fördela kvällens dessert, katrinplommonsufflé med punschgrädde, på små assietter.

Eva sneglade otåligt på sin man och suckade:

"Biljard! Men du har väl aldrig spelat *biljard*, Simon?"

"*Biljard*" är Morgans och min privata eufemism för studier av sådant som i dagsläget varken är politiskt eller akademiskt korrekt, ehuru väldigt stimulerande att studera. Det anses mycket ovetenskapligt. Dessutom skulle det tråka ut dig, min duva."

"Tänk det betvivlar jag inte ett ögonblick! Som så mycket annat, skulle jag vilja tillägga." sa Eva Månsson. Hon lyfte det antika vinglaset med sin hand som gnistrade av de hårdaste av hårda stenar, och hon såg djupt in i Morgans ögon.

Som en rad svarta otåliga flugben i en våldsam can-can, fladdrade hennes långa ögonfransar över kanten på vinglaset. Ingen kunde missa hettan mellan dem.

"Jag tycker så mycket om det här sauternesvinet!" fortsatte hon. "Som honung och grädde och nötter, med en sån intensiv, oljig, nästan skarp sötma ... Oemotståndligt. Absolut oemotståndligt, Morgan!"

Hennes fuktiga läppar kysste glaset när hon girigt drack av dess guldglänsande innehåll. Morgan studerade henne genom sina smala springor till ögon. För hundradelen av en sekund tycktes han ha glömt bort att han själv kunde tänkas vara iakttagen och blicken han gav Eva var lik den man ser hos schackspelare; full av kommande drag.

"Fritz kan ge er en låda när ni går!" sa han. "Far köpte in ett lager Chateau d'Yquem -67 för några år sedan."

Simon satte nästan vinet i halsen.

"Ja, någon viskade i hans öra att det var ett ovanligt bra år!" sa Morgan och log mot Simon.

Simon skrattade tyst, men så våldsamt att både magen och axlarna hoppade på honom den här gången.

"Morgan, Morgan!" sa han och skakade på huvudet.

"Och du då.. hm ... *Siri*?" sa Eva Månsson och tilltalade mig för första gången på hela kvällen. "Är du en god vän till familjen?"

"Hon är min älskarinna." sa Zelda. "Hon står på avlönings-listan. Det blir kallt i sängen om nätterna."

Morgan fick ett spänt drag i ansiktet och Simon slutade äta och bara gapade osofistikerat efter Zeldas upplysning.

Evas blick vandrade från Zelda till mig, och så tillbaka; som om hon plötsligt fick svårt att fokusera. Sedan såg hon på Morgan och därefter på Simon, och sedan åter på mig med ett vantroget uttryck i ögonen som om hon inte hade en aning om vad det var för någonting hon såg framför sig.

Efter att ha känt mig så gott som osynlig under större delen av kvällen kände jag nu hur röd jag hade blivit av den samlade uppmärksamheten på min person. Min röst lät både hes och lite andfådd när jag harklade mig och sa:

"Jag har fått i uppdrag att måla syskonen Karps porträtt. Jag är konstnär. Jag bor här ... för tillfället."

De såg på mig i den exklusiva, snäva klänningen med kraftig ögonmakeup och uppsatt hår, och jag anade vad de tänkte. Med blossande kinder vände jag mig bort och torkade munnen med en servett.

"Hon målar våra porträtt i blod!" sa Zelda. "Blod. Blod. Blod." Och så fortsatte hon spela på sitt osynliga piano på duken.

Vi såg alla på Zelda där hon satt och spelade med slutna ögon.

"Vanligt blod, Morgan." sa hon och såg upp på sin bror. "Inte tabu."

"Det verkar bråttom med ditt vaccin!" sa Simon och nickade mot Zelda.

Men Morgan svarade inte. Hans hela uppmärksamhet var riktad mot Zelda som doppade fingret i vinet och stirrade på det och sa:

"Blod smakar som vin. Klibbigt, sött, syrligt ... Är det inte märkligt hur allting liknar någonting annat som finns? Ta far till exempel. Han älskar tunga, mer än någonting annat. Han säger att det smakar som ..."

"Nu räcker det!" skrek Morgan och satte ner sitt vinglas på bordet med en hård skräll.

"Morgan är rädd för skuggorna!" sa Zelda och pekade med fingret runt rummet i en vid cirkel. "De gömmer sig innanför den kronologiska cirkelns embran, som kärnorna i druvan. De syns inte. Men de finns. De tar plats. Och de *stör!*"

"Du börjar bli jävligt tjatig!" sa Morgan. "Måste du bära dig åt som en barnunge så fort du dricker vin nuförtiden?" Syskonen blängde på varandra.

"Det verkar så. Jag är mycket traditionsbunden, precis som du. Det här är en ny tradition. *In vino veritas*, Broder! *Memento Mori!*"

Zelda lyfte sitt glas och drack i djupa klunkar och smackade högt och njutningsfullt: "*Aaahhh!*". Morgan satt på helspänn och släppte henne inte med blicken.

"Så? Vad smakar det som?" undrade Eva och fyllde själv på sitt redan halvfulla glas. "Tunga, menar jag?"

"Fråga Morgan!" sa Zelda. "Tunga var en tradition i vår familj när han var liten. Liten flicka. Jag slapp. Jag var inte lika söt som vissa andra."

Hon tog upp silvergaffeln och stötte den hårt i långfingret. Två små prickar blod syntes. Zelda smetade blodet runt sina läppar och formade dem till en kyss.

Morgan var vit i ansiktet och så spänd att han skälvde.

Simon gick över till honom och lade handen på hans axel och sa:

"Det är bråttom!"

Morgan såg hotfullt på honom och väste:

"*Tabu, Simon!*"

"Visst. *Quid pro quo.*"

Eva reste sig upp, ganska abrupt och blinkade nervöst. En grimas som förmodligen skulle föreställa ett leende drog över hennes mun.

"Vi kanske ska tänka på att bege oss hem. Det är en lång resa och Simon försöker alltid skrämma mig och säga att skogarna häromkring är fulla av *osaliga andar och gengångare!*"

Hon skrattade lite nervöst, vände sig till Zelda och fattade hennes händer i sina och utbrast, med överdriven entusiasm:

"Åh, Zelda! Du bara måste spela någonting för oss på din Steinwayflygel, snart! Hittills har jag bara hört Simons omdöme och han är så begeistrad. Han är ditt främste fan, vet du."

"Så gulligt, då! Tyvärr kan jag inte säga detsamma om honom." sa Zelda. "Jag har aldrig förstått vad Simon sysslar med, förstår du. Sysslar med på riktigt, menar jag."

Simon drog lite på munnen.

"Semper Zelda!" sa han och skakade på huvudet. "Alltid, alltid, alltid ska du då trilskas, din lilla ..."

"Fuck you, Simon!" sa hon och vinkade med sitt blodiga långfinger.

"Adjö då, Siri," sa Eva Månsson till mig. "Lycka till med dina porträtt. Jag tror säkert De Blir Mycket Fina."

Av någon anledning fick hon mig att känna mig som om jag var fem år, och borde ha gått till sängs med mitt ritblock för länge sedan. Hon vände sig till Morgan och sträckte på sig i sin grå Armanidräkt, så melodramatiskt och så häftig att hennes tunna gräddfärgade sidenblus nästan sprack i sömmarna.

Jag förstod plötsligt varför Simon Månsson kallade henne för sin duva.

137

"Glöm inte avtala tid med min sekreterare så vi kan gå igenom ditt manus tillsammans!" viskade hon. "Vem vet? Kanske vi kan komma överens?"

"Jag vet att du inte kommer att bli besviken!" sa Morgan, kysste henne på hand och såg henne djupt in i ögonen.

Eva Månsson, kvinna av värld som hon ändå var, flämtade till. Av förtjusning eller förvåning var svårt att avgöra, men jag förstod precis hur hon kände sig.

"Så ska du bära dig åt när du vill få en bok publicerad!" viskade Zelda till mig. "Det är inte svårare."

Trots smärtan i mitt inre kunde jag inte låta bli att dra på mun. Zelda och jag skrattade för oss själva.

Vi stod i entrén och såg Eva och Simon Månsson åka iväg i sin stora Mercedes med sin låda årgångsvin i bagageluckan. De lämnade doftspår av parfym och pengar efter sig.

*

Så var vi ensamma igen, Morgan, Zelda och jag. Så nära och så långt ifrån varandra vi befann oss.

Om jag hade sträckt ut min hand hade jag kunnat röra vid Morgans mjuka kashmirtröja, eller smeka hans kind, men vår relation var inte sådan att jag kunde ta mig den sortens friheter.

Sådan var vår relation att han en gång hade klivit in i mitt rum och med våld förenat sitt kött med mitt, utan att vår relation upphörde.

Men sådan var inte vår relation att jag för den sakens skull kunde smeka hans kind när han stod på en kikarlängds avstånd från mig och det värkte i min hand av längtan.

Sådan var vår relation:

Som en trasig bro över en avgrund där bara hans fötter kände till de rätta stegen och mitt öde var att vänta på honom på fel sida av avgrunden.

Jag mindes plötsligt hur han hade sagt:
"*Vi kommer givetvis att utnyttja dig.*"

*

Tredje Delen
X

D agarna rann in i varandra och flöt ihop till veckor som bildade månader med kallare, kortare, mörkare dagar som alla var så lika de övriga och så märkligt förutsägbart flyktiga.

Kvällarna tillbringade jag alltid tillsammans med Zelda och Morgan i biblioteket, oftast med några flaskor rött årgångsvin från Bordeauxdistriktet, men ibland bara med frukt, mörk gourmetchoklad, eller te och varma scones, men alltid med bisarra berättelser om det förflutnas förflutna.

Nätterna avslutades alltid med att jag somnade i Zeldas säng, oftast berusad, men sällan av vinet vi druckit, och alltid med huvudet fyllt av nya, främmande bilder.

Sedan jag började sova med Zelda hade jag sluppit de hemska mardrömmarna, men å andra sidan vaknade jag oftare än ofta med huvudvärk. Zelda däremot var alltid utvilad och glad när hon vaknade vid min sida. Varje morgon tassade hon barfota fram till fönstret och drog isär de sandfärgade draperierna och slog upp fönstret på vid gavel så att de tunga draperierna fläktade i vinden som grova segel, och där stod hon sedan som en galjonsfigur i fören på ett skepp och skrek någonting rakt ut över sjön.

Jag frös och kröp ihop i värmen under dunbolstret och med näsan ovanför kanten på täcket iakttog jag henne när hon gjorde sin morgongymnastik. När hon var klar lämnade hon sina trosor och nattlinne kvar i en nätt liten hög på golvet och försvann in i badrummet, naken och rosig och glittrande av svett, med bara ett enda missprydande blåmärke på sin kropp.

Jag låg kvar en stund i sängvärmen och lyssnade på bruset

från vattnet som blandades upp med Zeldas vackra stämma i arior från *Madame Butterfly, Hoffmanns äventyr* och *Trollflöjten.*

*

Morgan studerade oss alltid ingående när vi steg in i matsalen, som om han väntade sig att någon påtaglig fysisk förändring skulle ha skett med våra kroppar under natten. Han var alltid märkbart rastlös och irriterad på morgnarna som om han inte kunde vänja sig vid tanken på att Zelda och jag hade sovit tillsammans.

"Sovit gott, Zelda?" frågade han den här morgonen, precis som han alltid brukade fråga, alla morgnar, lite syrligt, ögonen mörka av återhållen vrede.

"Himmelskt gott, Morgan!" svarade Zelda och sträckte långsamt armarna över sitt huvud som en nyvaken, solvarm, sillstinn katt.

"Och hur står det till med dina mardrömmar och spöken då, Iris?" frågade han den här morgonen, precis som alla andra morgnar. Så jag svarade, den här morgonen precis som alla andra morgnar:

"De håller sig fortfarande borta!"

Med en långsam zenliknande gest hällde Zelda upp en kopp kaffe till mig från silverkannan på frukostbuffén. För en kort tidsrymd trotsade den svarta kaffestrålen alla tyngdlagar och vilade som en ångande aromatisk inverterad regnbåge över svalget mellan den tunga silverkannan och den spröda porslinskoppen. Synen av Zelda där hon stod och hällde upp kaffe i min kopp under oljemålningen med alla de döda karpfiskarna, ensam nynnande Gondolduetten från *Hoffmanns äventyr* frös till en tavla på min näthinna.

Morgan bläddrade mycket våldsamt i morgontidningen som om den bar skulden för alla livets små förtretligheter och för hans dåliga humör.

"Jag måste åka in till staden i ett affärsärende." sa han efter några minuter. "Vill ni följa med?"

"Gärna!" utbrast jag, aningen för snabbt och aningen för ivrigt. Min röst lät spänd och en smula gäll och alldeles för hoppfull.

De såg på mig.

"Har du så tråkigt hos oss, Iris?" frågade Morgan.

"Nejdå, absolut inte!" protesterade jag, återigen en smula för snabbt och för ivrigt. "Men jag saknar stadslivet."

Zelda spärrade upp ögonen. Hon satte ner kaffekoppen framför mig på bordet.

"Vad är det som du saknar?" frågade hon med en barnslig uppriktighet.

Jag tog en klunk kaffe och slöt ögonen.

"Jag saknar pulsen, den koncentrerade energin, myllret av människor, fragmenten av människors tankar i luften omkring mig, den trotsiga skönheten i det pastellfärgade jugendhuset mitt i avgasångorna, lukterna av parfym och skräpmat, alla de klingande cyklarna, de pråliga skyltfönstrena, ljuden av stress och mänskliga röster, biograferna med sina skitfilmer, restaurangerna doftreklam, kullerstenarna, gråsparvarna som sladdrar om en och stjäler ens mat, sorlet på caféerna, stadens skarpa sol, regn på svart asfalt en fullmånesnatt ..."

Morgan avbröt min morgonflummiga litania;

"Jag läste i tidningen att din vilda, antiauktoritära och icke-konformistiska vän Tobias Klaus har vernissage idag. Har du lust att gå?"

Och han spände ögonen i mig.

Hjärtat tog ett skutt så min hand med kaffekoppen darrade till. Det kändes som om någon givit mig en spruta med ren adrenalin. Innan jag hann svara sa Morgan i mitt ställe:

"Då blir det så!"

*

Fritz körde fram den svarta Bentleyn framför entrén till Marcus Hades Hus, bugade korrekt och öppnade bildörrarna för oss med en elegant rörelse.

Morgan satte sig i framsätet bredvid Fritz, och Zelda och jag klev in i baksätet. Genom bilens rökfärgade bilrutor kunde jag se Marcus Hades Hus och jag tänkte på de många märkliga dagar, veckor, månader jag hade tillbringat innanför de där stenväggarna, instängd bakom gallerliknande, järnspröjsade fönster. Fritz styrde ner för backen, under en baldakin av omslingrade nakna grenar, och lyfte sedan handen med sin magiska fjärrkontroll. Som i en arabisk saga fick han järn-smidesporten att öppna sig, men i mitt fall öppnade sig inte Sesams port till oändliga rikedomar utan till friheten.

Karla iakttog oss från ett av husets stora fönster i botten-våningen. Hon såg ut som en abbedissa där hon stod i sin svarta klänning med ansiktet halvskymt bakom de många små fyrkantiga spröjsade glasrutorna bakom en mörk gardin.

"Som ett kloster." suckade Zelda.

"Snarare ett fängelse!" sa jag.

Zelda liksom studsade till lite inför mina ord.

"*Fängelse*?!"

"Alla dessa låsta portar och grindar och fönster och dörrar."

"Känner du dig inlåst?" Hon sneglade på mig.

"Det var bara en liten association jag fick när jag såg Fritz med fjärrkontrollen: Nycklar-lås-fängelse. Ett litet skämt, bara! Glöm det!" sa jag och försökte låta lättsam.

Men Zelda glömde inte mina oförsiktiga ord.

"Så jag skulle vara din fångvaktare, då?"

"I så fall snarare min medfånge."

"Och Morgan? Din fångvaktare?"

"Vår medfånge, kanske?"

"Men Morgan är den som bestämmer allting i huset. Så i

dina ögon är han fängelsedirektör, alltså?"

"Morgan bestämmer väl inte mer än vad du gör, Zelda! Han bestämmer väl inte över dig?"

"Morgan bestämmer *allting*! Som att vi skulle åka in till staden idag. Det var redan avgjort när vi steg in i matsalen, märkte du inte det?"

Hon andades på bilrutan och ritade ett mönster i imman med sitt pekfinger.

"Men varför låter du honom bestämma över dig, Zelda?"

"Han ..."

"Vad?"

"Han räddade mig. En gång."

"Hur då?"

"Jag blev sjuk, jag kunde ha dött. Någonting hände med min kropp."

Hon andades på rutan så mönstret försvann. Jag kunde inte se hennes ansiktsuttryck.

"Vad hände?"

"Jag kunde ha förblött!"

"Varför då?"

"Det händer varje dag någonstans på jorden, varje minut, varje sekund att människor blöder och förblöder, dör. Människor blir sjuka. Men jag var inte sjuk. Jag var delaktig i någonting och det var därför jag höll på att förblöda."

"Jag förstår inte?"

"Hemska saker hände, Iris! Det var ingens fel och allas skuld och ingen kommer undan. Så är det bara."

"Kan du inte berätta vad det var som hände ?"

"Jag berättar ju för dig nu!" sa hon och såg på mig med ett bedjande uttryck i sina ögon.

"Små fragment, bara."

"Resten är tabu. Bara två vet mer än du."

Vi åkte under tystnad en lång stund. Träden sträckte ut sina nakna, spretiga grenar mot bilen som för att be oss om någonting, berövade sin skönhet."

"Zelda, vad är det som plågar dig så?"

"Bryr du dig verkligheten?" frågade hon allvarligt.

"Ja."

Hon vände sig bort.

"Då måste du lyssna. På allt som sägs. Överallt. Av alla. Även om du inte kan se dem!"

"Kan inte Morgan hjälpa dig att blir frisk?"

"Nej, nej, nej! Det är lika mycket hans skuld! Han ..."

Hon bet sig i läppen:

"Iris. Du måste lyssna på vad jag säger. Verkligen lyssna. För jag kan inte säga allt. Då blir jag straffad. Igen."

Hon såg så rädd och sårbar ut där hon satt bredvid mig på det slitna lädersätet, fångad i sitt privata terrorvälde av mystiska tabun, ständigt övervakad av det förflutnas skuggor som aldrig underlät att straffa en förseelse, att en våg av ömhet plötsligt vällde upp i mig.

"Vi ska ha kul idag, du och jag!"

"Ska vi? Hur kan du veta det?" frågade hon med uppriktig fövåning.

"Jag menar att jag tänker se till att vi får kul!"

"Åh?"

*

Tobias Klaus vernissage var en händelse av sådan dignitet att till och med ett par pressfotografer var utposterade på strategiska platser. De falliska vågorna av energi på väggarna fick agera passande kulturell bakgrund för äkta och oäkta kändisar som kommit för att få trängas med varandra och –förhoppningsvis – bli upptäckta och få glittra i massmedia.

Tobias bar en skinnjacka som han påstod hade suttit på Jack Kerouacs kropp när denne reste runt i USA, men som Tobias far, trädgårdsmästaren hade ringt och bett att få tillbaka en gång när jag var på besök. Jeansen var mörkblå och helt nya, skäggstubben två dagar gammal och en liten orange påskfjäder vippade tupplikt i hans tunna fläta i nacken.

Han såg mycket glad och förvånad ut när han upptäckte oss och kom emot oss med armarna utsträckta.

"Välkomna! Du får nöja dig med att titta, för tyvärr är det redan utsålt, Morgan. Sånt händer ibland."

"Jag vet!" sa Morgan och såg sig om runt väggarna."

"Jaha. Själv vet jag bara att det var en anonym köpare som köpte det mesta. Via sitt ombud."

"Jag har stor respekt för diskreta människor." sa Morgan. "De förtjänar sina höga arvoden, tycker du inte, Tobias?"

Deras blickar möttes. Tobias ögon glittrade till av beundran.

"Ah fan!" sa han. "Jo, visst fan! Diskretion är en hederssak!"

Han vände sig till mig.

"Iris! Du ser ju välmående ut! Och Zelda! Tack för senast! Det var ett jävligt vasst party! Poeterna var obskyra som fan! Och käket ...Jag skulle inte ha något emot att låna den där kocken en vecka, pizza blir så jävla trist i längden ..."

"Berättade Inger att jag hade ringt?" avbröt jag Tobias, med handen på hans mytomspunna Kerouac-jacka.

Tobias blick tog en närgången promenad över min kropp och mitt ansikte.

"Jodå. Jag tror hon överdrev en smula. Du ser ju inte ut att ha lidit några större men av att knega lite, för omväxlings skull. Kaxig som fan ..."

"Gratulerar till studion!" avbröt jag, igen.

"Studion? Vilken jävla *studio*?"

Han rynkade pannan missklädsamt.

"Kan jag ringa ostört någonstans?" undrade Morgan.

"Sure! Den här vägen!"

De lämnade oss, ivrigt pratande som två representanter för två diametralt olika livsyttringar som funnit varandra över en sötvattenpöl.

Ingen tog någon notis om Zelda och mig i det sorlande myllret av klirrande vinglas och dämpat sladder och tillgjorda skratt och malliga besserwisserutlåtanden som ekade mellan väggarna och återuppstod i diverse nya förklädnader.

Min blick drogs mot entrédörren som till en magnet.

"Jag behöver bara gå rakt ut så är jag fri." tänkte jag. *"De äger mig inte. Vi har ett kontrakt, det är sant. Men de äger mig inte. De vet vad jag bor. De vet att jag inte har några pengar, eller rika släktingar eller släktingar över huvud taget. De känner mina lärare och Inger och Tobias. Men de äger mig inte. De kan sabotera mina möjligheter att få ställa ut i framtiden, det är sant. Men de äger mig inte. Jag kan alltid få arbete som ... vad? Var? Hur?"*

Utan att jag hade märkt det hade Zelda följt min längtansfulla blick på dörren och läst mina tankar.

"Gå då!" sa hon. "Jag tänker inte stoppa dig."

Jag hade aldrig hört henne så bitter.

"Jag är ingen fängelsevakt, Iris. Här är chansen du väntat på. Försvinn!"

Hennes ögon var blanka av hat.

"Vad väntar du på?"

Hon rörde knappast på munnen när hon stötte ut orden. Jag kunde inte säga någonting. Hennes ögon blänkte; mörka, bottenlösa vintersjöar i det ödsliga, vitare än bleka landskap som var hennes ansikte. För ett ögonblick höll jag på att dras ner i hennes svarta ensamhet. Aldrig tidigare hade jag sett en sådan naken sorg kamouflerad bakom en sådan tunn hinna av oresonligt hat. Jag brände mig på iskylan i hennes hat.

Jag drog efter andan och harklade mig:

"Budapest eller Schwartzwald?"

"Vad?" viskade hon.

"Du följer väl med mig, Zelda?"

"Jag förstår inte ...vart? Till Budapest?!"

"Till caféet runt hörnet?"

"Café?"

Hon fick tänka länge innan hon förstod vad jag menade. Hennes ögon fick långsamt tillbaka sin vanliga varma mörkblå färg. Hon blinkade, lite nervöst och blicken flackade medan tankarna for tvärs igenom hennes huvud.

"Café?" upprepade frågade hon med tunn, nästan flickaktig röst.

"Javisst! Vad trodde du?"

"Du såg på dörren som om du ville försvinna?" sa hon hjälplöst.

"Ja! Det är väl klart! Vill inte du också försvinna? Är inte du också trött på det här spektaklet?"

Hon kunde fortfarande inte riktigt förstå vad jag menade.

"Jag har aldrig varit på café. Vad spelar de?" frågade hon, till sist, lite tveksam men uppriktigt nyfiken.

Jag började skratta och efter en liten stund stämde hon väluppfostrat in i mitt skratt men bara för att hålla mig sällskap, eftersom det var så fullkomligt uppenbart att hon inte förstod vad jag skrattade åt.

"Kom, Zelda!" sa jag och tog henne under armen. "Vi ska ha kul idag! Jag lovade ju! Minns du inte?"

Vi stannade till vid entrédörren där Fritz stod stadigt utplacerad och informerade honom om att vi skulle besöka caféet runt hörnet. Han nickade kort, tog fram sin plånbok och stack en sedel i handen på Zelda. Med en lätt bugning öppnade han dörren för oss och vi steg ut i solen.

Vi stod där på trottoaren och bara log.

"Café!" sa Zelda. "Café, café, café!"

Hon smakade på ordet. Innan jag visste ordet av bugade hon för solen och började hjula på de smutsiga kullerstenarna. Några människor stannade upp och stirrade med gapande munnar på kvinnan i den eleganta kamelhårskappan som snurrade förbi dem, så graciöst och så fullkomligt självklart, med det yviga mörka håret strålande ut från sitt huvud.

"Om Morgan såg mig nu skulle han bli vansinnig!" sa hon, knappast andfådd och torkade av sina leriga handskar på en spetsnäsduk. Hon spretade med fingrarna framför sitt ansikte och log.

"Mina vackra, känsliga, sårbara, ömtåliga händer! Så ovärderliga! Hoppas de spelar Satie på ditt café!"

"Deras apa är kak-bak-virtuos." sa jag.

Hon bara gapade och stack sin arm under min och sedan gick vi framåt trottoaren, gapskrattande, arm i arm.

Och solen log tillbaka på oss som solen alltid gör på det som är vackert.

*

Vi slog oss ned vid ett runt, slitet och lite skrangligt träbord med marmorskiva, vid ett fönster med utsikt över trottoaren med uterserveringen och den smala kullerstensgatan. En servitris tog emot min beställning för oss båda; en Budapestbakelse och en bit Schwarzwaldtårta samt två Cappuccino.

Det gick långsamt upp för mig att Zelda inte skojade, att hon faktiskt i hela sitt liv aldrig tidigare hade besökt ett café.

Hon såg sig förundrat runt i det lilla rummet; på de gröna medaljongtapeterna, de slitna stolarna och borden, de slokande krukväxterna i de djupa fönsternischerna, de inramade biografaffischerna med motiv från Fritz Lang-filmer; robotkvinnan i *Metropolis*, den galne vetenskapsmannen i *Dr. Mabuses Testamente*, barnamördaren i *M*.

Hennes blick vilade en stund på mannen i sliten grå kavaj och hornbågade glasögon som satt vid ett bord några meter ifrån oss, ute på trottoarserveringen. Han drog in röken från sin cigarett djupt i lungorna medan han såg kvinnan med den vita trenchcoaten och den långa flätan på andra sidan bordet djupt in i ögonen.

"*Varför?*" frågade kvinnan.

"Därför!" svarade mannen och kvävde glöden mellan tummen och pekfingret.

Zelda lät blicken vandra från paret över till två äldre damer inne i caféet som visade fotografier för varandra och suckade. Hennes blick gled från kvinnorna över till fyra skolflickor som satt med armbågarna på bordet och viskade och då och då skrek till: *"Det är inte sant!"* och sjönk ihop i små fnissande, skakande högar.

"Café ..." sa Zelda tankfullt. "Som ett mycket litet hus med plats för alltför många gäster."

"Har du verkligen aldrig gått på café tidigare?"

"Jag hade inte fått även om ... Alla människor som sitter så nära varandra, så utsatta för varandras blickar, varandras oro, varandras tankar. *Varför?*"

Jag funderade på hur jag skulle kunna förklara något jag aldrig någonsin behövt förklara för någon eller ens mig själv.

Zeldas kamelhårskappa hade samma färg som Cappuccinon i koppen framför henne. Hennes långa, trassliga hår var lika mörkt brunt som chokladen som låg strösslad på tårtbiten, med en strimma rostrött där ljuset träffade det. Hennes vita sidenblus var lika mjukt vit som skummet i hennes kopp. Hennes mun var lika mörkt röd och fyllig som ett moget körsbär. Av någon anledning vattnades det i min mun när jag såg på henne.

"Aaaahh!" sa hon och drog in doften från sin Cappuccino i sina lungor. "Det känns skönt att slippa ifrån Tobias vernissage. Han saknar talang."

"Inte helt. Du har inte sett hans tatuering på vänstra skinkan. Helt i egen design!" skojade jag.

Hon såg på mig utan att dra på munnen.

"Nej, jag har inte sett den. Men det har väl du, förstås?"

"Det står en tvåa, ett bi och en pil."

"Jag förstår inte." sa Zelda surt.

"På högra skinkan står "or not to be"."

"Jaså?" sa Zelda syrligt, utan att förstå, utan att verka road.

"Det är en lek med Shakespeare och Tobias egna namn."

"Varför har han tatuerat in det där bak?"

"För att han är sån."

"Vadå "sån"?"

"Han tycker om sig själv. Mycket, mycket mer än han någonsin kan uttrycka med ord."

"Men hur kan han tycka så mycket om sig själv? Han har ju ingen talang?" undrade hon med uppriktig indignation.

Jag teg och smakade på min Cappuccino. Zelda studerade affischen på väggen med den onda robotklonen Maria framför Metropolis skyskrapor. Sedan nöp hon i tygblomman på bordet. Hon såg ut genom fönstret. Människor gick förbi på trottoaren utanför fönstret utan att se oss, armarna tyngda av bärkassar, en del förde barnvagnar framför sig.

"Du och Tobias; gick ni ofta på café?"

"Aldrig."

"Aldrig?"

"Nej. Vi gjorde andra saker."

"Så *tråkigt!*" utbrast Zelda med äkta medkänsla och fångade lite Cappuccinoskum på sin sked.

Jag såg upp på henne:

"Tråkigt?"

"Så tråkigt att göra saker med en människa som har sitt eget namn intatuerat som en rebus på sin bakdel."

"Tråkigt var det aldrig med Tobias, fastän han är *ett stort as!*" sa jag.

Långsam långsamt sprack ett leende upp på hennes läppar.

"To-Be-As – Or-Not-To-Be!" sa hon.

"Lagom till hans flickvänner lyckas förstå alla implikationer av hans krystade rebus byts de ut." sa jag. "Flickvännerna alltså. Skämtet var permanent."

"Varför bytte han ut dig?"

"Han kanske är otröstlig?"

"Jag skulle vilja se hans tatuering!" sa hon tankfullt.

"Det är lätt fixat! Han håller inte så hårt i byxorna."

Hon skrattade högt den har gången.

"*Loppcirkus-snoppcirkus!*" sa Zelda.

Vi skrattade en stund tillsammans.

"Tror du att Morgan har sett Tobias tatuering?" frågade hon.

"Jag vet inte."

"Det har han säkert! Morgan är intresserad av rebusar och kodifierade meddelanden förmedlade genom ovanliga medier och källor. Det var så han kom i kontakt med dig."

"Med mig? Genom en rebus? Ett kodifierat meddelande!?"

"*Din* rebus! *Ditt* kodifierade meddelande! *Din* målning! Vi såg den på Fritz och Karlas tv."

Det började regna. Regnet smattrade mot den tunna hinnan av glas som skilde oss från människorna utanför och gjorde oss osynliga för dem. Kullerstenarna polerades blanka framför våra ögon. De glittrade grårosagröna, silverstänkta, grova.

Servitrisen kom fram till vårt bord och tände ett litet värmeljus i en ljuslykta av glas som såg ut som en snöboll.

"Du hade kunnat försvinna, Iris."

"Jag vet."

"Men du gjorde det inte."

"Nej."

"Är du kär i Morgan?"

"Det är tredje gången du frågar mig det!"

Jag värmde händerna på den lilla snöbollen i glas. Vi undvek att se på varandra.

"Varför försvann du inte? Jag märker ju att han plågar dig på olika sätt. Du måste vara kär i honom om du stannar!"

"Måste det vara så enkelt? Visst tycker jag om att flyga, Zelda. Men hur skulle jag kunna försvinna någonstans på mina trasiga vingar?"

Zelda tog en bit tårta på sin tårtgaffel och förde den till sin körsbärsröda mun. Hon såg på mig utan att säga någonting. Vi åt våra bakelser långsamt. De smakade ljuvt och sött och vanebildande som drömmen om frihet.

Regnet tilltog utanför fönstret. Som utdragna pärlor av saltvatten hängde dropparna i luften framför våra ögon och vi kunde se rakt igenom deras delade, skälvande kroppar.

"Han skulle träffa Eva Månsson." sa Zelda. "Vad tror du de gör just nu?"

Blöta människor studsade ifrån varandra undan skyfallet, hala som biljardbollar, rädda för att stöta ihop, försvinna ner i något svart hål. Jag fick en mycket stark visuell förnimmelse av vad Morgan skulle kunna tänkas göra för att föra fram sin bok på ett så fördelaktigt sätt som möjligt. Tanken gjorde mig nästan sjuk.

"Han kommer att berätta alla detaljer för mig, kanske redan ikväll. Har du också lust att lyssna? Det brukar vara kul. Morgan är en virtuos på kroppskontakt, speciellt på tredje gradens."

Jag drog djupt efter andan för att stabilisera min röst. Sedan frågade jag:

"Vad handlar hans bok om?"

"Balsameringskonst. Före döden. Livsenergi. Efter döden. Han utvecklar teorier om mörk energi och antimateria och elva dimensioner. Potentialitet som blir realitet genom observation. Som med vågor och partiklar. Ljus, alltså."

Bakom Zeldas rygg stirrade två galna ögon från bioaffischen till Dr Mabuses Testamente tillbaka på mig. Jag rös till.

"Han är inte galen, fastän det kan låta så. Det är bara jag som inte kan förklara hans arbete vidare bra. Det intresserar mig faktiskt inte alls, Iris. Men jag inser ju att det är genialiskt, förstås."

Hon log, himlade med ögonen och drack lite Cappuccino.

Och utanför fönstret öste regnet ner utan reservationer.

Jag tänkte på cellprovet som Morgan tagit på mig. På bloddropparna. Den plötsliga smärtan. Min våldsamma, nästan okontrollerbara upphetsning efteråt.

"Har Morgan haft något längre förhållande med någon kvinna?" frågade jag.

"Ja, när han var ung. Far ansåg att det var ytterst opassande och bestraffade honom. Morgan skickades iväg till internatskolor med bara pojkar. Han försökte glömma sin opassande passion genom att studera oerhört hårt. Som du kanske märker har han en enorm kunskapsarsenal."

"Var du lycklig som barn, Zelda?"

"Ja, eftersom Morgan och jag alltid var tillsammans då. Nej, eftersom far inte tillät oss att åka hemifrån. "

"Varför fick ni inte åka hemifrån?"

"En gång lämnade mor oss på en lekplats. Hon skulle på ett kort läkarbesök. Vi blev kidnappade. Vi var sex år. Polisen blev inte inblandad, dels för att far inte ville riskera våra liv och dels för att han inte ville blanda in pressen och visa sig sårbar och därmed sabotera en stor affär som han hade på gång. Kidnapparna visade sig vara före detta personal som tyckte synd om oss. De var snälla. Jag skrattade varje dag. Varje dag i flera månader."

Zelda skrattade till när hon mindes.

"När Morgan och jag var räddade och satt i säkerhet i en bil några kilometer därifrån sprängde far deras lilla hus i luften och nämnde aldrig det som hänt med ett ord. Han ville utplåna hela historien. Jag vet fortfarande inte om någon dog."

Zelda hällde en stril med råsocker från en liten pappersbehållare ner i Cappuccinokoppens vita skum så att en liten rund krater bildades och det stänkte Cappuccino på fatet. Hon var tyst en stund och såg ner på den oförändrade ytan i sin kopp.

"Efter den lilla incidenten fick mor inte ta med oss ut bland andra barn flera gånger. Vi blev mycket isolerade men hittade på egna lekar. Jag spelade piano och dansade och hittade på sagor. Morgan började utföra små vetenskapliga experiment i källaren. Far köpte hem små möss som Morgan ..."

Jag rös till. Hon såg upp från ljuset på bordet.

"Jag vet inte om någon dog, Iris!" sa hon och klappade mig lätt på handen, lite uppmuntrande.

"Kanske de lyckades fly, genom den hemliga flyktgången i källaren under stenen? När han sov?"

Zeldas berättelse syntes malplacerad på ett luggslitet välbesökt café mitt ibland det gemytliga klirret av kaffeskedar mot kaffefat, höga röster och förtroliga skratt, ofrivilliga sörplanden och små nöjda smaskanden.

Men förmodligen trodde Zelda att de flesta hade lika märkliga livserfarenheter som hon själv och att det var här de valde att dela med sig av dem; på caféer, dessa trånga små hus med plats med alltför många gäster.

*

XI

M organ lutade sig lättjefullt tillbaka i lädersoffan med ena armen bekvämt vilande på nackstödet.

"Tänka sig! Ni åt bakelser idag. Så ohyggligt intressant! Vad var det för sort? Låt mig gissa! Prinsess .."

"Du först!" avbröt Zelda. "Vad gjorde du och Eva när Iris och jag var på café? Berätta Morgan! Jag vill bli upphetsad!" Hon lät som ett barn på julafton. Hennes ögon tindrade av förväntan.

"Iris kanske misstycker?" sa han och lät vinglaset snurra i sin andra, lediga hand för att sedan föra upp det till ljuset framför brasan.

"Nej då, inte alls!" sa jag. "Bokbranschen har alltid intresserat mig."

Syskonen såg på mig. De skrattade lite.

"Nåväl." sa Morgan. "Så här avlöpte min eftermiddag: Eva Månsson bjöd inte på några andra bakelser än sig själv och hon var mycket direkt när hon sa:

"Jag måste erkänna att jag i dagsläget är en smula tveksam till att publicera din bok på mitt förlag. Dina teorier är ytterst kontroversiella och som du förstår finns risken att *Månsson och Månssons* goda namn och seriösa rykte skulle kunna komma att ifrågasättas. Men jag är flexibel och öppen för diskussion. Det är viktigt att vi kommer fram till en kompromiss som tillfredsställer båda parter."

"Jag är helt införstådd med ditt dilemma." sa jag bara.

Eva såg lättad ut och sa:

"Jag är en perfektionist, på alla områden och mycket, mycket selektiv."

Jag kysste hennes hand. "Desto större är äran."

"Jag har inte byggt upp det här förlaget ensam. Glöm inte att Simon har varit mitt stora stöd!" sa Eva.

"Han har varit mitt stora stöd också." svarade jag. "Han talar alltid så väl om dig," sa Eva.

"Han är som en bror för mig." sa jag. "På många sätt."

"Han är som en bror för mig också." sa Eva. "På *alla* sätt."

Zelda stönade till i soffan:

"Aha: så ni pratade om Simon ett par timmar? Så fullkomligt ointressant! Blev det varken rosor eller poesi, eller närkontakt, då?"

"Lugn! Eva måste göra helt klart för mig hur mycket hon uppskattar sin man. Hur djupt hon älskar honom. Hon ville göra det fullkomligt klart för mig att hon inte var ute för att hämnas på Simon för vissa *"övertramp"*."

"Aha. På det viset. Och sedan sa du förstås att du egentligen kanske inte borde säga det men att du varit avundsjuk på Simon under alla dessa år?" sa Zelda.

"Bravo!" sa Morgan. "Du börjar lära dig. Efter att först ha berömt Evas *briljanta intellekt och fantastiska analytiska förmåga och fingertoppskänsla för trender och marknadsföring, och enastående framgångar i en värld av självcentrerade, konspiratoriska, maktsugna mansgrisar*", gav jag henne en del komplimanger för hennes utseende. Jag tänker inte avslöja vad jag sa eftersom det är oartigt mot er."

"Oartigt? Mot oss? Varför då?" frågade Zelda.

"Jag har mitt eget högst personliga ideal men när jag befinner mig hos en kvinna som jag ämnar förföra låter jag henne alltid tro att jag tycker hon är sinnebilden för *Den Perfekta Kvinnan* även om ..."

"Men fortsätt!" avbröt Zelda otåligt. "Hur reagerade Eva på dina komplimanger? Vad sa hon?"

"Hon sa: "Kvinnor måste dras till dig som bin till honung för din Byroniska sida, det där demoniska draget i dig, Morgan som är på en och samma gång så farligt men samtidigt så oemotståndligt!"

Då kunde jag inte låta bli att fråga henne:

"'Vilket är i så fall mitt handikapp? Lord Byron hade klumpfot. Det ökade hans attraktionskraft."

Eva svarade: "Det kan inte vara någonting som har den minsta betydelse. "

Och det måste väl anses vara chevaleriskt sagt av en kvinna som är så pass mogen och välutvecklad som hon!" sa Morgan.

Zelda skrattade till.

"Och vad sa du?"

"Jag sa: "Jag föreslår att vi går ut och äter någonting eftersom jag behöver lite styrka inför den avslutande diskussionen."

Jag hade beställt bord på en mycket exklusiv restaurang i närheten, i förväg. Hovmästaren överlämnade en röd ros till Eva från "okänd beundrare." Hon förlorade lite av sin affärsmässiga framtoning och det såg faktiskt ut som om hon blev röd.

"*En röd ros!*" sa hon och drog in doften i näsan. "Så vackert av dig, Morgan!"

Zelda skrattade högt i soffan:

"Bara *en enda* ros? Och det fungerade ändå! Berätta! Berätta!"

Och Morgan fortsatte sin berättelse:

"Jag hade, också i förväg, hyrt en svit på hotellet med de finaste anorna och den mest diskreta personalen i hela stan. I rummen stod kristallvaser fyllda med mörkröda rosor. Så fort vi kom innanför dörren snubblade hon till och föll in i min famn och jag kysste henne djupt. Sedan slet hon sig ur mitt grepp och jag fick jaga henne över hela sviten innan jag hade lyckats klä av henne alla hennes kläder. Vi gjorde en liten ordlös kompromiss. Jag förstod att hon helst hade velat att jag slet av henne hennes kläder (precis som hon försökte göra med mina) men Simon skulle ha misstänkt något, eller snarare, *någon*, om han hade sett hennes sönderslitna kläder, så jag avstod.

(En smula motvilligt, det ska medges.) När vi äntligen var nakna, och plaggen var spridda över rummen i dekadenta högar, steg vi svettiga och fnissiga in i duschen och löddrade in varandra.

Rumsbetjäningen kom upp med förfriskningar som vi tog emot i den stora så kallade kejsarsängen. Jag åt Beluga-kaviar från hennes mjuka, kurviga kropp och hon från min hårda fasta. Vi sprutade Champagne (Veuve Clicquot förstås!) på varandra och drack den från varandras munnar. Jag masserade hennes rygg och fotsulor och lärde henne en del medicinska fakta om andningsteknik i kombination med sexualakten som hon faktiskt inte kände till sedan tidigare (tro det eller ej) men som hon lärde sig uppskatta oerhört, i synnerhet i samband med att jag viskade förbjudna ord i hennes öra. Jag drog ut på hennes ljuvliga plågor i det oändliga tills hon bad mig sluta, för hon inte orkade mera, hon hade inga krafter kvar. Själv var jag outtröttlig, förstås, eftersom jag, (som alltid i dylika situationer), främst såg till hennes; *Kvinnans*, njutning.

Efteråt, när hon, naken så när som på ett tunt täcke av avslitna röda rosenblad (som jag låtit dala ner över hennes vackra kropp, ett i taget och vart och ett med ett åtföljande smeknamn) låg och rökte sin cigarill på sidenlakanen på min starka arm och nosade under min armhåla, läste jag, (ur minnet förstås) några passande verser ur *Don Juan* för henne, eftersom hon nämnt Lord Byron i förbigående och erkänt sin faiblesse för romantikerna:

"Tis melancholy and a fearful sign
Of human frailty, folly, also crime,
That love and marriage rarely can combine,
Although they both are born in the same clime;
Marriage from love, like vinegar from wine
A sad sober beverage by time
Is sharpened from its high celestial flavor
Down to a very homely household savor."

Zelda klappade händerna.

"Rosor, förförelse och poesi! Och sedan då ? Vad gjorde ni sedan? Grät ni när ni tänkte på den oundvikliga skilsmässan?"

"Nästan. Eva ville utbyta förtroenden och berättade om sin första kärlek för mig. Det var en numera mycket känd bildkonstnär. Du har träffat honom, Zelda! På den tiden var de mycket unga, men hon har aldrig lyckats glömma honom. Eftersom hon inte kan få honom, för den enda kvinna han någonsin älskat och aldrig upphört att älska är död, tävlar hon med honom om att vara den mest framgångsrika av dem, så att han åtminstone ska tvingas se hennes namn och bild i tidningarna och bli påmind om hennes existens och se hur väl hon klarar sig utan honom ..."

"Berättade hon ingenting annat? Ingenting *originellt*, menar jag?" avbröt Zelda.

"Hon berättade om sin terrier Pompe som sitter och äter med henne och Simon vid bordet och har en egen tallrik där det står *"Mammas och Pappas Älskling"*. "Gulligt" tror jag man kallar sånt där!" sa Morgan och grimaserade.

"Och nu då, Morgan? Får du din bok publicerad nu efter allt besvär du har haft idag?" undrade Zelda storögd.

"Hon vill träffa mig igen, förstås! Nu har vi kommit fram till en kompromiss som tillfredsställer båda parter."

Zelda gapskrattade och Morgan stämde in.

De skrattade länge. Skrattet ebbade ut och så tog det fart igen.

Jag böjde mig fram så mitt ansikte doldes för deras ögon bakom ett draperi av ljust hår. Jag hade kunnat se varje detalj av Morgans berättelse så tydligt framför mig så det kändes som om jag varit där och det var jag som hade blivit uppvaktad. Jag förstod hur Eva Månsson måste ha känt sig. Hon hade fått uppleva stunder jag hade fantiserat om men aldrig skulle få uppleva eftersom jag inte kunde erbjuda Morgan någonting som kom ens i närheten av det Eva Månsson kunde erbjuda honom.

Men jag blev ändå inte kvitt min lilla strimma av hopp. Som en heroinist längtade jag efter ett rus av ett slag jag bara kunde fantisera om, ett kort rus av det slag som inte förde något gott med sig, ett rus som bara kunde leda mig in i passionens förbannelse.

Men att en enda gång ... En enda gång var allt jag begärde av livet. *En enda gång ...*

"Morgan, tror du att Eva är kär i dig?" frågade Zelda.

Morgan skrattade.

"Nej, jag skulle nog inte uttrycka det på det viset! Jag tror att helt andra krafter har satts i rörelse här. Vad tror du, Iris?"

Mina tankar stod stilla. Jag kunde inte tänka, inte prata. Jag kunde inte ens röra min mun.

"Iris tycks ha somnat av allt ditt prat!" sa Zelda.

Jag kände att de såg på mig. De tyckte att det var min tur att säga någonting nu, men jag kunde inte svara någonting alls.

Tystnaden växte runt mig. Jag visste att jag borde säga någonting. Ett stort hål i tiden var avsatt för min replik och det gapade där hotfullt, outfyllt, som ett eko som aldrig fick födas. Mina händer darrade till som i en spasm så att jag välte mitt vinglas och spillde ut allt vin i mitt knä och på soffan.

"S-så k-klumpigt av mig! J-jag v-vet inte v-varför ...?"

Morgan reste sig upp ur soffan och kom fram till mig med en stor vit näsduk i sin hand. Han tog vinglaset från min hand och ställde det på bordet. Han tog min hand i sin och hjälpte mig upp på fötter. Mina byxorna var blöta och klibbiga av rött vin. Jag kände mig illamående av genans. Löjlig. Barnslig.

"Du skakar Iris?"

"D-det är inte så f–farligt. J-jag skäms."

"Tycker du inte om att lyssna på mina berättelser? Zelda älskar mina godnattsagor."

"Jag-jag ..."

Jag klarade inte att se i hans ögon. Jag ville bara fly. Ställa mig i något hörn och lugna ner mig i fem minuter.

"Är du sjuk. Iris? Du är så blek?"

Hans lediga hand kände på min panna. Jag skakade till vid beröringen och kände hur jag svajade som om jag skulle svimma.

"Se på mig, Iris! " befallde han och fattade tag i mina handleder i ett fast grepp.

Och jag gjorde som han sa. Morgans ögon var vidöppna.

Någonting hände när vi såg in i varandras djup. Någonting hände mellan oss. Vi berörde varandra på något hemligt plan.

Zelda avbröt.

"Iris är inte kär i dig, Morgan så du kan sluta med dina lekar."

Men Morgans blick släppte inte min blick och hans bröstkorg hävde sig.

"Hur vet du det, Zelda?"

"Jag vet det."

Morgan släppte fortfarande inte min blick.

Jag kände mig hypnotiserad, febrig, som om jag fått en våldsam svindel av att stå så nära honom på en trasig bro med en avgrund mellan oss. Hans händer släppte inte sitt grepp om mina handleder.

"Har Zelda rätt, Iris?"

"Jag ..."

"Du behöver bara svara ja eller nej."

"Jag ...jag ...kan inte ..."

"Kan inte?"

"Du är ju hennes fängelsevakt? Hon är väl inte dum, heller? Vad kan hon svara?" fräste Zelda.

"Fängelsevakt? Vill du rymma?"

Jag kunde inte svara. Han höll fast mig. Spänningen kändes så tung i luften att jag inte fick någon luft.

"Du hade kunnat försvinna idag. Det var din stora chans, Iris!"

"Hon kunde inte!" sa Zelda.

"Hur vet du det?"

"Därför att hon är här nu. Iris är för trött för att fly!" sa Zelda.

Och när hon sa de förlösande orden vek sig mina ben under mig och jag föll rakt på Morgan; mitt ansikte in mot hans hals, min panna mot hans kind, min bröstkorg mot hans bröstkorg, hans kropp mot min, nära, nära.

Morgan lät det ske. Han lät mig bestämma.

Han lät mig vila mot honom, andas in honom, nudda vid hans hud; få vila i hans varma ömhet. Han andades lite häftigare och jag kunde känna hur hans hjärta bultade hårt i bröstkorgen. Han suckade. Så stötte han bort mig och släppte taget om mina handleder.

"Iris är här för att måla våra porträtt, glöm inte det! Ingen tvingar henne att plåga sig igenom ingående redogörelser av sexuella kontakter när vi nu alla vet att hon är så känslig för kroppskontakt att hon svimmar eller får mardrömmar eller blir hysterisk!"

Morgan vände ryggen mot oss båda och gick fram till bokhyllorna och studerade bokryggarna på de inbundna banden med ett nyvaknat intresse. Han drog med fingrarna över böckerna och fastnade för en roman som han visade upp för Zelda:

"Minns du? *Historien om O?*"

Han bläddrade förstrött i romanen medan han blåste ut luft i en ljudlös vissling. Zelda sa till Morgans bortvända rygg:

"Nu är det min tur! Morgan lyssna! Men så *lyssna* då! Det här är min berättelse: Iris och jag var på café idag, i ett litet, litet hus med brinnande snö, i Metropolis! Gloria, Gloria. Hela tiden som du ansträngde dig för få din bok publicerad, skrattade vi, som två bin med en gadd, för alla meddelanden var kodifierade. Iris kan läsa synestetiska uppenbarelser i gräddsnöskum lika lätt som du läser pulsen på kidnappade möss, *aj, aj, aj!* Iris kan ge tid av godhet; Iris kan ge mer än hon får; av kärlek någonting som hon själv inte får; hon är större än sitt jag, Morgan: *hon ger liv!* Och vet du vad, Morgan! Hon är inte kär i dig! Hon är inte ens kär i *Hamlet* längre!"

Zelda drog efter andan efter sin långa harad och klappade händerna i triumf. Hon kunde inte sitta stilla i soffan utan hoppade upp och ner som ett barn.

"Vad-Säger-Du-Nu?" skrattade hon och pekade på honom.

"Hon är inte kär i dig heller! Och inbilla dig inte att du är förlåten, Zelda!" fräste Morgan.

"Ingen av oss är förlåten, Morgan!" skrek Zelda tillbaka. "Inte du heller! Tiden är inte inne för förlåtelse."

Jag satt och torkade mina jeans med Morgans vita näsduk. Det hjälpte inte alls. Det såg ut som om jag hade fått missfall.

Det skulle bli fläckar som inte gick bort. Jag tänkte på hur mycket ett par nya jeans skulle kosta mig. Jag hade inte råd att köpa ett par nya jeans. Jag hade inte fått någon lön ännu. Jag var ju inte klar med deras porträtt.

"Ursäkta mig!" sa jag och reste mig upp. "Jag går och byter om. Jag kommer tillbaka om en stund."

"I så fall går jag och ber Fritz hämta in mer ved!" sa Morgan och reste sig också.

Zelda blängde på honom.

"Mer ved? Varför då?"

"Den är ju nästan slut. Se efter själv om du inte tror mig!"

*

Jag visste att Morgan skulle komma efter mig. Jag hörde honom inte men visste att han skulle komma efter mig. Tydligen gick han först ner till Fritz som han hade sagt till Zelda att han skulle göra.

Jag satte på mig mitt andra par svarta jeans och kammade mitt hår så det sprakade av statisk elektricitet. Det tog några minuter. Jag drog medvetet ut på tiden. Han måste komma. Han måste.

Så öppnades dörren och Morgan stod där i dörröppningen och såg på mig under tystnad.

"Förstår du vilket mitt handikapp är, Iris?" frågade han tillslut.

"Nej."

"Fortfarande inte?"

"Nej."

Han var tyst.

"Kom!" sa han och tog min hand i sin. Mycket förvånad gick jag med honom ned för trapporna, min hand i hans hand.

Vi höll varandra i hand. Ingenting mer hände.

Vi svängde av till vänster mot biblioteket fortfarande hand i hand. Precis när besvikelsen tog tag i mig på allvar och jag insåg att han aldrig någonsin skulle behandla mig som jag ville att han skulle behandla mig drog han mig plötsligt intill sig, pressade sig mot min kropp och kysste mig djupt och länge, länge, medan ena handens fingrar grävde sig in mellan hårtestar och den andra armen höll mig i ett fast grepp runt midjan.

Sedan sparkade han på dörren så den for upp och vi var inne i biblioteket i ett enda steg, fortfarande tätt förenade i vår omfamning. Jag var andfådd efter den långa kyssen, het i ansiktet och rufsig i håret. Mina ben skakade och jag såg mig omkring, som yrvaken.

Zelda såg på oss och flämtade till.

"Nej!"

Hon satte händerna framför sitt ansikte.

"Vad är det Zelda. Har du sett ett spöke?" skrattade Morgan. "Var? Var?" Han såg sig runt i biblioteket.

Fritz kom in med en trave ved i en spånkorg som han travade i nya perfekta staplar bakom en liten järnlucka under den vitmurade öopna spisen. Han var noggrann och tog ingen notis om oss.

Jag sjönk ner i soffan bredvid Zelda med min blytunga kropp som vägrade lyda mina förmaningar längre.

Zelda såg från mig till sin bror och hennes ögon blev mörka.

166

"Iris är rädd för dig. Du plågar henne, Morgan!" fräste hon.

"Varför stannar hon då om det är så förbannat synd om henne?" undrade han och ryckte på axlarna.

"Jag ska måla era porträtt." sa jag. "Det har jag lovat."

"Lovat och lovat! Du får rejält betalt för det, *in natura* inte minst!" fnyste Morgan och torkade sig om munnen. Han ställde sig bredvid Fritz vid den öppna spisen och lade in några nya vedkubbar i hettan.

"Det är inte bara därför längre." sa jag.

Zelda sjönk tillbaka i soffan och iakttog mig.

"Jag måste måla era porträtt. Men det har ingenting med pengar att göra. Det har med er att göra. Och med mig."

"Och med Minna." sa Zelda. "Glöm inte Minna!"

"Nej." sa jag. "Jag glömmer inte Minna."

"Alla dessa förbannade kvinnor!" stönade Morgan. "Blir man aldrig av med dem?"

"*Morgan!*" flämtade Zelda med uppspärrade ögon.

I nästa ögonblick for Morgan upp med ett skrik. Han hade bränt sig på järnsmidesgallret och tre långa rosa streck lyste på hans ena arm genom det sönderbrända vita skjorttyget.

Fritz tog fram en ficklunta som han öppnade och sedan hällde han en klar vätska på såret.

"Klara kommer med is." sa han och lämnade oss.

"Skuggor av eld, skuggor av vatten, skuggor av smärta." sa Zelda.

*

XII

Zeldas långa kastanjebruna lockar flöt ut som mörka vinterbäckar över den vita spetskudden. När jag kände hennes blick på mig och vred på huvudet såg hon upp i taket. Hon brukade ligga och iaktta mig i smyg och jag visste aldrig vad hon tänkte på. Jag hade mina aningar men undvek att fundera alltför mycket på det. Situationen var komplicerad nog som den var. Jag själv satt i samma säng, en armslängd från henne, med armarna runt mina böjda knän och såg ut i rummet.

Jag förstod att Zelda behövde mig för att bli frisk från vad det nu var hon led av. Minnet av blicken hon hade gett mig på Tobias vernissage satt som etsad i min hjärna: all den namnlösa skräck och bottenlösa sorg som Zelda ständigt bar inom sig hade förvandlats till ett hat som riktats mot mig när hon förstod att jag också mest av allt ville försvinna ut ur hennes liv.

Zeldas överkänslighet tog sig ibland uttryck i en ren telepatisk förmåga. Med kinden stödd under sin hand avrundade hon nu min tankegång med orden:

"Men du försvann inte, Iris!"

Hon följde blomstermönstret på det vita sidenbolstret med sitt pekfinger.

"Nej, Zelda. Jag förvann inte. Jag ska försöka hjälpa dig bekämpa dina skuggor och dina tabun."

"Det går inte."

"Men dina tabun kan inte skada *mig*!"

"Om det bara var så enkelt! De skadar alla jag älskar."

Jag var tvungen att fokusera all min uppmärksamhet på en redan nerbiten fingernagel för att slippa se in i hennes svältande mörkblå ögon.

"Zelda, jag ... Jag... "

"Iris: var inte orolig! Jag vet att du är attraherad av Morgan. Det blir alla kvinnor. De flesta män också. Han är oemotståndlig, det bara är så."

"*Så du förstår.*" tänkte jag. "*Du trodde inte att jag svimmade av trötthet.*"

"Jag ser det på dig. Han har dig i sin makt." sa Zelda.

"Varför sa du till honom att jag inte var kär i honom, då?"

"Därför att det inte är för hans skull du stannar; det är för min skull." sa hon.

"*Så du vet det, också.*" tänkte jag och vände mig bort från hennes blick. Hon tog min hand i sin och tryckte den lite.

"Du anar inte hur glad jag är för det för det, Iris!" sa hon.

*

Snön föll oavbrutet på morgonen och täckte hela marken inom några timmar. Det blev kallare i min ateljé, men med kylan infann sig det vita ljuset.

Exakt klockan nio steg Morgan in i ateljén, som vanligt utan att knacka och slog sig ned i den röda sammetssoffan. Han sneglade ut genom fönstret utan att säga någonting. Jag satt och blandade blå färg på paletten och hoppades att han skulle tro att mina händer darrade av köld och inte av nervositet.

Tystnaden smög omkring som en osynlig revolverman i skrymslen och vrår, och jag kände mig hotad utan att riktigt veta varifrån hotet kom.

"Minns du min gåta om de där tre människorna i en livbåt?" frågade han plötsligt."

"Nej." ljög jag och bet mig i läppen.

"De kunde inte fly från varandra eftersom de befann sig bortom civilisationens yttre gränser, de vågade inte sova eftersom de inte kunde lita varken på varandra eller sina drömmar, och de höll på att svälta ihjäl eftersom inga etisk-moraliska spetsfundigheter kunde stilla deras hunger."

Jag välkomnade samtal, men det här samtalet tog en obehaglig vändning redan från början.

"Vad tror du de gjorde när situationen blev outhärdlig?" frågade han.

"Samlade ihop vatten i öskaret och försökte destillera det? Fångade fisk med flugor på säkerhetsnålar?"

"Nej."

"Nej?"

"Nej. De drog stickor om vems blod de skulle dricka."

Jag svarade inte. Morgans ögon var så lika Zeldas, så skiftande, så intensiva i sitt uttryck. En strimma av grymhet blänkte till, en strimma av hat, av sorg på den mörkblå botten.

"Jaså? Var det tre vampyrer?" frågade jag skämtsamt, medan hjärtat bultade hårt av nervositet.

"Nej. Det här är en helt sann historia."

"Jaså?" sa jag. "Det låter tragiskt."

"Värre än så. A. skulle utföra åderlåtningen genom att öppna B:s pulsåder med sin dolk. Men när B. började skrika kastade sig C. på A. för att försvara B. Kampen slutade med att C. föll i vattnet och försvann ner i djupet. Därefter räddade A. B:s liv när B. hoppade i efter C."

"Varför berättar du det här för mig?" frågade jag utan att se upp från paletten där tre olika nyanser blå uppgick i varandra.

"Det är en historia med många tolkningsmöjligheter. En sedelärande historia om man tänker på det! Både A. och B. blev räddade och levde sedan lyckliga i alla sina dagar, därför att de var smarta nog att hålla sig borta från de farliga djupen och aldrig tala om det som hänt."

"En riktig solskenshistoria med andra ord? Det vill säga för alla utom C.?"

"Historien säger någonting om ödet också." fortsatte han, totalt opåverkad av min ironi.

"Ödet?"

"Förslaget att dricka blod kom från C. som hade fuskat med stickorna. Men B. råkade dra stickan som C. ville att A. skulle dra. Så det blev ju tillslut ändå C. som offrade sitt blod både bokstavligen och bildligt talat."

"Jaha." sa jag tonlöst och blandade en klick marinblått med lite stänk av zinkvitt så ännu en nyans blå uppstod bredvid de andra tre på paletten.

"Så, Iris: Sensmoralen av min lilla historia kan väl sägas vara: Riskera inte det du har för någonting du aldrig kan få. Du kan förlora allt. Din sömn, din aptit, ditt liv."

"Jag vet det. Men jag är konstnär. Jag dras till problem."

"Problem?" frågade Morgan. "Vad kan du tänkas ha för problem?" Blicken glittrade till av nyfikenhet.

"Det finns så många frågetecken."

"Jaså? Vad är det du vill veta?"

"Vilka resultat har du kommit fram till i dina experiment? Vem, eller vilka är dina försökspersoner?"

"Jag har inte den minsta lust att diskutera det där med dig!" sa Morgan med en häftighet som förvånade mig.

"Men med Eva Månsson har du lust! Mycket lust!" for det ur mig innan jag hann tänka mig för. Jag kunde ha bitit tungan av mig när jag hörde hur svartsjuk jag lät. Vilken rätt hade jag att vara svartsjuk på Eva Månsson?

Morgans ögon blev till smala streck när han lutade sig fram i soffan och sa:

"Glöm inte bort att du är här för att måla mitt och Zeldas porträtt och inte för att analysera mina medicinska forsknings-resultat eller kommentera min bekantskapskrets!"

"Det är inte alltid så lätt!"

"Så?" sa han otåligt.

"Nej, det är inte så lätt."

"Varför då?"

"Du leker med mig."

"*Leker* med dig?" skrattade han. "Hur?"

"Du får mig att- ..."

"Får dig att ...? *Vad*?"

"Du får mig att tro saker. Ibland."

"Får dig att tro *vad*?"

"Igår kväll till exempel när du såg in i mina ögon ..."

"Säg inte mer, Iris! Bara för att jag råkar vara lite trevlig ibland betyder det inte att du kan ta dig friheten att glömma var du är och vem du är! Framför allt vad du *inte* är!"

Vreden flammade upp inom mig.

"Varför kysste du mig?" frågade jag honom utan att se på honom.

"Varför inte?"

"Var det för att reta Zelda?"

"Kanske det. Kanske för att reta dig. Jag minns faktiskt inte."

"Vad fick du ut av det?"

"Sånt där analyserar jag aldrig. Man måste tillåta sig ett visst mått av spontanitet på sin fritid. Du reagerade ganska spontant själv, tidigare i går kväll, när du svimmade i mina armar i biblioteket."

Han kunde nästan inte tygla sin munterhet.

"Du får ursäkta men du reagerade som en överårig oskuld från landet, Iris. Hur någon kan svimma över en banal erotisk berättelse övergår min fattningsförmåga!"

Han skrattade högt och skakade på huvudet.

"Och du beter dig som ett ett manschauvinistiskt svin, Morgan!" muttrade jag mellan mina tänder.

"Vad?" vrålade Morgan.

"Du beter dig som ett manschauvinistiskt svin!" upprepade jag. Han flög upp ur soffan och närmade sig mig med fingret riktat mot mig som en osäkrad pistol.

"Iris! En sak bör du ha helt klar för dig! En måhända liten, men inte helt försumlig detalj som du med allt kortare intervaller behagar överse med: Du Iris Bild, är anställd av mig, Morgan Karp, i mitt hus. Jag är din uppdragsgivare och tillika arbetsgivare. Och jag tycker inte om din ton!"

Han gick runt staffliet.

"Då ber jag om ursäkt. Jag reagerade spontant. Igen."

"Det är försent!" viskade han i mitt öra när han svepte förbi, nära, nära min rygg.

"Försent ..?"

"Ja. Försent."

Jag visste inte vad jag skulle svara. Han började tala igen.

"Antag att vad du säger är sant; att du har lyckats genomskåda min altruistiska mask, och mina chevalereska gester, manifesterade speciellt i *Kärleken till Kvinnan*. Antag att du avslöjat min *Stora Hemlighet*; att jag i själva verket är ett manschauvinistiskt svin. Fantastiskt! Briljant! *Ergo*, Ms Holmes, rent hypotetiskt; enligt ditt deduktiva geni alltså; hur skulle ett äkta manschauvinistiskt svin uppföra sig i den här pinsamma situationen som du har försatt *mig* i? Vad skulle han göra, naken, exponerad, genomskådad?"

"Förödmjuka mig så mycket som möjligt, antar jag." sa jag tyst.

Jag blev nervös av hans försåtliga vankande bakom min rygg. Han uppförde sig som en gammaldags lärare och jag reagerade som en skräckslagen elev utan att vilja det.

"Förödmjuka dig? Hur då?"

"Utnyttja min utsatthet."

"Hur då?"

"Genom att markera sitt fysiska övertag."

"Tycker du på fullt allvar att jag beter mig så?" sa han och stannade bakom min rygg.

"Du förolämpade mig! Det var ju därför jag kallade dig ett manschauvinistiskt svin!"

"Oavsett vilken uppfattning du råkar ha om mig får du inte glömma bort vem det är du talar till! Eller var du befinner dig!"

Situationen började få olustiga, rent disciplinära undertoner och jag ville inte fortsätta svara på frågor.

"Morgan, vad vill du egentligen?" frågade jag, nästan tonlöst.

Det blev alldeles tyst bakom min rygg. Som sekunden före en naturkatastrof avstannade alla ljud, luften tycktes tömd på syre och så tryckt att jag nästan inte kunde andas.

"Vad jag vill?" upprepade han bakom nacken på mig med kvävd röst. "Ett manschauvinistiska svin som jag!"

Den kraftiga sparken fortplantade sig genom pallen och min kropp och sekunden efteråt välte pallen och min armar flög ut åt sidorna och jag kastades baklänges.

Jag hamnade ovanpå Morgans bröstkorg, på hans tjocka stickade grå tröja. Han måste ha tagit emot mig i sin famn eftersom jag hamnade på rygg över honom när vi gled ner på golvet. Det här var ännu en situation där jag var helt utelämnad åt honom och hans morbida humor; ännu en situation där han hade övertaget och bestämde reglerna. Jag blev rädd.

"Förödmjuka dig?" sa han. "Så här, menar du?" Jag svarade inte. Min hals snördes samman.

"Utnyttja din utsatthet? *Så här?*"

Jag svarade inte.

"Markera sitt fysiska övertag? Så här?"

Han fixerade mina handleder i ett så hårt grepp att jag inte kunde röra dem. Rädslan steg i mig när han, med sin bröstkorg tryckt mot min rygg, frågade:

"Brukar du leka sådana här lekar, Iris? Du som är en sådan expert på manschauvinistiska svin?"

Jag skakade på huvudet.

"Manschauvinistiska svin gillar sådana här lekar!" sa han. "Har jag lekt sådana här lekar med dig?"

"Nej." viskade jag.

"Har jag?"

"Nej."

"Hur kommer det sig då att du anklagar mig för att vara ett

175

manschauvinistiskt svin som leker med dig och får dig att tro saker?"

"Jag blev arg har jag ju sagt!"

"Tycker du om att leka sådana här lekar? Är det det som du vill? Är det därför du svimmar och rodnar och trycker dig mot mig?"

"*Nej ...!*"

"Är det därför du retar mig? Kallar mig saker?" viskade han in i mitt öra.

Hans händer höll fortfarande mina armleder ihoppressade bakom min rygg i ett stenhårt grepp.

"Nej."

Greppet hårdnade tills tusen nålar penetrerade min hud och jag började förlora känseln i mina händer.

"Ljug inte! Du vill leka sådana här lekar! Du fantiserar om det! Eller hur?"

"Nej!"

"Jag ser det i dina ögon! Varje gång! Erkänn!"

Jag stod inte ut med smärtan längre.

"Nej! Nej! Nej! *Ja!*"

"Jag vet att du vill leka, Iris. Jag vet hur du vill leka, också!" sa Morgan mjukt, mjukt, nästan smeksamt. "Du tycker om smärta. Oss emellan har jag en enastående förmåga att göra kvinnor lyckliga."

Morgans grepp runt mina handleder lossnade, men jag rörde mig inte där jag låg i fosterställning på golvet med huvudet på hans bröstkorg. Medan känseln långsamt återvände i mina handleder och fingrar kunde jag känna Morgans hjärta slå hårt i bröstet som för att motsäga hans helt stabila röst. Jag slöt ögonen och drog in hans doft in i mina näsborrar. Plötsligt började han smeka mitt hår, långsamt, långsamt. Han suckade.

"Iris, Iris, vad ska vi göra med dig? Erotiska kvällssagor får dig att svimma, smärta gör dig upphetsad."

"Du är rädd för mig!" sa jag, fortfarande med ögonen slutna. Han slutade smeka mitt hår.

"Skulle *jag* vara rädd för *dig* ?"

"Ja, just det! Du är rädd för mig, Morgan. Och det är därför du håller på med dina maktlekar."

"Men snälla Iris! Du ber mig ju, på alla sätt utom verbalt. Och jag är en sann gentleman."

Morgan rullade runt och vältrade sig över mig. Han pressade ihop mina ben med sina ben och fixerade mina händer i sina händer, så tung att luften pressades ut ur mina lungor och golvplankornas årsringar brände mot mina ansträngda revben.

Han tryckte sina läppar mot mina läppar och pressade in sin tunga mot min tunga, i min torra mun.

"Du sa att jag får dig att tro saker. Vad får jag dig att tro nu?" frågade han när han lyfte sitt ansikte från mitt.

När jag skulle svara kysste han mig igen så länge och så djupt att det svartnade för mina ögon. Jag kunde inte röra mig en millimeter. Det kändes som en tung mjölsäck hade fallit över mig. Jag kände hur golvplankornas stickor trängde in genom mina kläder, in i min hud, in i min hjälplöshet.

"Vem är det jag retar nu då? Zelda?"

"Sluta!" skrek jag när jag äntligen fick lite luft.

"Visst! Jag märker att du har lekt färdigt för den här gången." Han reste sig från golvet, tog tag i min hand och hjälpte mig upp på fötter. Mina ben skakade där jag stod framför honom, förödmjukad genom min utsatthet och hans fysiska övertag.

"Provocera mig inte!" varnade han. "Jag tolererar det inte."

"Du är mer rädd för mig än vad jag är för dig. Du råkar bara vara starkare fysiskt, det är allt!" sa jag, med nästan ohörbar röst.

Morgan drog efter andan. Ett kvävt skratt undslapp honom.

Ett krig pågick inom mig och det var ett inbördeskrig och jag höll på att slitas sönder av motstridiga lojaliteter och jag visste inte längre vem jag var, bara att jag var förlorad, och att allt jag sa skulle komma att användas mot mig.

"Du är rädd för mig. Allt jag säger, allt jag känner, allt jag gör misstolkar du med vilja!" sa jag och kände att jag höll på att börja gråta, rakt framför honom.

"Struntprat, Iris! Ge mig en timme av din tid och en handfull patetiska lögner, eller sagor, eller vinklade referat, eller vad du nu föredrar att kalla det, så ligger du där igen, avsvimmad vid mina fötter. Och så säger du: *"du leker med mig, Morgan," "du får mig att tro saker"* och stirrar anklagande på mig fast vi båda vet att det är du som inte kan, eller vill, skilja mellan dikt och verklighet!"

Morgan lät som om han tyckte synd om sig själv för alla infantila känsloutbrott han fick stå ut med från min sida. Men det spelade ingen roll längre vad han tyckte om mig. Ingenting spelade längre någon roll. I ett liv fyllt av lögner och surrogat var kärlek och stolthet bara två trasiga ord i en rad av begagnade och missbrukade ord.

"Du plågar mig, Morgan, och vad du än säger så kan du inte anklaga mig för att plåga dig! Jag leker inte med dina känslor!"

"Hur skulle du kunna ha en aning om vad jag tänker och känner, Iris?" frågade han med nästan ohörbar röst.

Han lät ledsen, nästan vädjande, som om det fanns en anledning till varför han uppförde sig som han gjorde men inte kunde berätta varför. Hans hoppingivande ord gav ny ammunition till inbördeskriget inom mig och det var mer våldsamt än någonsin tidigare. Marken gungade till under mina fötter och magen drog ihop sig i ångestfull smärta, men så plötsligt återfann jag balansen.

Situationen var ohållbar, och hur fruktansvärt det än kändes att behöva konfrontera sanningen kändes det ändå samtidigt, också som en befrielse att tvingas inse att jag måste sluta vänta på någonting som aldrig skulle ske. Så jag slöt en tillfällig vapenvila med mig själv och sa till Morgan:

"Det enda jag vet med säkerhet är att en sån som du aldrig kan förstå hur det känns att vara en sån som jag."

Jag kunde själv höra hur patetiskt naiv jag lät. Morgan skrattade till. Det var ett märkligt skratt. Det lät som hosta. Som lungsot.

Jag såg på honom och tänkte:

"Iris Bild, jag är Iris Bild, och jag är konstnär. Mer än någonting annat är jag konstnär! Smärtan är och har alltid varit själva drivkraften i mitt skapande: smärtan är och har alltid varit en förutsättning för ögonblick av euforisk kreativitet, av plötslig insikt. Smärta är en förutsättning för liv, för växande. Så har det alltid varit och så kommer det alltid att förbli."

"Men oavsett vilka sällsynta svarta blommor som växer i askan av min heta avgrundsdjupa besatthet i Morgan, och oavsett vilket odelat nöje han finner i att hjälpa mig nå de där känslomässiga bråddjupen av mörk kreativitet, är det i egenskap av Zeldas och Morgans porträttkonstnär jag befinner mig här i Marcus Hades Hus, och inte som försöksperson i Morgans privata forskningsprojekt."

Och jag hörde en myndig röst någonstans från mitt inre befalla genom min mun:

"Sätt dig, Morgan! Vi har lekt färdigt. Nu ska jag måla ditt porträtt."

Och Morgan gick och satte sig och han hade slutat småle och vi sa ingenting mer till varandra.

Den vita snön regnade bort från fönsterrutan och jag tänkte att min egen tjäle aldrig riktigt gått ur marken, trots allt.

*

När Zelda promenerade in i ateljén några timmar senare märkte hon direkt att inte allting stod rätt till.

"Hur är det fatt, Iris?"

"Jag gjorde bort mig inför din bror."

"Mycket?" frågade hon och fick en liten irriterad rynka i pannan.

"Fullkomligt, den här gången. Nu har vi båda konstaterat att han är starkast. På alla plan."

"Nejdå, inte på alla plan."

"Han kontrollerar allting och alla. Du sa det ju själv; han bestämmer allt."

"Allt det yttre, ja, som finns i den fysiska världen och som låter sig kontrolleras. Inte det andra, som inte låter sig kontrolleras. Det är han rädd för. Vad han än säger."

"Och det andra; det som finns i den icke-fysiska världen; är det tabu?"

"Inte nödvändigtvis!"

Vi sa ingenting på en liten stund.

"Kom så går vi ut i snön!" sa Zelda. "Härinne blir vi bara dystra."

"All den fina snön har regnat bort!" sa jag. "Det finns bara grå, äcklig slask kvar."

"Varför säger du så? Kom och se själv!"

Jag gick bort till fönstren och såg ut. Marken var gnistrande vit. Trädens mörka, skrovliga stammar var kantade av ett tjockt snötäcke som gnistrade likt miljoner små blåvita briljanter från ovan.

Vi gick ner till entréhallen där Zelda letade fram två pälsar ur en bakom ekpanelerna dold klädkammare. Hon slängde till mig en tung vargpäls. Själv tog hon på sig en fotsid svart minkpäls. Vi snörde på oss grova armékängor och så gick vi ut i snön, nedför terrassen.

Fjäderstora snöflingor dalade sakta ner från den mörkblå himlen, som om en jätte ristade sitt enorma duntäcke över oss. Zelda sträckte ut sin tunga och smakade på snökristallerna.

Jag gjorde likadant och vi fnissade till, som två vinteryra småflickor.

"Kom så går vi ner till sjön!" sa hon.

Kylan var uppfriskande. Några hjortar kikade på oss bakom några buskar en bit ifrån oss. De vände sina vita stjärtar mot oss och sprang iväg.

"Fritz lägger ut hö till dem vid båthuset." sa hon.

"Så snällt av honom!"

"Snällt? Hö kan väl inte vara särskilt gott?"

Jag såg på henne. Hon log. Hon hade bara skämtat.

Vi stod stilla. Det såg ut som om Zelda lyssnade koncentrerat. Hon spärrade upp sina vackra ögon och stirrade ner mot sjön.

"Så stilla den är idag!" sa hon.

"Så vackert!"

"Säg inte så!"

"Men det är ju vackert!"

"Nej, nej, nej!" sa hon och satte händerna framför öronen.

"Jo, jag tycker det! Jag; Iris Bild, tycker att det är vackert! Och jag vill tycka det!"

"Nej!" vrålade hon och knuffade till mig så hårt så att jag trillade baklänges i snön. Vargpälsen var så tjock och snön så tät att jag inte slog mig, men jag var ändå inte road att bli omkullknuffad för andra gången under samma dag. Zelda hjälpte mig upp på fötterna igen. När vi stod där mitt emot varandra utan att säga någonting vällde ilskan upp i mig och jag kunde inte låta bli att knuffa till henne tillbaka. Jag antar att jag gav igen inte bara för vad hon hade gjort utan också för vad Morgan hade gjort mot mig tidigare på dagen. Hon såg totalt överrumplad och förvånad ut där hon låg. Hon gapade.

"Iris?!"

"Jag är så trött på er! Du har ingen aning om hur trött jag är på er!" vrålade jag och vände ryggen mot henne och började gå tillbaka till huset genom den tunga snön.

Efter några steg stannade jag. Ett gällt skrik hördes. Det lät som ett spädbarn som skrek. Jag vände mig om. Zelda satt upp i snön med händerna framför sitt ansikte. Jag vände och gick tillbaka till henne. Hela hon skakade. Jag räckte ut handen mot henne men hon såg det inte.

"Kom Zelda!"

Hon svarade inte. Snön föll på henne och täckte hennes hjässa som en tunn hätta av dun.

"Kom!"

Fortfarande inget svar. Hon gnydde. Hon satt och gungade fram och tillbaka.

"Hörde du?" frågade hon.

"Ja. Det lät som en katt eller en räv."

"Nej, nej, nej! Du vet vad det lät som!"

"Många djur låter på det viset."

"Det var ett spädbarn, Iris!"

Hon var utom sig. Hon stirrade ner mot sjön.

"Det är inte vackert, Iris! Det var inte vackert. Inte vackert alls."

Hon snyftade till och drog med handen under näsan. Hon fick ett band av mörkrött blod på den bleka handryggen och i sitt svarta hår.

"Du blöder näsblod, Zelda."

"Säg ingenting till Morgan!" bad hon. "Snälla, snälla!"

Hon lämnade röda prickar efter sig i de vita fotspåren i snön där vi gick fram. Av någon anledning tänkte jag på sagan om Snövit och jägaren.

*

Vi satt alla tysta under middagen. Morgan undvek att se på oss. Zelda satt med två röda bomullsstussar instuckna i näsborrarna och hon var mycket nervös.

"Var ni ute?" frågade Morgan tillslut.

"Ja." sa Zelda.

"Och du fick näsblod?"

"Ja."

"Jaha," sa han och stirrade ner i den franska fisksoppan i sin djupa tallrik där kvarlevorna av några av havets vanligast förekommande innevånare flöt omkring, redo att förtäras. Då och då såg han på sin syster med en rynka i pannan. Fritz serverade Zelda en slev soppa från den vackra gamla soppterrinen i blåvit fajans.

"Karla kan få stopp på ditt näsblod. Gå till henne!" sa Fritz med sin omelodiösa röst.

Jag hade aldrig tidigare hört Fritz oombedd yttra sig eller kommentera någonting som hade med syskonen eller deras besökare att göra. Han höll alltid sin värdiga distans och bortsett någon enstaka fråga eller kommentar om menyn till Morgan brukade han aldrig säga någonting. Nu när han för en gångs skull yttrade sig fanns det en självklar auktoritet i hans gamla tonlösa röst som varken inbjöd till dialog eller motsägelse.

*

Zelda reste sig med handen framför näsan och jag följde efter henne nedför trappan till källarvåningen.

Ett tjugotal meter från Morgans mottagningsrum till vänster i källarkorridoren, men nära utgången till terrassen, öppnade Zelda dörren till ett stort kök. En doft av nybakat bröd, kaffe, vanilj, och saffran välkomnade oss likt en mjölig, mullig moderlig famn.

Längs ena kortväggen stod en murad enhet med järnspis, öppen spis och elspis och en lång arbetsbänk med tjocka marmorskivor. På järnstänger ovanför arbetsbänken hängde torkade buketter med blommor. De vitkalkade väggarna var smyckade med schablonmålade lutmotiv i en röd färg som brunpatinerats av rök och matos genom åren. En halvöppen dörr blottade ett litet porslinskök med hyllor fyllda av servisföremål i fajans och porslin bakom horisontella lister.

På vägghyllorna trängdes kopparkittlar, kopparkannor, kopparpannor och kopparformar. Från de stora köksfönstren med sina grova randiga linnegardiner kunde vi se ner över backen och ut över sjön.

På en enkel trästol vid ett grovt tillyxat ekbord i mitten av köket satt Karla. Hon såg upp på oss från en bok med gulnade, fläckade blad med handskrivna recept och hon verkade inte det minsta förvånad att vi dök upp nere i hennes köksregioner.

"Jag har *däsblod!*" sa Zelda. "Det slutar *idte ridda!*"

"Sätt er, flickor!" sa Karla.

Hon tog bort bomullstopparna från Zeldas näsborrar med sina knotiga gamla händer och placerade en glasskål med vatten på bordet under Zeldas näsa. Isbitar klickade mot glasskålens kanter.

"Låt det rinna!" sa Karla och satte sig på en stol intill henne.

Vi iakttog Zelda. Långa sega mörkröda strängar rann sakta nedför hennes ansikte och hängde tvekade, lite loja på hennes haka någon sekund innan de droppade ner i glasskålen och bildade mörkröda rötter i vattnet.

Zeldas ögon var stora och blanka när hon såg på Karla. Hon såg rädd ut.

"Låt dem falla!" sa Karla. "Gör inte motstånd, Zelda! Det onda måste ut!"

"Du talar så bra!" sa jag till Karla. "Det tog lång tid innan jag förstod att du var döv."

"Jag blev döv i vuxen ålder efter en explosion. Numera läser jag läppar mycket bra." sa Karla.

Jag såg in i hennes ögon. De var askgrå precis som hårbullen i nacken, men med en gnista av röd glöd på dess botten, som lyste upp hela ansiktet.

"Vilka ljud saknar du mest?"

"Jag saknar pianomusik. Och ljudet av skrattande barn. Men inuti mitt huvud minns jag precis hur det lät."

"Gör du?" sa Zelda storögt.

"Ja, tänk för att det gör jag, Zelda lilla. "

Karla skrattade och slog sig på knäna.

"*Tädka* sig!" sa Zelda. "Att du *bidds* ...!"

"Nu ska du gå ut och sätta skålen på isen!" sa Karla. "Och gnugga din näsa ren med snö. Och du får inte vända dig om efteråt."

"Varför då?" undrade Zelda med panik i blicken.

"Då får vi göra om alltihopa. Tråkigt, Zelda, tråkigt! Upprepningar är inte bra för din hälsa!"

Zelda såg på mig. En svart skorpa av torkat blod syntes vid hennes båda näsborrar som svarta snökristaller.

"Iris: Skrik dina lungor tomma över skålen på isen! Kom bara ihåg att Zelda inte får vända sig om när ni går tillbaka. Det skulle inte vara bra för henne. Men du kan göra vad du vill. Det är ju inte du som har näsblod."

"Tack Karla!" sa Zelda.

Karla log.

"Min lilla Zelda!" sa hon bara och klappade Zeldas bleka hand.

*

Vi gick ut i den kalla vinterkvällen.

Månen lyste rund och vit på en svartblå himmel. Luften var klar och stilla.

"Håll mig i handen, snälla Iris!"

"Tappa inte skålen, bara!"

Vi traskade genom djup snö. Mina nakna fingrar kändes snart som ispinnar. Vattnet på sjön hade frusit och Zelda ställde ner skålen med de sega mörkröda trådiga blodsträngarna på isen. Hennes händer darrade. Sedan kramade hon lite snö till en liten boll och torkade av sin näsa.

"Skrik nu, Iris!"

Och jag ställde mig på knä som om jag bad eller som om jag var ett fyrbent pälsnattdjur som kallade på mina artfränder och jag skrek rakt ut i luften tills mina lungor tömts på sitt vita innehåll. Mina skrik ekade bort över sjön som ringar i etern.

"Nu var det klart. Nu går vi tillbaka!" sa jag.

"Vänte lite!"

"Nej. Vi ska nog gå nu."

"Jag vill stanna lite till."

Hennes ögon var glansiga och hade ett konstigt inåtvänt, nästan fanatiskt uttryck som jag aldrig sett där förut.

"Nu går vi, Zelda!"

Jag drog i henne och hon försökte rycka bort min hand men jag gav mig inte. Hennes hand var om möjligt kallare än min egen.

"Kom nu!"

"Nej!"

"Du måste!"

I det isande mörkret kändes det som om att krafter av samma slag som de som plågat mig under många mardrömsridna nätter var i spel och lurade i mörkret och bara väntade på att Zelda och jag skulle övermannas av trötthet och av köld och slumra till. Små gula cirklar och fyrkanter av ljus skymtade långt bort i fjärran från Marcus Hades Hus, men för övrigt rådde ett mörkblått stilla mörker över de vita massorna.

"Snälla, rara! Kom nu!" bad jag så snällt jag kunde.

"Nej! Nej! Jag måste få veta!"

"Veta *vad*?"

Hon svarade inte utan satt och stirrade ut över sjön, ögonen fixerade på glasskålen, hennes utandningsluft vit som en astralkropp.

Jag frös ordentligt om huvud, fingrar och tår och längtade tillbaka in i värmen i huset, men jag kunde inte lämna henne kvar i månskenet.

Jag slet i hennes arm och vädjade:

"Snälla rara! Kom nu!"

Jag vet inte hur länge jag hade kämpat och bett och dragit i Zeldas arm när mina öron plötsligt uppfattade det krasande ljudet i snön av steg som närmade sig från någonstans och jag stelnade till.

Vem var där?

En uggla hoade i fjärran.

Jag stirrade ut i mörkret, ut i det blå intet.

En luden tvåbent varelse närmade sig oss. Det var jättelik hybrid av människa och varg, helt täckt med päls från huvud till fötter, och besten rörde sig klumpigt i den djupa snön. Vita tänder glänste till från bestens svart gap, för att yla eller hugga mot våra strupar.

Mina mardrömmars fasa hade antagit kroppslig gestalt. Det var jag som hade frammanat besten genom mina skrin. Nu visste jag att jag var galen på riktigt.

Då såg jag att det var Morgan, jägaren som hade kommit för att slita ut hjärtat ur Zeldas, Snövits, bleka bröst.

”Zelda!” sa Morgan och tog tag i hennes arm.

”Nej! ”skrek hon och slog bort hans hand. ”Jag väntar!”

”Det som sover ska vakna, Zelda, men inte idag!”

Han lyfte upp henne i sina armar. Hon kämpade emot och boxade honom och sparkade med benen så hårt hon kunde.

”Släpp mig, Morgan! Släpp mig!”

”Varför skrek du?” frågade Morgan utan att se på mig. Han kämpade med Zelda som var ursinnig och lyckades få in en hård spark på hans ben.

”Karla sa att jag skulle skrika när Zelda satte ner skålen på isen.”

”Skålen? Vilken skål?” pustade Morgan och avvärjde ett slag mot ansiktet med sin arm.

”Glasskålen med Zeldas blod och isbitarna!”

Han stönade.

”Se på henne, Iris! Se på henne! Tycker du att hon verkar må bättre nu? Är du nöjd nu?”

Morgans ben nästan vek sig under honom när han försökte få upp den sparkande Zelda på sin rygg.

”Jag tror att ...”

"Det spelar ingen roll vad du tror, Iris! Zelda mår inte bra av att gå ner till sjön. Tänk att du fortfarande inte har fattat det!"

Morgan lyckades slänga sin kämpande syster över axeln där hon fortsatte att banka honom och rista sitt huvud så att hennes svarta hår virvlade i luften i ett moln av tydliga svordomar.

"Jag trodde du tyckte det var bra för hennes pianospel att hon blev upprörd? Att det värsta som kunde hända hennes talang var lugn och ro ..."

"Var inte dum!" vrålade Morgan. "Du kan väl för helvete själv se hur hon mår!"

Han var fullkomligt rasande.Jag vände bort mitt ansikte. Det kändes som om han hade slagit mig.

Zelda skrek: "Släpp ner mig! Jag måste se!" och bankade Morgan i ryggen med sina knytnävar och muttrade en massa saker mellan sina läppar som jag inte kunde tolka och som Morgan inte tog någon som helst notis om.

Efter en mödosam promenad med många avbrott kom vi äntligen fram till ingången på baksidan av huset. Morgan och jag lyckades släpa och putta Zelda uppför trapporna till entréhallen. En hög av snö föll av oss och började omedelbart tina på marmorgolvet. Zeldas fingrar var mörkröda av köld men hon verkade inte känna någon smärta.

Vi hjälptes åt att ta av henne kängorna, men lät henne behålla pälsen på. Hon verkade frånvarande, som om hon såg oss men ändå inte såg oss. Jag hjälpte Morgan stödja henne hela vägen till biblioteket, där en eld brann, som alltid, alla kvällar, alla dagar.

Zelda kröp ihop i fosterställning på den ena lädersoffan och Morgan lade en pläd över henne och den tjocka pälsen. Hon somnade av utmattning. Där hon låg påminde hon om ett litet vilsegånget barn som fallit i sömn. Små droppar av tinande snö föll från hennes trassliga blodfläckade hår och från pälsen, ner på den persiska mattan där de bildade mörkröda fält.

Morgan var påtagligt irriterad och det var ingen tvekan om vem irritationen var riktad mot.

"Du sa tidigare idag att jag är rädd för dig, Iris. Det stämmer såtillvida att jag blir rädd när jag ser vilken makt du har över Zelda och vilka konsekvenser det får."

"Makt?" utbrast jag. "Men jag vill inte ha makt över Zelda! Jag har aldrig någonsin velat ha makt över någon människa i hela mitt liv!"

Han blängde till på mig .

"Försök inte! Ni är ju alltid tillsammans! Inte bara när du målar, utan när hon spelar piano, när hon dansar. Hon skrattar åt dina märkliga skämt som hon inte förstår. Hon låter dig prova mors kläder. *Ingen-*..! Ni sover tillsammans varje natt. Hon har förändrats mycket sedan du kom."

"Hon är gladare nu. Är det så fel?"

Han såg länge på mig med sina kallaste blåsvarta ögon. Sedan sa han, utstuderat långsamt och med sin allra frostigaste stämma:

"Trots att du inte är inte vad man i konventionell mening kallar vacker, Iris, måste jag erkänna att du är väldigt skicklig när det gäller att kompensera denna brist. Du har ett sätt att se på mig som om du inte är medveten om att jag ser på dig, på en gång så där sorgset och skyggt, men samtidigt så djävulusiskt observant. Du har ett sätt att gå på som om du är den enda människan på jorden, som om du inte är medveten om att någon ser på dig. Du har ett sätt att le med ögonen och munnen samtidigt, så där oskuldsfullt som jag antar att barn ler. Allt det där kan verka omedvetet och intagande, men är i själva verket utstuderat förförisk. Jag är alltid på min vakt mot billiga förförelsekonster men Zelda är det inte. Och jag måste skydda min syster som du nog kan förstå!"

För andra gången under loppet av mindre än en timme kändes det som om han hade slagit mig. Även denna gång var det på grund av Zelda.

"Jag tänker inte be om ursäkt för hur jag kan uppfattas av en känslokall och självgod narcissist!" sa jag och gnuggade mina röda fingrar framför elden.

När innebörden av vad jag sagt började klarna för Morgan smalnade hans ögon till smala svarta streck.

"Vid det här laget borde du verkligen ha förstått vilken utsatt position du befinner dig i. Du borde ha självbevarelsedrift nog att hålla inne med snarare än att *skylta med* dina underklassiga komplex! Framför allt borde du ha lärt dig att inte provocera mig ! Men nej då, du framhärdar i din makalösa enfald!" röt han.

Hans överlägsna attityd gjorde mig rasande.

"Jag tror att du på fullt allvar tror att jag är livegen! Fel! Fel! Fel! Fel århundrade, Morgan! Fel land! Fel människa!" skrek jag tillbaka.

Han såg förbryllat på mig. Jag viftade inte med någon vit flagga längre. Jag svimmade inte, jag grät inte, jag ville helst av allt slippa se honom. Jag hade förändrats under loppet av några timmar. Han märkte det och han tyckte inte om det.

"När du bor i mitt hus och är anställd av mig uppför du dig som en anställd och gör skäl för din höga lön, *annars-..*!" Han hejdade sig.

"*Annars?*"

"Annars är det enda sättet du kommer att lämna Marcus Hades Hus på i en svart sopsäck!" fräste han.

"Vilket fullkomligt absurt prat!"

"Så berätta! Vem skulle sakna dig om du förvann?! Vem? Vem? Ingen i hela världen, Iris!"

"Tobias vet var jag är! Inger också!"

"Tobias?" fnyste Morgan. "Det kan väl inte vara någon hemlighet ens för dig vem det är som köper merparten av Tobias dukar? Tro mig, om det finns någon människa på jorden vars samvete är till salu så är det Tobias Klaus, det kan jag personligen intyga. Och Inger; inbillar du dig verkligen att hon vill ha dig tillbaka?"

Jag gick och satte mig i den lediga soffan med händerna för ansiktet. Morgan hade rätt, det insåg jag. Ingen skulle sakna mig om jag försvann.

Morgan gick fram till mig. Han stod och såg ner på mig en stund. Ett svagt, triumferande leende lekte i mungipan.

"Du nöjer dig inte med att ha makt över människor, du vill ha makt över liv och död!" sa jag. "Åh, vad du måtte njuta av den här situationen."

Han skrattade och sa:

"Spela inte förorättad oskuld! Du gillar att jag har makt över dig. Vi vet det båda. Smärta ökar din lidelse, din konstnärliga prestation, din upphetsning. Smärta gör dig mjuk och het och ..."

"*Nej!*"

"Du njuter av att jag bestämmer över dig!"

"Nej!" sa jag. "Det är du som njuter av att bestämma över mig, över att plåga mig, att skrämma mig!"

"Men du vill ju bli skrämd, Iris. Erkänn!"

"Nej. Jag vill ju bara ..."

Han böjde sig ner över mig där jag satt på soffan.

"Vill? Vad är det du vill?"

"Att du ska sluta ..."

"Vad?" avbröt han. "Tänker du börja ställa krav på mig? Snälla Iris, innan du kan börja ställa krav på mig måste du själv först ge allt, utan några som helst reservationer!"

"Vad menar du?"

"Öppna din mun!"

Hans ögon var mörka av lust.

"Nej!" sa jag. "Inte det!"

"Inte *vad*?"

"Du vet ...!"

Jag blev röd i ansiktet.

"Gapa, Iris!"

Jag gjorde som han sa. Kanske var det för att jag förstod att han inte skulle ge upp. Mitt motstånd bara eggade honom.

"Sträck ut tungan!"

Motvilligt sträckte jag ut min tunga.

"Kyss mig!"

Han ställde sig på knä, pressade isär mina ben och tryckte sig intill mig. Jag hade min tunga inne i hans mun men han rörde inte sin. Hans armar låg runt mina, i en fast omfamning men han var passiv i den kyss han själv hade beordrat.

"*Vad får du ut av att befalla mig att kyssa dig?*" tänkte jag.

"Ta av dig på överkroppen, Iris!"

"Varför då?"

"Därför att jag säger det!"

Jag satt orörlig och såg på honom utan att ha en aning om vad han tänkte göra med mig. Han skrämde mig, men jag vägrade låta mig skrämmas till lydnad.

Morgan frigjorde sina armar från det lösa famntaget runt min kropp och jag darrade till av obehagliga föraningar. Till min förvåning drog han sin grova grå stickade tröja över bröstkorgen och huvudet. Han var naken under tröjan och jag kände en nästan oemotståndlig lust att låta min hand vandra ner över bröstkorgen och utforska hans mjuka starka överkropp men jag lät bli. Jag orkade inte låta honom se hur attraherad jag fortfarande var av honom.

Han såg på mig, stilla. Osårbar i sin halvnakna manliga utsatthet lät han mig beskåda honom.

Efter en liten stund gjorde jag som Morgan, sträckte på armarna och drog långsamt, långsamt av mig min tröja. När bh:n låg i en liten vit hög på golvet böjde jag nacken och skakade på håret. Morgan såg på mina bröst utan att röra en min, men hans pupiller utvidgades.

"Jag gör det här av fri vilja!" sa jag, lite andfådd. "Inte för att du beordrar mig. Jag är konstnär, Morgan. Jag tillhör bara mig själv."

"Det här är mitt hus och *allting* innanför väggarna i Marcus Hades Hus tillhör mig. Slicka mina bröstvårtor!"

Jag böjde mig fram och slickade hans små ljusbruna bröstvårtor och han slöt sina ögon och mumlade:

"Mmm. Slicka i mitt öra! Nafsa med tänderna i mina örsnibbar!"

Jag gjorde som han sa.

"Aaah!" sa han.

Han böjde sig ner och sög på mina bröstvårtor. Trots att jag hade bestämt mig för att vara stark och inte låta Morgan styra mina känslor och mitt beteende, sköt en pil av mörk, tung lust upp genom mitt underliv. Jag darrade till, lika mycket av rå lust som av besvikelse över att min kropp alltid svek mig när det gällde Morgan.

Skuggan av ett leende for över hans ansikte när han kände mina starka reaktioner.

"Tycker du fortfarande att jag plågar dig, Iris?"

"Ja, du plågar mig."

Hans mun släppte taget om min bröstvårta.

"Jaså!"

Han såg in i mina ögon igen och någonting stod stilla, blev andlöst mellan oss. Vår smärta, hans och min, möttes i gränslandet mellan oss, inom oss båda, någonstans dit orden inte nådde, och där, i vår gemensamma skuld och smärta, fanns lindringen, för den var ömsesidig.

Morgan ryckte till som om han fått en stöt.

"Vad du än säger kan jag inte undgå att märka hur mycket det hetsar upp dig." sa han och sänkte sina ögonlock en smula så att han såg elak ut.

"*Du* hetsar upp mig, Morgan. Inte dina sadistiska maktlekar. *Du.*"

Han suckade djupt och ett ljud som lät som ett morrande steg upp från hans hals.

"Prat, prat, prat! Du försöker nästla dig in, Iris!" fräste han.

"Du vill ha makt över både Zelda och mig. Erkänn!"

"Jag tycker om Zelda. Dig också, trots din begåvning och anor och titlar och pengar."

"Du försöker få Zelda och mig att älska dig så du får makt över oss båda."

"Hur många gånger ska jag behöva säga att jag inte är ute efter makt! *Makt...*? Jag vet ju att du aldrig kommer att älska mig ..."

Min röst brast. Orden hade slunkit ur min mun och förrått mig. Jag överväldigades av en sorg så stark att jag snyftade till. Morgan verkade plötsligt helt handfallen.

"Sluta!" sa han. Men han lät inte längre arg, bara vilsen och trött.

Jag pressade mina händer mot mitt ansikte för att han inte skulle se att jag grät, men min kropp förrådde mig igen.

"Så sluta då!"

Han skakade mig, som om han var rädd.

"Förstår du inte, Iris? Förstår du verkligen inte? Det är ju omöjligt!"

Han själv lät plågad.

"Det går inte!" suckade han.

Jag torkade bort en tår.

"Kan du inte vara lite ömsint, åtminstone?"

"*Ömsint?*" utbrast han som om han hört ordet för första gången. "Är det bara det du vill?"

"Ja!"

"Så här?" frågade han och kysste bort en tår från min kind.

"Ja."

"Så här?" frågade han och formade sina händer kring mina bröst som två små varma bon.

"Ja."

Han log.

"Jag förstår: Ömsint!"

Han lyfte mig upp från soffan med mina ben knäppta runt hans midja och mina armar runt hans hals, så att våra nakna överkroppar smekte varandra med sina miljoner små osynliga hungriga händer.

Han bar mig fram till den öppna spisen och knäppte upp mina jeans. Jag sneglade mot Zelda under tiden han drog ner mina jeans och trosor.

"Men Zelda ...?"

"Hon sover djupt." sa han. "Hon är alldeles utmattad efter er lilla exkursion."

"Kan vi inte gå någon annanstans..?"

"Här och nu!" sa han och kysste mig.

Han drog ner sina byxor över sitt erigerade kön.

"Har du ... kondom?" frågade jag och försökte sätta mig upp.

"Nej." sa han och sänkte sig långsamt över mig i en öm kyss. "Har du, Iris?"

"Nej."

"Vad ska vi göra åt det?" undrade Morgan. Hans hand sökte sig långsamt in mellan mina ben.

"Jag vet inte ..."

"Är jag ett manschauvinistiskt svin?" viskade han och nafsade på mina örsnibbar.

"Morgan, jag ..."

"Utnyttjar jag din utsatthet för att förödmjuka dig?" viskade han och nafsade på mina bröstvårtor.

"Jag vet inte ..."

Kriget inom mig fick nytt bränsle. Men jag kunde inte tänka klart längre. Hettan var övermäktig, strålade genom min kropp, fyllde den med oförlöst, underbar smärta och jag ville kapitulera för Morgans svarta blommor som glödde i mitt blod, likt brännmärken. Jag ville inte längre ha det mjuka, förfinade, det vackra, det värdiga; min kropp krävde det hårda, det råa, det avgrundsdjupa, det livsfarliga. Men jag kunde inte säga det. Min mun kunde bara uttala det vackra.

"Vet inte?"

Morgans händer var överallt. Hans små agenter i min kropp förmedlade exakt var jag var mest sårbar.

"Kanske ..."

"Vill du?"

"Ja."

"Be mig, Iris."

"Ja ... !"

"Be mig, Iris!"

"Jag ... jag ..."

"Be mig!"

Jag tog tag i hans armar och drog honom intill mig .

"Jag ber dig!"

Hans blick släppte inte min medan han långsamt, mycket långsamt trängde in i mig.

När han inte kunde nå djupare reste han upp min rygg så jag satt i hans knä med mina ben runt hans rygg och inte visste var min kropp tog slut och hans kropp tog vid. Vi var samman-länkade vid varandra vid ett gemensamt glödande honunglent centrum dit all vår uppmärksamhet riktade sig. Elden värmde oss på den ena sidan, så het att den nästan brände oss, medan jag frös så håren reste sig på den andra sidan av kroppen, den sida som var vänd inåt rummet.

Han blundade.

"Vad du är skön, Iris! Du tror väl inte det hade spelat någon roll vad du hade sagt?"

"Plågar jag dig?" viskade han i mitt öra när jag inte svarade.

"Ja."

"Be mig sluta!"

"Nej."

"*Sluta aldrig!*" tänkte jag.

"Säg: "*Jag tillhör dig*"!"

"Nej." sa jag och lutade min kind mot hans bröst och drog

in hans doft.

"Säg det, Iris!" sa han och slickade på min örsnibb.

"Ja."

"Du tillhör mig! Förstår du det nu?" viskade han och bet i min axel.

"Ja, ja, ja!" sa jag och torkade bort en tår ur ögonvrån.

"Säg det!"

"Du tillhör mig!" sa jag tyst och gned min kind mot den tunna lena huden på hans bröst.

"*En enda gång.*" tänkte jag. "*En enda gång ...*"

"Iris, Iris, du provocerar mig!" viskade han.

Han fortsatte viska ord som jag tyckte var vackra en enda gång men aldrig mer och då hans händer väckte min sovande hud, stillade mina salta tårar törsten i hans.

När jag kom till sans igen kastade jag en blick bort på byltet på soffan för att se om vi hade väckt henne.

Två stora ögon stirrade på oss från under plädet. Zelda hade vaknat. Hon såg ut som ett litet burrigt djur där hon låg. Jag visste inte hur länge hon hade iakttagit oss eftersom jag inte visste hur lång tid som hade förflutit.

Hon rörde sig inte.

Jag kände mig lugn och varm och avspänd och levande. Morgan såg på mig med en blick jag inte kunde tolka. Jag hoppades att han inte skulle säga någonting som skulle få mig att känna mig dum eller utnyttjad. Någonting som skulle radera ut den lilla känsla av lycka jag kunde förnimma i hela kroppen.

"Iris ..." började han.

Jag lade min hand över hans mun.

"Säg ingenting!"

Han vände sig mot soffan där Zelda låg och iakttog oss.

"Var vi bra, Zelda?" frågade han och torkade bort några svettpärlor från överläppen.

"Iris är bra. Du upprepar dig." sa Zelda.

Sedan gäspade hon stort och sträckte på sin pälsklädda kropp med gracen hos en katt.

Morgan reste sig och gick bort till vinstället. Han öppnade en kyld flaska Dôm Perignon med en kraftig smäll och hällde kupp den skummande drycken i tre höga glas. Utan att besväras nämnvärt av sin nakenhet gick han runt till Zelda och mig och serverade champagnen.

När jag såg på honom kunde jag inte för mitt liv förstå vad det var som var hans handikapp? Om det inte är så att perfektionen i sig är ett handikapp hos en dödlig människa?

Trots det som skett rakt framför ögonen på Zelda för bara några minuter sedan kände jag mig nu själv så pass blyg att jag klädde på mig min tröja och trosor.

Jag satt och såg in i elden, hur den förtärde virket med sina heta smekningar, upplöste små formationer som liknade människor och hus och gamla träd, till andra skilda världar med andra livsformer, skapade av hetta och ljus och tveklös hunger.

Zelda suckade högt.

"I biblioteket, av alla platser! Så *kultiverat* av dig Morgan!"

"Allting jag gör sker med stil, det vet du." sa Morgan och studerade champagnen i sitt glas.

"Stil? Det här som jag just har bevittnat var helt i klass med fars prestationer ...!"

"Far är oraffinerad. Ingen kan beskylla mig för att vara oraffinerad!"

Syskonen mönstrade varandra. Morgan satt, fortfarande naken, med ena benets fot balanserad på det andra benets knä.

"Ni blir bara mer och mer lika, du och han!" sa Zelda.

"Lika?! Far och jag?! Vi är inte det minsta lika!"

Morgan sträckte på sig och såg ner på sin kropp utan att kunna dölja sin oerhörda tillfredsställelse med vad han såg.

"Jag menar naturligtvis inte utseendemässigt! Vad jag

menar är att du och far våldför er på det som är rent och vackert och förorenar det med era onda vätskor!"

Morgan, röd i ansiktet av en plötsligt uppflammande vrede skrek:

"Om det är någon i den här familjen som har skonats från fars brutalitet så är det väl du!"

"Den som har drabbat hårdast av fars brutalitet, även om det råkade vara indirekt, är väl ingen annan än just jag!" skrek Zelda tillbaka. Hon reste sig upp i soffan och slog sig på bröstet med sin knutna näve.

"*Tabu, tabu, tabu!*" skrek hon. "Jag vet! Men så är det, Morgan!"

Jag såg bort från syskonen, in i elden. Jag orkade inte engagera mig i deras gräl. Jag ville må bra en stund. Jag ville sitta och stirra in i elden och låtsas att jag var tillsammans med min kärleksfulle älskare och bästa väninna i ett underbart gammalt hus fyllt av harmoni och värme och omtänksamhet. Jag ville låtsas att vi drack Champagne för att vi firade någonting.

"Du? Drabbats hårdast av fars brutalitet? Mor då? Och jag då?" sa Morgan bakom min rygg.

"Jag och mor. Och du förstås!" sa Zelda. "Du vet varför mor började använda heroin, eller hur? Varför hon försvann härifrån och lämnade oss ensamma?"

"Ensamma med *honom!*" sa Morgan.

"Och nu är Iris och jag ensamma med *dig!*" sa Zelda.

Jag vände mig inte om trots att jag kände deras blickar på min rygg. Champagnen i det gamla vackra glaset i min hand spann av frihetens bubblor; Efter år av alltför mycket socker, efter år av jäsningsprocesser: efter år av pressande instängdhet; fulländat! Små pikanta smaksensationer smög runt i min gom för att mogna på min tunga. Jag lät den ljusgula druvsaften glida runt i munhålan och uppblandas med saliv till ett mjukt skum. Jag drog in luft genom näsan och munnen och luktade på bubblorna. Jag ville uppleva vinets alla mjuka, skarpa, glittrande smaker, förnimma alla vinets söta dofter, se vinets lätta, solregnsljusa färgspektra i

199

mitt glas, se alla nyanser, samtidigt, och var för sig, länge, länge, som barndomslycka, som drömmar, som frihet.

Jag satt och smuttade på champagnen, vars exalterade bubblor förenade sig i en virlande uppåtstigande dans utan början, utan slut, framför mina ögon, för att sedan försvinna, för alltid, för den här gången; försvinna för alltid upp i bubblor framför mina ögon.

Jag mindes hur Zelda en gång hade sagt:
"Är det inte märkligt hur allting som finns liknar någonting annat som också finns?"
Jag slöt ögonen. Och jag förstod plötsligt att jag höll på att försvinna, att jag var lik någon annan som redan hade försvunnit.
"Men du försvann inte, Iris!" sa Zelda.
Jag vände mig fortfarande inte om. Istället böjde jag ner huvudet mellan mina knän så håret föll fram över vaderna och lät bli att svara.

Elden sprakade och knastrade och då och då smällde det till när någonting sprängdes av hettan i eldstaden och glöd virvlade upp i skorstenspipan till sitt svarta eldorado. Mina bara fotsulor blev heta av värmen men jag flyttade dem inte. Mina fingrar blev varma och jag strök dem över mina bara lår som luktade säd.

Ryggen som jag vände mot syskonen blev kall av deras blickar. Resten av mig var brännhet, som av frivillig feber.

Jag visste att jag var gravid.

Jag var inte längre ensam.

*

XIII

Snön låg i djupa drivor nedanför mitt ateljéfönster.
På duken där lätta rörelser med tunn pensel förenat pigment
och olja till skuggor och ljus, kött och tanke, trädde nu en frusen
tvådimensionell illusion fram; den av konstnären korade lögnen.
Morgan, stolt och mäktig som en forntida härskare med magiska
kunskaper sittande på en blodbestänkt tron, så upplyst av solens
guldstrålar att delar av hans ansikte och kropp tycktes vibrera av
värme medan de delar som föll i skugga fick honom att förefalla
på en gång både pojklik och grym.

Exakt på klockslaget nio nästa morgon steg Morgan in i ateljén.
Han sjönk ner i den röda sammetssoffan och knäppte händerna
runt sina korslagda ben.
  "Idag är det din tur att be om ursäkt, Iris!" sa han allvarligt.
  "Varför då?" sa jag förskräckt.
Under bråkdelen av sekund förstod jag inte vad han menade, vad
jag hade gjort för fel.
  "Du tog nästan livet av mig igår!" förtydligade han med ett
roat leende.
Min puls steg dramatiskt när han påminde mig. Jag rodnade.
  "Detsamma!"
För första gången någonsin var mitt leende sådant som han
beskyllt det för att vara; till synes spontant men i själva verket
utstuderat förföriskt. För första gången sedan jag kom till Marcus
Hades Hus vågade jag flirta med Morgan.
Den varma glimten i hans blick försvann.
  "Inbilla dig inte att jag tänker be om ursäkt den här gången!"
sa han kort.
Jag hade svårt att se på honom efter den tvära kastet i samtalston

från intim till distanserad på bråkdelen av en sekund. Som vanligt förstod jag inte varför han uppförde sig som han gjorde, men om syftet var att förvirra mig eller såra mig så hade han hundraprocentig framgång.

"Jag inbillar mig ingenting." sa jag.

"Ingenting?"

I hans blick kunde jag avläsa ett plötsligt uppflammande begär förenat med en lika stark fysisk motvilja; som om han bekämpade en nästan övermäktig impuls att kasta sig över mig, och sätta tänderna i mig och häftigt (men ömsint) slita sönder mig.

"Säg mig, Iris Bild; är du en bättre eller sämre konstnär nu sedan du har slutat inbilla dig saker? Är du mer eller mindre lik din *vilda, antiauktoritära, icke-konformistiska, frispråkiga* och mycket *"kroppsliga"* älskare Tobias Klaus?"

Jag svarade inte. Om han inte hade låtit så föraktfull hade jag nog kunnat inbilla mig att det fanns en antydan till svartsjuka i hans häftiga utfall. Morgan harklade sig lätt och frågade sedan, fullkomligt lugn:

"Har du sett Tobias Klaus målningar med mytologiska motiv, förresten?"

"Ja, det har jag. Jag tyckte att de var ganska ... *abstrakta.*"

"Abstrakta?! Självklart! Det handlar om uråldriga arketyper; om strukturer, föreställningar och symboler i vårt kollektiva omedvetna." sa Morgan.

"Men Tobias använder sig inte av de där gemensamma symbolerna ..."

"Tobias är bara intresserad av att måla mytens energi."

"Tobias sa att du köpte alla tavlorna?"

"Sa han det? Nej det var Simon som köpte dem, men genom mig. Själv var jag mest intresserad av att få träffa Tobias som fungerade som medium och som har förmedlat energin i de där gamla myterna; som inte nöjt sig med att gestalta eller tolka myternas visuella, rent figurativa möjligheter, vilket ändå enbart skulle reflektera vår tids estetiska preferenser. Jag är inte det ringaste intresserad av politiska manifest eller psykologiska föreläsningar eller föreläsningar över huvud taget när jag tänker på det ..."

"Inte?" avbröt jag och skar sönder den pompösa väv av ord som han gömde sig bakom.

Morgan rynkade pannan när jag avbröt honom, sedan skrattade han till och såg mig igen.

"Jaså inte du heller? Okej, den korta versionen då! Mitt intresse är snarare fysiologiskt än psykologiskt. Jag intresserar mig för de nedärvda strukturer i det mänskliga psyket som kallas för det kollektiva omedvetna, vars arketypiska mönster framträder i våra individuella drömmar, och i gamla sagor och urmyter i form av symboler, och vilka fungerar som en länk mellan det omedvetna och det medvetna; som en bro som överbryggar det synliga och det osynliga, det levande och det döda, nuet och det förflutna. Tobias synliggör energin i det kollektiva omedvetna; den slumrande, rena energin i arketypernas ur-form, i dess latenta anti-*form* snarare!"

Morgans blick blev inåtvänd och han skakade på huvudet för sig själv.

"Kunde Tobias ...?"

"Jag fick tillfredsställande svar på några av mina frågor. Han är mycket verbal, om jag uttrycker det så. Han talade om dig, Iris. Faktum är att han talade mycket om dig. Vid närmare eftertanke talade han faktiskt oavbrutet om dig."

"Om ... *mig*?" utbrast jag.

"Om en vilsen ande utan rötter och talang men med en livslängtan utöver det vanliga. Så uttryckte han sig. Han hade studerat dig länge, länge i smyg utan att du hade märkt någonting."

"Jaså? *När då*?" sa jag förvånad och misstrogen.

Jag hade sannerligen inte märkt av några förstulna blickar från Tobias på den tiden. Inte ens när han stod rakt framför mig och jag var mörkröd i ansiktet.

"Framför allt när han målade myten om Demeter, när Persefone blev bortrövad av underjordens härskare Hades. Du är ju blond och moderlös. Kidnappad eller bortadopterad spelar ingen roll i ett större sammanhang."

"Ja ...och...vad ..?" sa jag utan att kunna förstå vad det här hade att göra med Tobias abstrakta, symboliska målningar.

"Han sa att bara du trädde ut ur ditt eget mörker och själv blev sedd skulle du få upp dina egna ögon för det osynliga bakom det meningslösa och liv skulle åter spira runt och i dig."

"Sa han verkligen så? *Tobias*?"

Morgan talade om en man som jag aldrig mött. Den Tobias jag kände hade aldrig uttryckt sig så förfinat i min närvaro.

"Visst sa han så, men först efter ett antal öl, givetvis! Ju fler stop vi konsumerade desto färre svordomar och grova omdömen från hans mun. Efter fem stora WestvleterenXII lät Tobias som en poet och slutade svära helt, och små smakprov på hans gedigna bildning började sippra fram när överjaget blev bedövat. Han är en av de få personer jag känner som har läst *Andandets Bok*. Vi utbytte små förtroenden i broderlig anda över varsin kubansk cigarr."

"Han sa till mig att du är den normalaste kille han känner." sa jag, nyfiken på Morgans reaktion på den märkliga komplimangen.

"Minnet är en förnämlig abstraktion." sa Morgan och såg nästan smickrad ut.

*

Jag satt och iakttog Zelda när hon spelade *Regndroppspreludiet* av Chopin på sin vita flygel. Jag studerade hur solen lyste upp vissa partier av hennes kropp och lät andra falla i glömska och fick hennes långa kastnjebruna hår att glänsa i en mängd nyanser från kopparrött, umbra och ockra till kolsvart. Jag skissade kroppens mjuka rörelser i mitt block; hur de långa

fingrarna gled smekande, nästan tvekande över tangenter-
na för att med exakt rätt känsla för den exakt rätta tiondelen
sekund göra sitt anslag. Hennes vita nacke låg oskyddad för
mina blickar, smal och fjunig och sårbar.

Snön låg tjock och vit och orörd utanför fönstret. Den lilla
sjön var osynlig för våra ögon, isen övertäckt av ett skyddande
täcke med snö.

Mina bröst kändes spända och ömma. Jag harklade mig,
letade efter de rätta orden men fann inga rätta ord.

"Din bror använder inte kondom, Zelda." sa jag till hennes
rygg.

Hon vände sig om.

"Han är steril, Iris!" sa hon. Så fortsatte hon spela.

"Steril?" utbrast jag. Jag kunde inte förstå varför hon sa
något sådant. Varför hon trodde det?

"Eller så är det jag som är steril? Jag minns inte ...?"

Hon tänkte en stund, ryckte på axlarna och började spela igen.

"Du minns inte? Minns inte om du är steril? Har du försökt
bli gravid någon gång?" frågade jag hennes rygg.

"Nej, aldrig."

"Du är som en mänsklig labyrint!" tänkte jag. *"Jag går vilse
i dina tankar."*

Musiken sänkte sig ånyo över rummet. I speglarna reflekterades
det gnistrande vita runt alla väggar.

"Som en igloo med fönster!" tänkte jag.

"Jag har varit gravid en gång." sa Zelda. "Jag räddade en
man från att drunkna och han våldtog mig. Jag blev gravid."

Jag kunde inte säga någonting, bara se på henne. Jag hade lite
svårt att ta till mig informationen.

"Det var mitt fel att han höll på att drunkna, förstår du, så
egentligen var det väl logiskt." sa hon med ryggen vänd mot
mig.

"Vad var det som var logiskt?"

"Eftersom jag nästan tog ett liv som fanns och måste finnas

gav han ett liv som nästan inte fanns och inte fick finnas."

"När hände detta?"

"För länge, länge sedan."

"Och ... *barnet* ... ?"

Zelda slutade spela.

"Barnet dog. Och tror jag blev steril.. Det känns så ...*tomt*, på något sätt. Alltid."

"Jag vet inte vad jag ska säga, Zelda. Var är ditt barn begravt?"

"Jag har redan sagt för mycket."

"Vi kan besöka graven tillsammans om du vill? Var är den?» Hon såg på mig med sina olyckliga ögon och suckade tungt.

"Var?" frågade jag.

"Iris, jag kan inte gå runt mina tabun. Jag har berört saker som inte får beröras. Men du tänker hjälpa mig, eller hur? Du har lovat hjälpa mig!"

"Ja, det tänker jag göra. Var är ditt barn begravt, Zelda?"

Zelda skakade på huvudet.

"Morgan vet vad som hände. Han berättar inte för mig."

Jag var tvungen att vända mig bort från hennes blick och hålla för munnen. Ett avgrundsstön från mitt innersta försökte pressa sig upp till mina läppar men jag kunde inte låta henne se hur illa den här nya upplysningen gjorde mig.

"Du kommer väl inte att förvinna, Iris?" frågade hon. Hennes ögon var som ett litet barns ögon; stora, oskyldiga, och mycket, mycket olyckliga. Det gjorde ont i mig när hon såg på mig sådär. Smärtan i hennes ögon var en reflektion av min egen smärta, sedd genom en förvrängd lins.

"Nej, jag tänker inte försvinna." sa jag och slöt mina ögon. "Jag ska hjälpa dig."

"Men hur?" sa hon och spred ut sina fingrar som en vid solfjäder framför sitt ansikte. "Hur? Hur? Hur?"

"Visa mig runt i ditt hus!" sa jag. "Visa mig dina rum, dina minnen. Lösningen kan finnas där."

Zelda såg på mig. Hon försökte förstå varför. Jag kunde se på henne hur hårt hennes hjärna arbetade för att kunna inse betydelsen av att jag fick se husets alla interiörer.

"Jag har varit en oartig värdinna!" konstaterade hon. "Du har varit här nu i flera månader och har fortfarande inte sett alla våra rum. Jag slår vad om att du inte uppför dig så nonschalant mot dina vänner?"

"Det skulle vara helt otänkbart för mig att inte visa mina besökare omkring i min bostad." sa jag präktigt.

Hon såg på mig, mycket sårad. Blicken blev flackande och nervös; som den gången vi talade om att gå på café och jag kunde se hur djupt hon skämdes för sin brist på erfarenhet.

Jag fattade tag i hennes armar.

"Zelda, lyssna! Jag bor i en lägenhet med *ett* rum!" sa jag.

"*Ett* rum ...?" ekade hon stumt.

"Ett rum med kokvrå. Plus wc."

Hon lyste upp och brast ut i ett plötsligt gapskratt. Vi såg på varandra och skrattade. Skrattet bubblade ur oss. Det övermannade oss, det knäade oss. Vi fick stödja oss mot väggen.

"Kom, kom!" sa hon och drog iväg med mig nedför trappan.

"Du har redan besökt köket och Morgans läkarmottagning. Ska jag visa dig Fritz och Karlas kammare och vardagsrum?"

"Nej, det behöver du inte. Det är ju deras privata bostad!" Zelda ryckte på axlarna.

"Som du vill. Då nöjer vi oss med deras vardagsrum. Säg att du vill se någonting på tv!"

*

Karla satt och virkade och drack te från en samovar. Hon såg upp på Zelda och mig och log mot oss, som om vi var väntade. Trots att hon inte var i tjänst bar hon sin svarta tjänsteuniform med det kritvita stärkta förklädet.

Bredvid hennes gungstol stod vad jag först trodde var ett antikt dockskåp i flera plan med en mängd små rum som var möblerade med vackra små miniatyrmöbler. Vid närmare granskning insåg jag att det var en exakt modell av Marcus Hades Hus som det måste ha sett ut på den tiden det existerade hemliga gångar mellan rummen. I varje miniatyr-rum fanns en diminutiv glödlampa för (vad jag antog) herrskapets betjäning. När jag lät mina blickar svepa över de små rummen upptäckte jag till min förvåning en liten blond jeansklädd docka som satt placerad på en liten pall framför ett staffli i ett litet tornrum på dockskåpsvinden.

Automatiskt sökte min blick ytterligare två små figurer och fann dem, nästan omedelbart, sittande i två små lädersoffor i det lilla rum som föreställde biblioteket. Bredvid det vackra dockskåpet stod en trave med små rektangulära trälådor med etiketter på. Av någon anledning fick de mig att tänka på små miniatyrkistor så jag såg bort.

I ett hörn av rummet stod en stor tv påslagen. Det grälla ljuset och färgerna bländade mig nästan. Volymen var nerskruvad. Gapande hysteriskt skrattande ansikten som inte gav ett ljud ifrån sig flimrade förbi på skärmen.

"Är du sjuk, Zelda lilla?" frågade Karla.

"Nej."

"Då förmodar jag att ni kanske vill se något på tv?"

"Ja tack! Gärna Charlie Chaplin!" sa Zelda väluppfostrat.

"Det här är också trevligt!" sa Karla. "Det är en frågetävling."

"Åh! Vad är det för svar?"

"Båda sorterna." sa Karla.

"Vad virkar du?" frågade jag.

"Bebiskläder förstås!" sa Karla och log mot mig.

Jag undvek hennes skarpa blick som tycktes se rakt igenom mig och såg mig runt i rummet. Det var spartanskt inrett, med tunna böjträstolar, en gungstol och ett pelarbord med samovaren från festen. Tunna vita spetsgardiner silade ljuset från fönstret och på fönsterbrädorna trängdes prunkande krukväxter.

"Titta gärna på mina fotografier!" sa Karla.

På hyllan över den öppna spisen trängdes en mängd fotografier av Morgan och Zelda som barn. De flesta var tagna ute i en lummig trädgård framför ett litet rött hus. Zeldas hår var flätat och Morgans var kortklippt men ostyrigt lockigt och jag kunde se gluggar i deras överkäkar där två mjölktänder saknades. Barnen strålade av oskuldsfull glädje där de gick omkring och bar på små spånkorgar fyllda med hallon.

Jag såg på ett skolfoto med en ung Morgan, i de lägre tonåren iklädd skoluniform med randig slips och blå jacka. Blicken i hans unga blå ögon var magnetisk; på en och samma gång grym och men också olycklig och kanske en smula hånfull.

Min blick gled över till ett svartvitt foto av Zelda taget av en professionell fotograf under en av hennes konserter snett bakifrån signerat av Zelda med stora vackra bokstäver: TILL KARLA. DEN ENDA SOM FÖRSTÅR MIN MUSIK. ZELDA

Jag spärrade upp ögonen när jag läste dedikationen. Zelda såg på mig och log.

"Nej jag vet, det är inget bra foto!" sa hon och ryckte på axlarna. "Men vad gör man?"

"Man slutar inte spela piano när man har fått en sådan talang som Zelda!" sa Karla och drog i sitt garnnystan.

"Jag har inte slutat spela piano." sa Zelda.

"Jaså?" sa Karla bara. "Då är ju allting väl."

"Jag är sjuk!" sa Zelda.

"Vem är inte det?" sa Karla. "Det är ingen ursäkt. Du är inte död!"

"Dig kan man ju inte tala med!" fräste Zelda. "Kom Iris!"

Karla bara log mot henne.

"Tack för besöket, Zelda lilla."

Karla vände sig till mig.

"Se till så hon inte förkyler sig. Få henne att skratta! Det gör henne gott!"

Våra fötter trampade stigar av mjuka handknutna mattor, genom långa ljusmättade korridorer flankerade av antika blåvita urnor på stengolven och familjeporträtt i guldramar på väggarna; förbi höga fönster med avancerade gardinuppsättningar. Gamla jaktvapen och till och med en äkta rustning kantade vår väg.

Vi kikade in i det inrökta herrummet, där doften av cigarr satt etsad i alla tunga mattor på golven och i draperierna framför fönstren, i de fotografiska läkarböckerna från sekelskiftet, i de medeltida kartorna över världen, och i den intarsia belagda sekretären med sina mystiska lönnfack.

Zoe Cameleon såg härsklystet ner på oss från sitt porträtt på väggen.

Vi såg in i biblioteket där en eld brann i den öppna spisen som alltid, alla dagar, alla kvällar.

Vi fortsatte förbi matsalen med sitt långa spegelblanka mahognybord och de sirliga renässansstolarna och skänken av putsad ek med det holländska vanitasstillébenet.

Vi passerade festsalarna med sina släktporträtt och byster av kända kompositörer och filosofer.

Vi gick förbi vita Zeldas dans och pianorum med den stumma vita Steinwayflygeln.

Vi kikade in i den lilla ålderdomliga biografen där målade puttis, vilande på runda moln i det himmelsblå taket, blickade ner på femton tomma biografstolar som gapade mot en blodröd sammetsridå.

Vi fortsatte uppför den gamla kalkstenstrappan, förbi bågformade djupa fönster med blyinfattat glas, i trapphallen, upp till familjen Karps mer privata våning, där deras respektive sovrum låg.

Zelda kände med sin hand på däcket till en liten skeppsmodell av en tremastad skonare på en rokokobyrå och fann där en nyckel som hon satte i låset till biljardrummet. Vi steg in i rummet som nu såg helt annorlunda ut än vad jag mindes det. Solens strålar trängde in genom stora fönster och i mitten av rummet stod nu ett massivt grönt biljardbord med klot och köer.

Jag drog efter andan.

"Det var här jag såg ...!"

"Biljard. Jag vet!" avbröt Zelda .

"Nej, det fanns inget biljardbord i rummet den kvällen, det är jag helt saker på."

Jag såg mig omkring i rummet. Väggarna pryddes av tavlor med motiv från engelska rävjaktscener och franska tecknade erotiska sjuttonhundratalsmotiv med text. Gustavianska stolar med grönvitrutig klädsel stod uppradade framför fyra stora fönster med gardiner i matchande grönvitrutigt tyg. Ett mindre skräckinjagande rum än det här fick man leta efter. Jag suckade uppgivet då mina ögon plötsligt uppfattade en liten glasskärva som glittrade till under ett fönster.

"Se här Zelda! En skärva! Jag såg Simon med ett klotformat glaskärl i händerna som han kastade på golvet."

"Simon har ockulta intressen." sa Zelda. "Han ser så mycket grymhet omkring sig varje dag att han vill få bevis för att reinkarnation existerar, att verklig upprättelse och vedergällning existerar efter livet. Själv har han varit både det ena och det andra i tidigare liv."

Hon himlade lite insinuativt med ögonen och lät som en cirkus-direktör när hon deklamerade:

"Svinaherde i Israel! Glassförsäljare i Antarktis! Polsk politiker! Amerikansk soccerspelare! Plus en massa andra missförstådda kall! Han har en usel Karma!"

Vi såg på varandra och började skratta igen.

"Han är *så* löjlig!" sa Zelda. "Det bara är så. Precis allt han säger är *så* löjligt. I nästa liv vill han bli Morgan och arbeta på en bordell för kvinnor som sexslav!"

*

"Hur många rum har ni egentligen?" pustade jag .

"Mellan tjugo och trettio!" sa Zelda. "Kanske ungefär cirka tjugofem. Men du, Iris du har bara ett rum med kokvrå! Du måste vara hemskt, hemskt fattig?"

"Det finns länder där det är en lyx att ha ett helt rum för sig själv!" muttrade jag. Allting är relativt!"

"Morgan brukar också säga att allting är relativt. Men han är inte fattig så han har ju mycket mer att jämföra med än du. Så i det perspektivet är ju allting så mycket mer relativt för honom förstås!"

Zelda gjorde ingen ansats till att vilja visa mig Morgans sovrum, som låg bredvid hennes eget sovrum, så jag brydde mig inte ens om att fråga.

Vi promenerade upp till vindsvåningen, med sina snedtak och prång och runda små fönster, där ateljén och mitt eget lilla rum låg. Längst bort i korridoren låg ett rum som jag sneglat på men aldrig besökt.

"Varför är det där rummet alltid låst?" undrade jag.

"Det är Minnas rum! Ingen får röra hennes saker!" sa Zelda häftigt.

"Tror du hon kommer tillbaka då?"

"Jag vet att hon kommer tillbaka. Det är lättare nu."

"Varför då?"

"Därför att ..." hon avbröt sig själv.

"Jag förstår dig inte, Zelda!"

"Du lyssnar inte, Iris!"

"Jag försöker. Men allting är så komplicerat. *Du* är så komplicerad."

"Nej, jag tror inte att jag är speciellt komplicerad, bara svår att förstå." sa Zelda.

Hon drog en cirkel i dammet på den gröna dörren och pekade med sitt långa pekfinger i cirkelns mittpunkt.

"Någonstans här finns sanningen." sa hon uppfordrande. "Sök här!"

"Hon driver inte med mig. Hon ljuger inte." tänkte jag.

"Varför har jag någonsin trott det? Hon försöker få mig att förstå det som är tabubelagt inom de här väggarna, saker hon inte kan nämna.

Vad är det hon försöker berätta?

Vad är det som har hänt i det här huset?"

*

"Öppna dörren till Minnas rum, Zelda!"

"Det kan jag inte göra."

"Ge mig nyckeln då! Låt mig gå in i rummet och andas in henne. Låt mig känna hennes närvaro i hennes saker. I saker hon har sett på, berört, tänkt någonting om. Saker hon har köpt och glömt kvar. Låt mig få se och känna!"

"Jag *kan* inte ...vet inte ... om det *går* ... om jag *får* ... ingen har ... inte sedan ..."

Jag kände irritationen växa inom mig.

"Jag gör det här för din skull." tänkte jag. *"Vad vill du egentligen? Leka gissningslekar ett par månader till?"*

"Vad arg du ser ut! Som om du hatar mig!" utbrast Zelda och tog ett steg bakåt.

"Hur kan du bara tro att jag hatar dig, efter allt jag är beredd på att göra för din skull?!" sa jag mellan tänderna. "Men du och din bror frestar sannerligen på mitt tålamod ibland det ska du veta!"

"Du ska få nyckeln!"

Hon lyfte på mattan och plockade fram en gammal järnnyckel. Hennes hand darrade till och hon var mycket nervös när hon gav den till mig.

"Jag kan inte vara i närheten, Iris! Det är farligt för mig!"

"Zelda, lyssna! Det farliga kommer från dig själv, från din skräck."

"Och varför skulle det göra det mindre farligt eller plågsamt? Om det kom från mig själv och inte från ...?"

Vi såg på varandra. Hon hade givetvis rätt.

"Men det kommer inte från mig själv, Iris. Och det är farligt. För dig också."

Jag såg på henne och log ett, som jag hoppades, lugnande leende. Men om det var någonting jag absolut inte kände mig så var det lugn. Jag var så rädd att jag mådde illa.

"Vi ses om en stund i biblioteket, Iris!" sa hon. "Lova mig att du inte stannar länge i det där rummet! *Lova!*"

*

Dörren till Miriams rum satt som klistrad mot dörrkarmen och jag gav nästan upp. När jag äntligen lyckats stöta upp dörren med min axel undgick jag med hårfin marginal att få ansiktet fullt med balsamerade flugor från ett segt spindelnät som svepte förbi.

En svag unken doft av mögel och damm trängde in i mina näsborrar och fick mig att nysa.

Jag såg mig omkring i Miriams lilla rum utan att veta vad det var jag letade efter. Väggarna var målade i en varm tomatröd färg. En stor obäddad järnsmidessäng med korsstygnsbroderade kuddar stod längst en vägg nära ett fönster med samma utsikt som från mitt eget. I den djupa fönsternischen låg en spade och en räfsa i rödlackerat järn och en luggsliten gul nalle med bara ett öga. Jag stirrade en stund på föremålen och försökte förstå vad de kunde tänkas ha representerat för den unga kvinnan Miriam.

På ett spegelbord under en spegel med förgylld ram låg en halvöppnad sminkväska av rosa plast. Jag såg ner i en hög av kladdiga sminkförpackningar. En röd plastkam med några dammiga gula hårstrån med svarta rötter fick min magsäck att dra ihop sig i kväljningar. På ett askfat låg en halvrökt cigarett utan filter med ett rosa läppstiftsavtryck omgiven av ett dussintal fimpar.

Fem silverarmband med astrologiska tecken låg bredvid sminkväskan på den grå marmorskivan, bredvid en parfymflaska med halva sitt uringula innehåll kvar och en glasburk med små röda tabletter.

Jag höll andan och öppnade dörren till klädskåpet.

Där hängde några grovstickade tröjor i varma jordfärger, två skrynkliga vita herrskjortor, två rutiga flanellskjortor, två par blå urtvättade overaller och tre par slitna jeans på svarta billiga plastgalgar. På golvet låg leriga gröna gummistövlar, slitna gymnastikskor och grova lädersandaler i en salig röra.

Mycket försiktigt gläntade jag på locket till en väl tillsluten lila plastkorg och skrek till. Stanken som steg upp i min näsa var vidrig och det tog mig en stund att fatta att det inte var ett balsamerat djur som låg på botten av korgen, utan några exemplar av extremt gammal, mögeltäckt smutstvätt.

Jag skulle just pressa igen dörren till klädskåpet när jag fick syn på en röd flik av något som såg ut som en bokpärm under skohyllan. När jag såg närmare efter visade det sig vara en dagbok.

Utan att spilla tid på att fundera över om jag verkligen hade rätt att läsa Miriams mest privata tankar slog jag mig ner på sängen och började bläddra i hennes dagbok.

På första bladet stod *"Varför?"* Sedan stod det ingenting mer i hela dagboken. Ett svartvit foto av en leende ung man låg instucket mellan några av de vita sidorna. Hans ansikte verkade bekant på något sätt, så bekant att jag ryckte till.

Jag vände på fotot och läste:

"Miriam – den första – den enda – för alltid. Tobias."

Tobias?

"Miriam och Tobias?"

Små moln av damm steg upp från sängen var gång jag rörde mig och blottade en ljusblå pyjamas nere vid sänggaveln. Jag såg märken av svart mascara på pyjamasärmen, som om hon gråtit och torkat av sig på den.

Miriam hade förvunnit så plötsligt att hon inte verkade ha hunnit ta med sig någonting av värde när hon försvann; inte sin dagbok, inte fotot av Tobias, få kläder (om några alls), inte något smink, inte ens de fina silverarmbanden, eller den lilla röda järnspaden eller räfsan, eller den gamla sönderkramade nallen.

Det kändes olustigt på något sätt, som om hon inte hade försvunnit alls, utan satt och iakttog mig från en plats i tillvaron där tiden står stilla: att hon satt och såg på mig där jag själv satt i hennes rum och drog slutsatser om hennes liv och personlighet enbart med utgångspunkt från några av hennes tillhörigheter.

Det mjuka dammet, som hade legat som ett skyddande vitt stoft över husets gamla möbler och över alla hennes personliga tillhörigheter rördes nu upp, och vispades, genom mitt burdusa intrång, omkring i ljuset, därför att jag trängt mig in och rubbat den ordning som hade fått råda i rummet under mer än tio års väntan.

Och med vilken rätt hade jag rubbat den här ordningen?
Jag var inte Miriam.

Jag förde in dagboken långt under madrassen och rusade ut ur rummet som om jag skulle kvävas.

Med en obehaglig känsla av någon odefinierbar skuld gick jag in i mitt eget rum, kammade håret och bytte om till rena kläder.

Sedan gick jag långsamt ner för trapporna, ner till biblioteket, ner till Zelda som väntade på mig.

*

Jag försökte se ut som jag förmodade att jag alltid brukade se ut när jag anslöt mig till syskonen Karp i biblioteket; tillkämpat lugn, tillkämpat glad och samtidigt (fortfarande) genuint smickrad av att få tillbringa en stund i deras sällskap.

En eld brann i den öppna spisen som alltid; alla dagar, alla kvällar. De halvlåg i skinnsofforna med varsin inbunden klassiker från bibliotekets välutrustade hyllor i knäet.

Morgan såg upp från sin bok.

"Zelda säger att hon har varit din ciceron och visat dig runt i huset. Det var faktiskt på tiden!"

"Hon har inte sett ditt grymma laboratorium och sovrum." sa Zelda.

"Mitt grymma laboratorium!" skrattade Morgan. "Där finns inga överviktiga möss, inga labyrinter med speglar, ingen kaffebryggare med ljummen brun garvsyra!"

"Jag talar om ditt sovrum." sa Zelda.

Jag satt och iakttog dem och kände hur bitarna av glaset i kompassen som splittrats inuti min hjärna för länge sedan, nu slöt sig samman som ett pussel och under bråkdelen av en sekund reflekterade någonting; men likt en solkatt av kvicksilver var tanken snabb; alltför snabb, och jag blev bländad innan jag kunde uppfatta tankens centrala budskap.

"Jag förstår bara inte varför du gick in i Miriams rum?" undrade Morgan. "Den människan har inte lämnat efter sig någonting av värde, varken i form av minnen eller föremål eller ny adress."

Zelda stirrade på honom med fasa. Hon var kritvit i ansiktet.

"Kände Miriam och Tobias varandra en gång för väldigt länge sedan?" frågade jag rakt ut.

De såg på mig, sedan på varandra. Zelda såg ut som om hon mådde mycket dålig. Hennes blick flackade runt i rummet som om hon inte vågade låta den vila på något opålitligt föremål.

"Miriam och Tobias är halvsyskon." sa Morgan. "Miriam

är frukten av en utomäktenskaplig förbindelse mellan en trädgårdsmästare och en nattklubbssångerska. Ett på samma gång billigt och mycket kostsamt misstag skulle man kunna säga."

"Det var Tobias som kostade! Han fick allt. Minna fick ingenting." sa Zelda.

"Miriam lärde sig tidigt att ta för sig. Speciellt av det som inte tillhörde henne." sa Morgan. "Vi har alla fått betala ett fruktansvärt högt pris för hennes girighet!"

"Men det var inte hennes fel! Skulden var min. Helt och hållet min!"

Zelda pressade krampartat armarna runt bröstet.

"Även om man gömmer sig för världen slipper man inte undan sin skuld!" kved hon. "Den gömmer sig överallt och i alla levande människor och i allt som är dött och i alla döda som anklagar mig för sin död. Mig, bara mig. Alltid. Alltid. Bara mig!"

Morgan gick fram till Zelda och satte sig på knä framför henne. Han tog hennes hand i sin.

"Lyssna nu, Zelda!"

"Min skuld är ohygglig, ohygglig!"

Hon gömde sitt ansikte i sina handflator och stönade .

"Jag måste straffas. Jag kan aldrig bli förlåten. Min skuld är för stor, den gömmer sig överallt, i allting, den ekar i alla rum i det här huset, den gömmer sig i luften jag andas, i maten jag äter, i orden jag tänker. Iris fick mig att inse det idag!"

Morgan fortsatte smeka Zeldas hand och tala till henne med mjuk röst.

"Iris är gravid, Zelda. Vi är förlåtna nu. Allt är bra igen!"

Tystnaden spred sig som ett giftmoln i rummet, trängde sig in genom våra porer och fick våra lungor att dra ihop sig i smärta.

Zelda stirrade på sin bror och skrek:

"Nej, nej, nej! Allting upprepar sig! Allting börjar om från början, och om igen, runt, runt, runt! Jag blir snurrig!"

"Zelda förstår du inte? Allting finns till för din skull! Allting tillhör dig och mig. Allting. Alltid." sa Morgan.

Zelda suckade och dolde sitt ansikte bakom händerna.

"Vad har du gjort, Morgan?"

Morgan såg bestört på sin syster.

"Men Zelda, förstår du inte ...!?"

"Vad tänker du göra med henne ? Nu när ...?"

Deras röster tonade bort.

"Ni har utnyttjat mig!" mumlade jag och kände benen vika sig under mig.

Allting som skett hade skett med beräkning från början till slut. Jag var bara en pjäs i deras schackspel.

"Förstår du nu äntligen varför vi valde dig? Kan du se den perfekta symmetrin?" frågade Morgan.

Plötsligt fick jag ingen luft. Det susade i öronen och mitt synfält försvann in i en prick.

*

Jag vaknade upp på en säng i ett mörkt rum. Morgan satt och såg på mig på sängkanten. Någonstans brann några stearinljus. Jag reste mig upp på armarna och såg mig omkring. Rummet var svart. Sängen, överkastet, tapeterna, taket, golvet; alla former som jag antog var möbler var svarta. Jag kunde inte se något fönster någonstans.

"Var är jag?"

"I mitt sovrum."

"Varför är det svart?"

"Svart absorberar ljus. Jag tänker bra härinne. Svart är meditativt."

"Vad hände?"

"Du svimmade. Jag bar upp dig, över tröskeln. Som en sann gentleman." sa Morgan och skrattade. "Ett manschauvinistiskt svin skulle ha släpat dig i håret."

"Ni har utnyttjat mig!" sa jag och höll upp händerna framför mitt ansikte.

"Inte Zelda. Bara jag, Iris. Zelda har älskat dig. Jag har bara velat göra henne frisk igen."

"Hur då?"

"Genom att ge henne tillbaka barnet."

Några förgyllda speglar reflekterade lågorna från de smala svarta stearinljusen i järnljusstakarna. Gula heta öppningar brände sönder det kompakta svarta mörkret.

"Ge henne tillbaka barnet. Ge henne tillbaka barnet!" ekade det i mitt huvud.

"Vem var far till Zeldas barn?" frågade jag och såg på Morgan. Han svarade inte.

"Simon?"

Han såg länge på mig, men utan att säga någonting.

"Tobias?"

Morgan suckade:

"Men förstår du fortfarande inte?"

Jag stirrade på honom medan sanningen långsamt gick upp för mig.

"*Du* Morgan ...?!"

"Ja. Förstår du nu vad mitt handikapp är?"

"Nej. Hur skulle jag kunna förstå?" stönade jag.

Morgan såg ner på sina händer. Han såg från den ena handen till den andra, och förde dem samman. Sedan började han förklara, lika mycket för sig själv som för mig:

"Först trodde jag vi var lika. När vi var riktigt små. Att vi var en människa fast i två kroppar. När jag såg på henne såg jag mig själv. Hon var den finaste människan på jorden. Och hon var jag. Vi bar alltid identiska kläder. Som ett uttryck av någon slags missriktad moderskärlek till mig eller uttryck av hat till min far; eller för att över huvud taget kunna stå ut med anblicken av mig, klädde mor mig alltid som en flicka.

När far kom hem från sina långa affärsresor och såg vad hon hade gjort med mig låste han in mig nere i ett rum i källaren och misshandlade mig med svarta tungan för att "härda mig" som han sa. "Så här går det för pojkar som inte är pojkar på riktigt. De blir behandlade som flickor." Och han visade mig hur pojkar behandlar flickor. Min far var en sadist. I ordets sanna bemärkelse. Han njöt av att skrämma mig, tukta mig, skrattade när jag grät.

"Fröken Morgan gråter. Men du som är flicka tycker väl om sånt här." sa han. "För *det* gör din mor och din syster!"

Så jag slutade gråta."

Morgan lutade sig tillbaka in i de mörka skuggorna, dit mina blickar inte kunde nå. Rösten var tung av barndomens plågor. Jag ville smeka hans hand men vågade inte.

"Men Zelda älskade mig. När jag drömde mardrömmar eller grät brukade hon smeka mitt hår och trösta mig och berätta den sanna historien om prinsen och prinsessan Karp från *Planeten Blå*. Skönare och klokare barn än prinsen och prinsessan Karp har aldrig någonsin skådats. Men en vacker häxa och ett elakt monster blev avundsjuka på deras klokhet och skönhet och sprängde *Planeten Blå* i tusen miljoner triljoner små glittrande magiska moln. De tillfångatog prinsen och prinsessan Karp och låste in dem i sitt ruskiga slott på jorden och försökte stjäla barnens skönhet och klokhet. Men vad häxan och monstret inte visste var att inuti barnens huvud fanns det ett blått glittrande moln med magiska krafter från *Planeten Blå*. Detta gjorde att barnen aldrig behövde skiljas åt eller dö. När deras kroppar en dag blev gamla skulle de byta ut dem mot nya kroppar (precis som man gör med kläder). Detta var barnens allra hemligaste hemlighet."

Han harklade sig ett par gånger.

"När den vackra häxan som kallade sig mor föraktade mig för att jag inte var en riktig flicka, och när det elaka monstret som kallade sig far föraktade mig för att jag inte var en riktig pojke var det Zeldas sanning och Zeldas kärlek som räddade mig. Jag integrerade Zeldas historia om vårt ursprung så till den grad att den blev lika mycket min sanning. Jag blev Zeldas sanning och Zeldas kärlek medan hon i sin tur blev min förnedring och min smärta. Vi överlevde som en varelse och en sanning fördelad i två kroppar. Tillsammans är vi som en hel människa; utan henne är jag en halv människa, ett skal, om ens det ..."

Ett leende drog över hans ansikte.

"Du förstår; vi levde i en perfekt symbios med varandra. Vi kunde läsa varandras tankar. Vi var varandras spegelbild, varandras smärta, varandras lycka, varandras minnen, varandras allra hemligaste hemlighet."

Han var tyst en stund, sedan fortsatte han.

"Men så kom Miriam in i vår perfekta värld, trängde sig in mellan oss och vår unika, okränkbara kärlek.

Klaus, vår trädgårdsmästare, tog med sig sin utomäktenskapliga dotter, frukten av sitt one-night stand, som lärling hit till Marcus Hades Hus och denna vulgära halvanalfabet i leriga gröna gummistövlar, med nikotingula sorgkantade naglar och ett skratt som en galen fiskmås, kastade en enda blick på Zelda och stannade kvar. Själv bodde jag på internatskola under terminerna och förstod först inte vad som höll på att ske bakom min rygg. Jag var så upptagen, så *självupptagen*, med mina banbrytande studier att jag bara kände lättnad över att Zelda lät så glad i sina brev och över att hon äntligen hade börjat lära sig uppskatta naturens flora och fauna. Jag misstänkte inte någonting över huvud taget."

Han stönade.

"Åh, Iris, du skulle ha sett henne innan ... Zelda var alltid så glad och livlig innan hon mötte Miriam; alltid så full av barnsliga upptåg och makalösa fantasier. Hennes ögon glittrade av det där utomvärldsliga, magiska blå glittret; skönare än någonting som finns att skåda i denna värld. Så blev hon förorenad av den där perversa häxan och hennes sjuka lekar. Nu är hennes ögon alltid sjuka av sorg ..."

Morgan drämde sin knutna näve i sänggaveln, så hårt att sängen skakade till. Sedan begravde han sina händer i hårbotten och stönade igen.

"*Sjuka lekar?* Är du verkligen rätt person att tala om sjuka lekar?" sa jag matt. "Stackars, stackars Zelda!"

Han försökte förstå vad jag menade. Sedan skakade han på huvudet när det gick upp för honom.

"Nej! Nej. Det var inte alls som du tror! Det gick inte alls till på det sättet! Jag såg dem en gång, Iris. Jag såg dem när de tog på varandras kroppar och kysstes, på Miriams säng. Jag hörde orden. Monsterord. Fars ord. I en häxas mun. Jag gick ner till sjön, stoppade fickorna fulla med tunga stenar, gick ut tills jag inte bottnade. Zelda räddade mig. Fråga mig inte hur hon lyckades få upp mig ur vattnet, tung som jag var."

Han tystnade och harklade sig:

"Efteråt ... När jag kom till sans ... våldtog jag henne."

"Nej, det är inte sant!"

"Det är sant."

Vi var tysta. Insikterna började kristallisera sig. Pusselbitarna hade funnits, men jag hade inte lyckats lägga dem rätt. Aldrig hade något pussel gjort mig så in i märgen illamående av utmattning.

"Det var första gången för oss båda. Men det var inte bara hon som blev våldtagen. Jag kan nog säga att jag förstörde oss båda."

"Nej! Jag vägrar tro på vad du säger!"

"Det var en mycket brutal våldtäkt. Hon hade svikit vår kärlek. Det var inte bara Zelda som blev söndertrasad inuti." Smärtan i hans röst var så påtaglig att jag nästan kunde smaka den. Morgan vände sig hastigt bort och var tyst en lång stund.

"Sedan skildes vi åt under några månader. Hennes brev var oläsbara och osammanhängande, både när det gällde handstil och innehåll. Dagen efter det jag återvänt till Marcus Hades Hus från min internatskola rodde vi ut på sjön tillsammans, Zelda och Miriam och jag, mitt i natten. Zelda ville att vi skulle klä ut oss i larviga kläder och sjunga någonting sentimentalt från *The Sound of Music*. Du vet den där menlösa filmen om den snälla, joddlande guvernanten som kommer till de moderlösa barnen och förvandlar fadern från tyrann till en snäll pappa i *lederhosen* som sjunger om små vita blommor dagen i ända, och på slutet flyr alla från det stora huset, bort från *De Onda Människorna*, bort från *Ondskan*."

Morgan suckade.

"Stämsång var uppenbarligen ett alltför tamt tidsfördriv för Miriams temperament. Hon föreslog att vi istället för att sjunga skulle konsumera de stora kvantiteter "odammigt" vin som hon och Zelda hade släpat med sig i båten, och leka en av hennes lekar; en kompromisslös variant av *Sanning eller konsekvens.* Zelda tyckte förstås att det var ett fullkomligt genialiskt förslag. Vi drog stickor; sanning eller konsekvens.

När det blev min tur att tala sanning och ärligt och uppriktigt redovisa vad jag tyckte om Miriam, kritiserade jag henne för hennes bristande allmänbildning och torftiga ordförråd för hennes okvinnliga sätt och utseende och för hennes stora vulgära trut som aldrig var stängd – utom när hon drog halsbloss på sina billiga, stinkande cigaretter.

Miriam bleknade efter min uppriktiga salva, men gav igen när det blev hennes tur att tala sanning och jag krävde att hon skulle säga vad hon tyckte om Zelda. Exakt så här uttryckte hon sig:

"Din syster är så jävla fin, Morgan så det bara inte är sant. Jag fattar bara inte att ni två är släkt. Alltså. Ni är så olika. Liksom. Så *tvärtom* på något sätt. Allt du säger låter fult och krångligt och jätteelakt och malligt. Men Zelda, hon är fan helt makalös, alltså. När hon pratar, när hon knullar. Vacker som blått månsken på vit snö. Och hon hatar karlar. Jag har fan i mig aldrig träffat någon som hatar karlar så in i helvetes jävla mycket som Zelda. Faktiskt. Speciellt deras kukar. Och vi ska sticka ifrån det här jävla spökhuset när hon fyller arton. Bara så du vet, Morgan, din självgode jävel."

Efter att Miriam hade utdelat detta subtila slag under bältet, blev Zelda plötsligt likblek och hon viskade så tyst så det nästan inte hördes:

"Förlåt mig Miriam! Jag kan inte. Jag är gravid. Med Morgan."

Morgan vände sig till mig:

"Föreställ dig, Iris! Föreställ dig hur det kändes! Det var inte bara beskedet att Zelda hade tänkt rymma med Miriam som nästan knockade mig, jag hade inte haft en aning om att Zelda hade blivit gravid, hade faktiskt inte ens tänkt tanken på att det kunde hända. Och Miriam kände inte till omständigheterna kring Zeldas graviditet så hon drog givetvis helt felaktiga slutsatser. Efter Zeldas chockbesked blev det öppet krig mellan mig och Miriam. Och Zelda tog på sig skulden och tyckte att allt var hennes fel.

Miriam skakade av hat där hon satt i ekan och blängde på oss båda. Hon föreslog att Zelda och jag som höll på med blodskam och vem vet vilka andra äckliga perversioner säkert var blodtörstiga också, och som konsekvens och botgöring skulle vi dra stickor om vem som skulle offra sitt blod och vem som skulle utföra blodlåtningen och vem som skulle dricka det här människoblodet.

Men jag insisterade att eftersom Miriam faktiskt var den person som hade introducerat Zelda i perversionernas värld (vilket hon bara hånskrattade åt), var det inte mer än rätt än att hon skulle delta i botgöringsritualen. Hon gick med på det (eftersom hon inbillade sig att hon hade ett val!). Och det blev hon som höll upp stickorna.

Och Zelda som drog den kortaste stickan blev den som skulle offra sitt blod. Men Zelda skrek när jag snittade med kniven i hennes smala arm, och Miriam for upp och gick emellan oss och skrek och attackerade mig besinninglöst med sina knytnävar, sparkade mig och klöste mig med sina skitiga klor. Jag försvarade mig och råkade skära Miriam på några ställen. Många ställen. Djupt. Och Zelda gick emellan och försökte skilja oss åt. Hon skrek och skrek och skrek och hennes vita klänning blev fläckad av Miriams och mitt och hennes eget blod. Båten började gunga när vi slogs om kniven, och när Miriam föll baklänges i vattnet hoppade Zelda i efter henne utan att tveka. Jag hoppade i efter dem och lyckades få upp Zelda, men Miriam försvann ner i djupet."

Morgan studerade sin hand länge innan han åter började tala:

"När Fritz äntligen lyckades få upp Miriam ur vattnet stod

hennes liv inte att rädda. Hon ..."

Morgan avbröt sig och var tyst.

"Det blev rättegång. Det förekom oklarheter. Åklagaren yrkade att jag hade knivskurit Miriam mycket brutalt innan jag slängde henne över bord; att jag sysslade med sataniska blodsriter och sånt där skit som kvällstidningarnas kloakjournalister älskar att skriva om och som uttråkade medelmåttor älskar att läsa om.

Miriams tunga saknades. Sånt händer. Men just den detaljen blåstes upp till absurda proportioner. Allting tolkades väldigt negativt. Men Simon Månsson som var vårt juridiska ombud yrkade på att det var en alkoholrelaterad olyckshändelse och att ingen burit flytväst. Zelda vittnade att vi hade rott ut på sjön mitt i natten och druckit mycket vin och gjort *Anden i glaset* i månskenet, och att Miriam hade ställt en fråga till *Anden* i glaset och fått ett svar som gjort henne så tokig av skräck att hon börja hugga vilt omkring sig i mörkret och slutligen kastat sig i vattnet."

"Gick det till på det sättet?" frågade jag.

"Zelda vittnade under ed. Men hon vägrade avslöja vad Miriam hade frågat *Anden* eller vilket svar hon fick." sa Morgan utan att möta min blick.

"En kort tid därefter förlorade Zelda vårt barn. Det var en liten flicka." fortsatte han.

Morgan såg på mig utan att se mig.

"Zelda såg barnets död som ett straff för att hon – som hon själv tyckte – hade dödat Miriam. Hon blev extremt introvert och slutade spela piano och dansa. Hon utvecklade tabun där hon skadar sig själv om hon kränker eller sviker Miriams och barnets minne på det allra minsta sätt. Hennes tabun, eller personliga stigma, började omfatta mig och alla andra människor i hennes närhet och gälla saker och företeelser som tillslut bara indirekt hade med Miriam att göra. Hon får bara lindring när hon straffar sig själv och känner smärta. Du har väl sett alla hennes blåmärken och skärskador?"

Morgan suckade tungt.

Jag fann det nästan omänskligt svårt att fortsatta andas.

"*Talar du sanning, Morgan?*" tänkte jag. "V*arför berättar du allt det här för mig, just nu, just här? Vad tänker du göra med mig sen, när jag har fött barnet?*"

"Var är barnet begravt, Morgan?"

"Där det hör hemma." sa Morgan. "Hur så?"

"Varför fick hon inte veta vad som hänt med det?"

"Zelda vet. Hon har alltid vetat."

"*Nej.*" tänkte jag. "*Zelda har aldrig vetat.*"

"Vad hände sedan?" viskade jag och slöt mina ögon för att slippa se honom.

"Simon blev mycket förtjust i Zelda, nej, *förälskad* är den korrekta diagnosen, och lyckades skaffa henne helt fantastiska kontakter i musikbranschen. Hon spelade in två skivor med klassisk musik som fick enastående bra recensioner och gav till och med några konserter."

"Varför slutade hon ge konserter?"

"Zelda påstod att hon märkte att alla viskade om Miriam; att publiken alltid bestod av minst en maskerad *budbärare* som var där för att påminna henne om hennes ohyggliga brott och hur lindrigt hon hade kommit undan. Hon fick oförklarliga skador på sin kropp; som den där mörka fläcken på hennes underarm som ser ut om en svart tunga som du brukar stirra på, och kunde inte ge fler konserter."

"Vad ska hända med mig nu?" frågade jag.

Jag bävade för svaret. Ingenting av det som Morgan hade berättat gjorde mig lugnare. Redan det faktum att han hade burit mig upp till sin svarta sängkammare och berättat om olyckan för mig gjorde mig fruktansvärt illa till mods.

"Hända med dig?" frågade Morgan.

Han såg på mig som om han inte förstod frågan. Jag såg upp i det svarta taket.

"Det var ju meningen att jag skulle bli gravid, inte sant? Det var ju planerat alltihop, från allra första stund, eller hur? Festen, klänningen, ritualen och våldtäkten?"

"Man kan inte alltid lita på ödet. Även om allting hänger ihop på ett större plan så är vår tid på det personliga,biologiska, rent mänskliga planet lite begränsad. Vi får hjälpa till en smula själva. Låt oss se på det på det viset!"

Jag såg på honom. Han mötte min blick. Trots all den arrogans som översvämmade hans blick kunde jag skymta någonting annat också, under ytan, en känsla som inte fått växa, en längtan som stympats i sin linda, en möjlighet som inte var helt utsläckt".

"Håll om mig, Morgan!" sa jag.

"Vad?"

"Håll om mig!"

"Varför då?"

"Jag tänker låtsas att du älskar mig." sa jag.

"Säg att du hatar mig!" sa han med dämpad röst.

Jag såg mig omkring i det mörka rummet.

"Varför säger du så?"

Han skrattade till:

"Du hatar mig för vad jag är och för vad jag aldrig kan bli. Erkänn!"

"Jag hatar dig inte!"

Morgan såg på mitt ansikte en lång stund som om där stod någonting. Sedan reste han sig upp och tände en liten lampa på väggen.

"Där är du!" sa han och pekade på tavlan under den lilla lampan. "Din energi. Din libido. Se så stark den är!"

Först då upptäckte jag alla tavlorna på de svarta väggarna. Det var Tobias serie *Myter*.

På väggen under lampan hängde ett porträtt av min energi; en purpurröd prick innesluten i en kleinblå cirkel på solrosgul botten.

"Men du sa ju att Simon ...?!"

"Simon köpte tavlorna, via mig, för att ge till Zelda. "Uppstötningar" kallade hon dem och slängde dem bland våra sopor. Fritz fann dem. Han är bra på att finna borttappade saker och personer. *Sopor*. Var de än befinner sig."

Morgan böjde sig ner över mig och kysste mig länge, länge.

Sedan såg han på tavlan igen. Han sänkte sig ner över min kropp som en hund och drog in min doft i näsan.

"I din mörka blodiga mylla växer mitt barn." sa han. "*Mitt* barn."

Hans hand smekte min mage, mjukt och längtansfullt.

"Ditt barn? Tänk om det är Tobias barn?" Sa jag trotsigt. "Och tänk om barnet har blivit skadat av dina hemska tabletter?"

Hans ansikte förvreds i en grimas som var så ful så jag blev rädd. Jag snurrade runt och hoppade ner på andra sidan sängen.

"Du tror att du är listig, Iris! Du vill ha min syster, eller hur?"

Hans ögon blixtrade till av ett plötsligt hat. Han kom sakta emot mig runt sängen. Jag kände skräcken växa inom mig. Han såg nästan galen ut.

Vad skulle hända nu?

"Morgan, Jag vill ju bara hjälpa Zelda! Inte ta henne ifrån dig!"

Morgan tog ett stenhårt grepp om min arm.

"Ljug lite mer, Iris! Det är du bra på!" sa han och kramade min arm.

"Varför tror du inte jag försvann när jag hade chansen? Jag kunde inte! Jag har aldrig sett någon människa se så olycklig ut som Zelda gjorde! Är det så konstigt om jag känner medlidande?"

"Medlidande? Med Zelda?" fnös Morgan.

"Ja?"

"*Du* känner medlidande med *Zelda*!? Och vem är du? En *mask* i jämförelse med henne."

Greppet runt min arm hårdnade ytterligare.

"Om jag hade varit en mask hade jag väl inte stannat?"
Morgan började skratta och greppet runt min arm lättade.
Men han flyttade sig inte. Jag kunde känna hans andedräkt mot mitt ansikte och förnimma hans kropp några centimeter från min egen.

"Så barnslig du är, Iris! Så erbarmligt barnslig! Trots att du är så emotionellt skadad att du måste ljuga för att överleva, är du oskyldig som ett barn. Du och dina romantiska sagor."
Han såg mig djupt in i ögonen.

"Och du då, din store kvinnokännare! Du kan verkligen konsten att ge en kvinna originella komplimanger!" sa jag och stirrade på det röda avtrycket på min ömmande arm. "Ingen har någonsin kallat mig *mask* tidigare."

"Jag är rädd för dig!" sa Morgan. "Du har själv sagt det. Komplimanger ger jag till de jag föraktar."

"Aha. Och vilka är det som du våldtar?" undrade jag med minnet färskt och lika akut smärtsamt som ett öppet sår.

"De som jag redan äger. De som redan äger en bit av mig själv. Du och Zelda."

Vi såg på varandra. Hans mörkblå ögon glödde av någonting som jag tolkade som galenskap eller begär. Jag ville bita honom i hans läppar så de sprack och sedan lämna röda kyssar över hela hans ansikte. Jag ville se honom gråta. Jag ville slicka i mig hans tårar med min långa, grova tunga. Jag ville plåga honom och trösta honom.

"Äger jag en bit av dig, Morgan? Är det sant?"
Han såg på mig med någonting som liknade sorg.

"Du har sett ting i mitt inre som jag inte visar för någon. Du tog den kunskapen med dig i ditt liv. Den bor i dig, i din livsenergi."

"Jag vet, Morgan."
Han smekte mitt hår. Petade lite lekfullt på min näsa.

"Jag bor i dig." sa han. "I dina vackra blå ögon. Du tänker

ständigt på mig, eller hur?"

Jag vände bort mitt ansikte. Hans händer rörde sig ner över halsen i en långsam smekning över mina kläder för att slutligen vila på mina bröst.

"Ja." sa jag.

"Jag tänker på dig också. Ibland. "Han skrattade till. "Speciellt när du sover tillsammans med Zelda."

Jag drog efter andan. Han log insinuerande och markerade en kyss med sin mun, några centimeter från min mun.

"Morgan, jag står inte ut!" utbrast jag med händerna framför ansiktet. "Jag står inte ut! Allting är så komplicerat!"

"Gift dig med mig så blir du fri!" sa Morgan och tog några steg tillbaka.

"Fri?"

"Fri."

"Jag väljer min frihet." sa jag stilla.

Morgan skrattade.

"Gissa om Zelda blir förvånad!" utbrast han. "Hon trodde aldrig att någon skulle vilja ha oss!"

Så lyfte han mig upp i luften på sina förvånansvärt starka armar och snurrade mig flera varv runt, runt medan han skrattade ett galet skratt.

Jag har aldrig känt mig så sorgsen i hela mitt liv som i det ögonblicket.

Aldrig.

Varken förr eller senare.

*

Zelda satt och läste i en bok när vi återvände till biblioteket. Hon såg upp på oss från de gulnade sidorna i *Gullivers resor*.

"Vad är det, Morgan? Du ser så konstig ut?"

"Säg "God Dag" till din syster!"

"Min syster?"

"Tja, blivande svägerska, då!"

Zelda bara såg på oss. Sedan fortsatte hon att läsa utan att säga någontig.

Morgan satte sig bredvid mig på soffan och lade armen runt mina axlar. Han smekte mitt hår och kysste min hand och såg mig djupt in i ögonen.

Jag hade längtat mig fördärvad efter att få uppleva det här ögonblicket men nu när jag befann mig mitt inne i det kändes Morgans ömhet och uppmärksamhet som den värsta tortyr jag kunde tänka mig.

Zelda bevärdigade oss inte med en enda blick. Ibland när hon läste någonting roligt i romanen skrattade hon till. Då och då åt hon en vindruva från silverfatet på bordet intill.

Men hon såg inte på oss. Inte en enda gång. Det var som om vi plötsligt var osynliga för henne.

*

XV

*K*rossade glasskärvor med röda spetsar glittrade ilsket på golvet. Som genomskinliga, nästan osynliga taggar penetrerade de min hud när jag steg in i Zeldas vita rum, driven av en oro jag inte kunde förklara, piskad av en skräck från mitt inre som om väggarna i själva min varelse höll på att störta samman.

Och där satt hon mitt på golvet med blodet rinnande nedför sina armar och över sin vita spetsklänning, svartsotig av mascara runt sina stora mörkblå ögon, det långa kastanje-bruna håret trassligt av tårar och styvt av blod.

Hon såg upp på mig med resignerad blick, som ett offerdjur inför slakten.

"Inte du med..." sa hon. "Jag orkar inte. Inte du med!"

"Men Zelda...!"

"Alla tar han ifrån mig. Alla."

Jag satte mig ned på golvet och smekte hennes kind.

"Åh, Zelda, vad har du gjort?"

"Ta inte på mig din falska, äckliga hora!" skrek hon.

"Du blöder!"

"Han vinner alltid."

"Vinner? Vinner över vem?"

"Jag vill inte mer nu. Allting kommer tillbaka. Man kan inte undkomma sitt straff."

Hon grät uppgivet, ljudlöst med handen över sin mun. Hennes kind blev röd av blod.

"Det tar aldrig slut. Aldrig." sa hon tonlöst.

"Det var inte ditt fel."

"Du förstår inte!"

"Nej, jag förstår inte."

"Han tog dig. Han förstörde dig. Han visste att jag ..."

Hennes röst dog bort.

"Att du ... *vad?*"

"Att jag menade allvar den här gången."

Jag såg på Zeldas dödsbleka ansikte. Mörka månar skuggade ögonens blanka blå universum där två små kopior av mig själv flöt omkring.

"Du förblöder ... Oh, du förblöder ... *vad ska jag göra!?*" kved jag och såg mig omkring i rummet.

"Snart tar mitt lidande slut. Då blir jag äntligen förlåten." suckade hon, och när mitt grepp om hennes arm släppte en aning gled hon bort från mig och föll ihop med en liten duns på golvet.

Jag slet bort ett lakan från sängen och rev långa smala remsor som jag vek till förband som jag snurrade hårt runt hennes handleder för att stoppa blodflödet. Hon såg upp på mig med tomma ögon utan att röra sig, för hon var inte där hos mig längre.

Sedan hjälpte jag henne upp på fötter och stödde henne bort till sängen där jag försiktigt lade ner henne på de vita spetskuddarna och lakanen och svepte duntäcket runt henne. Hon pressade sig intill mig som ett litet barn när jag tvättade hennes ansikte rent från det svarta, det röda, det genomskinliga som besudlade hennes vackra, vitare än bleka hud.

"Du kom tillbaka!" sa hon utan att öppna sina ögon.

"Zelda, lyssna!" viskade jag. "Jag är inte den du tror att jag är."

"Jag har längtat så."

"Zelda!"

"Kyss mig!" sa hon svagt. "Kyss mig nu."

Så jag kysste henne stilla. Och hon såg inte upp mot mig, vem hon nu trodde att jag var, men hon släppte mig inte.

"Älskade ..." sa hon. "Om du försvinner nu så dör jag också."

Hennes läppar var torra och svala och det var med stor möda hon lyckades forma dem till ord.

"Håll om mig igen."

Hon pressade sig intill mig.

"Kyss mig igen!"

Hon höll mitt ansikte i sina försvagade händer och förde det till sitt ansikte i vår andra kyss.

"Ge mig livet tillbaka!" mumlade hon febermatt. Hon lät som om hon var döende.

"Älskar du mig?" frågade hon.

"Ja." sa jag stilla.

"Säg det!" viskade hon.

"Jag älskar dig, Zelda!"

"Älska med mig!" sa hon.

"Du har förlorat hemskt mycket blod ...!"

"En enda gång är allt jag begär. *En enda gång ...*"

"Jag kan inte ... Jag är inte ..."

"Älska med mig nu. Annars dör jag. Rädda mitt liv. Så ska jag rädda ditt."

Och hon sneglade på mig genom smala springor till ögon och jag tyckte faktiskt att det glittrade till i djupet av det mörkblå som om hon smålog.

*

XVI

K arla satt fullt påklädd på sin säng i sin lilla kammare och
väntade på oss.

Hon såg på oss där vi stod i det kalla blå månskenet.
Jag med tre målardukar rullade under armen och Zelda med
blodiga vita tygremsor virade runt sina handleder.
"Är cirkeln sluten nu, fröken Karp?"
"Ja tack!" sa Zelda. "Och meddela min bror att vi återvän-
der när vårt barn är fött."

*

*

*

www.ingramcontent.com/pod-product-compliance
Lightning Source LLC
Chambersburg PA
CBHW051637260626
47170CB00004B/1214